赤鼻のトナカイの町①

クリスマスも営業中?

ヴィッキ・ディレイニー　寺尾まち子 訳

Rest Ye Murdered Gentlemen

by Vicki Delany

コージーブックス

挿画／嶽まいこ

ママへ

クリスマスも営業中？

主要登場人物

メリー・ウィルキンソン……………………クリスマスグッズ専門店の店主
マッターホルン（マティー）……………メリーの愛犬。セントバーナード
ジャッキー……………………………………メリーの店の従業員
ノエル…………………………………………メリーの父。前ルドルフ町長。町議会議員
アリーン………………………………………メリーの母。声楽教室の先生。元オペラ歌手
ヴィクトリア…………………………………メリーの親友。焼き菓子店の店主
アラン・アンダーソン………………………木製玩具職人。メリーの昔のボーイフレンド
ラス・ダラム…………………………………地元紙の編集発行人
ナイジェル・ピアス…………………………イギリス人。旅行誌の記者
ベティ・サッチャー…………………………メリーのライバル店の店主
ファーガス・カートライト…………………ルドルフ町長
スー＝アン・モリー…………………………町議会議員
カイル…………………………………………ジャッキーの恋人
ランディ・バウンガートナー………………隣町の町長
ダイアン・シモンズ…………………………ルドルフ警察の刑事
キャンディス・キャンベル…………………ルドルフ警察の巡査

1

色あざやかな人形におもちゃの兵隊、羊を連れた羊飼い、トナカイ、七面鳥、ピエロ、キャンディ・ボンボン、ジンジャーブレッドマン、キャンディ・ケインがひしめくなかを縫うようにして歩くと、高さのあるターコイズブルーとグリーンの妖精《エルフ》の帽子の先が、小雪のなかで上下した。

「まぬけな気分よ」ジャッキーが文句を言った。「カイルにこんなおかしな格好を見られてふられたら、あなたのせいだからね、メリー・ウィルキンソン」

わたしは気にしなかった。ジャッキーはいつも文句を言っている。これが普通なのだ。仲間はずれにされたらされたで、どれだけ文句を言うのか目に見えている。ジャッキーは黒いレギンスの上にゴールドとターコイズブルーと森のようなグリーンの膝丈チュニックを着ていた。それに高さ三十センチはありそうな三角帽をかぶっていて、その先端でグリーンのポンポンが揺れている。ふくらはぎまでのハイヒールのブーツの爪先には、グリーンのフェルトを紙に貼った角《つの》のようなものが付いている。そして頬には金色のきらきらで縁取られたターコイズブルーの三角形が描かれ、アイシャドーもターコイズブルー。この遊び心のあるメークのほうがいつもの厚化粧より、うちの店員の生来の美しさを引き立てているんじゃないかしら。でも、その感想は胸のなかに収めておいた。

「あれ……声をかけたほうがよくない？」わたしは人混みのなかへ消えつつある列のほうをあごで指した。小さなエルフのひとりがまわりに気を取られて列からはずれそうになっている。

「あたしに行けってことかしら」ジャッキーは大きくため息をついたが、急いで男の子の手を取ると、やさしく声をかけて列に戻した。

列のいちばんまえはわたしの母で、音階を歌いながら子どもたちを山車《フロート》のほうへ先導していく。人混みのせいで子どもたちからは母の姿は見えないが、声にあわせて音程をとれるにちがいない。母はメトロポリタン・オペラの歌姫《ディーヴァ》だった。だから、声を聴かせる方法を知り尽くしているのだ。

わたしはナイトキャップをきちんとかぶり、エプロンのひもを締め直した。

きょうは十二月一日で、わたしたちはニューヨーク州ルドルフ、別名クリスマス・タウンで知られている町の年間最大のイベント、サンタクロース・パレードのために集まっていた。ルドルフといえば、クリスマスだ。

わたしはほかにはぐれた子どもがいないかどうか確かめると、急いで母たちを追いかけた。子どもたちは母の声楽教室の生徒たちだ。小さな子どもたちは飾りつけをしたフロートの平台にすわり、十代の生徒たちはクリスマスキャロルを歌いながら横を歩く。全員がジャッキーと同じ格好をしているが、その出来は親の裁縫の腕次第。みんなはエルフで、わたしはミセス・サンタクロースだった。

当初、ジャッキーはエルフの衣装の胸もとをもっと開けて、チュニックをもっと短くしたいと言いはった。けれど、わたしが許さないと、今度はコートの上に着られるようにゆったりとした衣装をつくろうとした自分の母親を止めた。その点については、わたしはジャッキーの好きにさせた。好きなだけ凍えればいい。ほかの子どもたちの衣装はコートやスノースーツの上から着られるよう大きくつくってあった。そして、わたしは衣装の下にウールのセーターを二枚着て、厚手のタイツと分厚い靴下をはき、体重が十五キロ増えたような体型になった。別に十五キロ太りたいわけではないけれど、いまはクリスマスで、わたしはミセス・サンタロースなのだから、役にあわせないと。

まえを見ると、母がフロートに乗るところだった。そして、母のあとから小さな子どもたちがよじのぼっている。十代の子たちは自分の位置につくとすぐにスマートフォンを取りだして、フロートが動きだすのを待ちながらいじりはじめた。親たちもうろうろと歩きまわって写真を撮っている。

「ホー、ホー、ホー」サンタクロースが声を響かせ、手を左右にふって挨拶をしながら、自分のフロートへ向かって人混みのなかを歩いてきた。

幼い子どもたちがかん高い歓声をあげた。十代の子たちは目をむいてスマートフォンをいじりつづけ、親たちは拍手をして興奮しているふりをしている。

もちろん本物のサンタクロースではなく、ノエルというぴったりな名前を持つ、わたしの父だ。丸い腹もふさふさの白いひげも自前だけれど、もじゃもじゃの巻き毛だけは、そろそろ六十歳になるというのにまだ黒い毛が交じっている。それでも、袖口に白い毛がついた赤い上下の服に、赤と白の帽子、幅広の黒いベルト、そして黒い長靴という伝統的な衣装を身に着けた姿はまるっきりサンタクロースだった。

フロートにまだ乗りこんでいないのは、わたしだけだ。わたしは片手で長いスカートをつかんだ。すると、ジャッキーが反対の手をつかんで、氷にあけた穴からカワカマスを釣りあげるような優雅さで、引きあげてくれた。

「みんな、準備はいい？」わたしは呼びかけた。子どもたちの歓声があがった。まるで本当にフロートを引いていけそうな勢いだ。わたしがルドルフで店を開いたのは今年で、自分でフロートを出したのも今年が初めてだけれど、これまでもパレードを手伝えるようにできるだけ実家に帰ってきていた。これまでの年は声楽教室の年少の生徒たち数人をフロートにすわらせただけだったが、今年は――わたしに何の相談もなく――母がパレードを秋のレッスンの中心に据えてしまった。五歳から十七歳の生徒、総勢三十人。

わたしはフロートをサンタクロースのおもちゃ工房に見立てて飾りつけた。エルフたちがすわる干し草をたっぷり積み、作業台は使い古しの木のテーブルふたつ、工具は金槌《かなづち》のなかから適当に探しだし、壊れたおもちゃを組み立て中のおもちゃに見せかけた。なかなか上出来だと誇らしく思っている。そしてフロートを引っぱるトラクターは、父が手伝いに引っぱりこんだ農家の気難しいおじいさん、ジョージ・マンが出してくれた。ジョージにも衣装を着せようとしたけれど、目をじっと見つめられて「いやだ」と断られた。それに、どちらにしてもジョージが泥だらけの長靴と、茶色のオーバーオールと、色あせたフランネルのシャツ以外を持っているとは思えない。もしジョージは誰のつもりかと訊かれたら、トナカイの飼い主の農夫だと答えよう。

わたしはこのフロートに、かなり期待していた。目標はパレードの優勝トロフィーしかない。

わたしたちにとって心配の必要がないのが、北極の雰囲気づくりだった。ここオンタリオ湖南岸は雪が降るのだ。たくさんの雪が。そして、いまも大きくてふわふわした雪が降っている。気温は氷点下ぎりぎりまであがり、風はない。歩道に立っているひとたちも、縁石に毛布を広げてすわってパレードを待っているひとたちも、気持ちよく過ごせるだろう。全員がお祭りに参加できるよう、わたしの店〈ミセス・サンタクロースの宝物〉も含め、すべての店が今朝は休みにしていたが、一定の間隔で企業が出店した屋台が並び、温かい飲み物や焼き菓子を提供している。

十二月と七月の年二回あるサンタクロース・パレードはルドルフ観光の呼び物で、数百キロ離れたところからも客が訪れる。今朝、フロートが無事に夜を越したかどうか確認するために町を歩いたとき、ホテルとB&Bはどこも〝満室〟の札を外に出していた。パレードでみんなが幸せになる。半年に一度のパレードは何といっても、狙った相手——つまり観光客をこの町に連れてきてくれるのだから。

パレードの集合場所は町の公民館裏の駐車場だった。今朝の駐車場は衣装を着た大人と子ども、マーチングバンド、出来ばえに差があるフロート、そしてフロートを引っぱるトラクターで、ひどくごったがえしていた。

「さあ、子どもたち、こっちを見て笑って」《ルドルフ・ガゼット》紙の編集発行人のラス・ダラムがカメラを掲げると、子どもたちがくすくす笑いながらポーズを取った。衣装を着た姿を見られるのを恥ずかしがっていたはずのジャッキーがすばやく立ちあがって腰を突きだすと、シャッターを切る音がした。

目には見えない合図で、いちばんまえのトラクターのエンジンがかかった。パレードの参加者たちが足を踏み鳴らす。トランペットとフレンチホルンの音が響いた。子どもたちが歓声をあげ、高校のチアリーダーたちが側転をした。

けれども、わたしのフロートのまえでは何も起こっていないようだった。干し草の上によじのぼり、ラップでつくった窓越しに見てみると、ジョージはトラクターの運転席に、いるべき場所にいる。

「出発しましょう!」わたしは呼びかけた。

ジョージはふり向きもせずに肩をすくめた。もしかしたら、何か言ったのかもしれないけれど、パレードの騒ぎで何も聞こえなかった。そのあと仰天したことに、ジョージが運転席から地面に飛びおりた。そしてトラクターのまえを開けると、謎めいた機械のなかに頭を突っこんだ。

心臓がお腹の底まで落ちたような気分だった。わたしはさざめいている子どもたちのあいだを通り、フロートのうしろから降りた。

ラスがすでにジョージの様子を見にいっていた。わたしがエンジンのところに着くと、ふたりの男は頭をかいていた。

「きみのフロートの子どもたちはすばらしいな」ラスが言った。ゆっくりとしたセクシーな話し方で、いかにもルイジアナ出身らしい味わいがある。

「ええ、そうでしょ」

「きみもね」ラスが薄茶色の目を輝かせ、まっすぐな白い歯を見せてにっこり笑った。

「わたしなんか。すっかりくたびれたおばあさんみたいでしょ」眼鏡越しにラスを見た。眼鏡はただのガラスで、衣装のひとつだ。赤と白のチェックのナイトキャップに黒い髪をたくしこみ、白い巻き毛をつけて仕上げている。

「それじゃあ、美しいくたびれたおばあさんだ」わたしは自分の顔が赤くなったのがわかった。赤い頬も扮装の一部だとラスが思ってくれればいいけれど。

でも、いまはそんなことより、もっと重要な心配事がある。「お願い。お願いだから、問題があるなんて言わないで」わたしはジョージに頼んだ。

「動かないのさ」年老いた農夫が言った。

「動くはずよ！」

「何で止まっているんだ?」誰かの声がした。

パレードの前方にはおもちゃ工房、キャンディ店、七面鳥の飼育場、ごちそうがいっぱい並んだテーブル、ベツレヘムの厩《うまや》を模したフロートが連なっている。キルト同好会は赤と緑のキルトを膝にかけ、高校のマーチングバンドはしらけた顔で立っている。読書クラブはロングスカートにひも付きの帽子《ボンネット》という格好で、燭台《しょくだい》を持ったラルフ・ディカーソンに率いられている。『クリスマス・キャロル』のスクルージ役は、町の経理主任であるラルフにぴったりだ。

ひどく混乱しているように見えるが、町はもう二十年近くパレードをやっており、みんなすべて心得ている。

「もう一度やってみたら」ラルフが何とか助けようとして提案した。

「何度もやっているさ」ジョージが答えた。

うちのフロートの真ん前にいるおもちゃ工房を模したフロートの横棒に覆いかぶさっていた男が軽々と地面に降りた。その動きは見かけとまるで大ちがいだった。大きな灰色の口ひげともみあげ、眼鏡がのったパテの塊のような鼻、ウールの上着、膝丈ズボン、留め金のついた靴という格好は九十歳の老人に見えるが、本当はアラン・アンダーソンという三十歳の男性なのだ。職業は玩具職人。アランはサンタクロースに次いでルドルフで二番目の人気を誇っているが、それはサンタクロースのおもちゃ工房の職人の扮装をしているときだけだった。実際の彼は長身でカールしたブロンドの髪がうなじにかかっているハンサムな男性で、きらきらとした青い目で、いまにも笑いだしそうな顔をしているが、とても内気で、言うなれば、お忍びで行動するのが好きなのだ。

アランとわたしは高校時代に少しだけ付きあっていたときがあった。けれども、その付きあいは卒業後まで続かなかった。アランはルドルフに残って父親から木工を教わり、じっくりとていねいに美しい玩具をつくることに満足していた。いっぽう、わたしは目をきらきらさせて、マンハッタンの雑誌の世界で慌ただしく刺激的でめまぐるしい生活を送ることを考えていた。そして、ふたりとも望みを叶えたけれど、そのうちのひとり——つまり、わたし——は夢を捨ててルドルフに帰ってきた。

焼けぼっくいに火がつくかもしれないと少しは考えたけれど、クリスマス・タウンの十二月は恋愛に適した季節ではない。みんな、死ぬほど忙しいから。

アランはほほ笑んで、ジョージとラスに加わった。「何か手伝えることはあるかい？」そう言ってトラクターのエンジンをのぞきこんだ。三人はじっとにらみつけてさえいればエンジンが動きだすかのように、じっと機械を見つめている。

ジョージのトラクターが最高潮だったのは第二次世界大戦中だったのかもしれないけれど、だからといって、この幽霊トラクターをいまあきらめる理由にはならない。

「どうにかして応急手当てはできない？」

ジョージは返事さえしてくれなかった。ラスはすっかり困っているようだった——きっとエンジンは得意分野ではないのに、それを認めたくないのだ。そして、アランはそうすれば適切な道具が出てくるかのように、ポケットを叩いている。パレードが通る予定になっているルドルフの大通り、ジングルベル通りは公民館の裏からは見えないが、期待と興奮に満ちたざわめきが聞こえてくる。

わたしはうなった。ジョージはまだあごをかいている。

アランは申し訳なさそうにわたしを見た。「ごめんよ、メリー。もう戻らないと。そろそろ出発だから」

「ええ、そうよね」わたしは無理して笑った。

「パレードのあとのパーティーは出る？」アランは留め金のついた靴をはいた足をそわそわと動かした。

「もちろん」

「それじゃあ、パーティーで会えるかな。フロートが動くよう祈っているよ」

アランがたんに自分もパーティーに出席するつもりだという意味で言ったのか、それとももっと深い意味をこめたのか、もう少し考えようとしたところへ、オレンジ色のベストを着た進行係が小走りでやってきた。「どうしたんだい、メリー？　もう出発しないと」

わたしは両手をふりまわした。「動かないのよ。こんなものは押せないし」列のうしろの運転手たちが通り道をふさぐなと大声をあげはじめた。パレードの先頭が大通りに入っていくのが見える。わたしは泣きたくなった。

「歩いたほうがいい」ラスが言った。「子どもたちを降ろそう」

「でも、フロートが！　わたしが全部つくったのよ」

「メリー、いまはどうしようもない」

「いったい、どうしたの？」母が歌うように訊いた。

わたしは慌てて、あたりを見まわした。子どもたちのなかにはまだ五、六歳の子がいる。衣装姿がとても愛らしいから選ばれたのであって、三キロも歩くためではない。だいたい、歩きやすいブーツをはいているわけでもない。わが子自慢の親たちにいったい何があったのかと次々と問いつめられ、その質問の波に押し流されそうになった。キャンディ店のフロートが通りすぎ、マーチングバンドがあとを追った。

ジャッキーが急ぐようわたしに叫んだ。まるで、この状況にわたしが気づいていないかのように。

「ぼくに考えがある」ラスが言った。「ジョージ、トラックはどこにある？」

ジョージは顔をあげた。「パイン通りだ」ジングルベル通りの裏の小道だ。

「トラックをトラクターにつけるとしたら、どのくらい時間がかかる？」ラスが尋ねた。

「一分でできる」

「それなら、急いでトラックを持ってきて。そうしたら、こいつを引っぱれるだろう」

ジョージのトラックはときおり、氷が厚くなるまえに入り江の浅瀬を渡ろうとした愚か者の車を引っぱりあげるために呼ばれる。でも、それがいま役立つとは思えなかった。わたしは混乱したフロートや、行進している人々、マーチングバンド、ピエロ、手をふって子どもたちを送りだしている親たちを見た。「トラックなんて通れないぞ。道があいてない!」

「いいから行って、ジョージ」ラスは言った。「列のいちばんうしろについて、ほかのフロートがぜんぶ通りすぎたらメリーのフロートをトラックにつないで、パレードに参加するんだ。ぼくも手伝うから」

「わかったよ」ジョージはいつものろのろとしたおぼつかない足取りで歩きはじめた。

「メリー、これならだいじょうぶだ」ラスは言った。

「でも、列の最後はサンタクロースじゃないと」わたしは泣きごとを言った。「必ずサンタクロースが最後なの」

「メリー、どうして道をふさいでいるの?」母が現れた。「そろそろ子どもたちが焦れてきているわ。わたしもだけど。こんな寒いなかに長くいすぎると、声によくないのよ」

両手をふって言った。革の手袋はドレスにぴったりあっている。母はエルフになるのをきっぱりと断り(おぞましい生き物と、母は言っていた)、おそらく目玉が飛びでるほどのお金を払って、ブロードウェイの舞台衣装をつくっている仕立屋で、『高慢と偏見』の舞踏会のシーンに出てきても場ちがいではないドレスをつくった。わたしは子どもたちより目立とうとしていることにひどく腹が立ったけれど、きょうになって母が正しかったと(いつものことだ)認めざるを得なかった(これもいつものことだ)。母もわたしたちと同じ衣装にするより、逆の色使い——森のようなグリーンに、ターコイズブルーの差し色——のドレスのほうが、グループ全体の印象がより鮮明になったのだ。

「あなたたち、道をあけて」ルドルフ警察のキャンディス・キャンベル巡査が——いま、わたしが必要としない人間のひとりだ——現場に現れた。「通行妨害よ」

「あら、知らなかったわ、キャンディ」彼女の唇がゆがんだ。キャンディは高校時代の呼び名だった。警察官となったいま、彼女はその呼び名を嫌っている。だから、わざとそう呼んだのだ。わたしたちは九年生のときと変わらず、いまも仲がよくない。

「もう、すべてうまくいきましたから」ラスがにっこり笑って言った。

キャンディはいかにも警察官らしく厳しい態度を取ろうとしていたが、わずかにそれが緩んだ。だが、すぐに自分の立場を思い出した。そして、いま目にしているものを。

「そう願っているわ。さもないと、メリー、あなたに違反切符を切らないといけないから。通行妨害ね。手始めとしては」

わたしは歯ぎしりをした。

キルト同好会のフロートが横を通りすぎていく。そろいの緑と赤の耳あてをした女性たちは——分厚いミトンをした手で——膝に広げたキルトを縫っているふりをしていた。

「どうかしたの、アリーン？」明らかに騒ぎをおもしろがっている様子で、女性が母に声をかけてきた。「きっとゴールで会えるわよね？」彼女のキルト仲間たちが笑った。

母はそれを無視した。そのじつ、ひどく腹を立てているのは、おそらくわたしにしかわからないだろう。母はメトロポリタン・オペラの舞台で出し抜かれたにしても、サンタクロース・パレードで順番からはずれたにしても、恥をかくのが大嫌いなのだ。

心配そうな親たちが母のあとをうろうろとついてまわっていた。わたしは親たちに代わりの車がくることを説明し、この機会を利用して子どもたちの喉《のど》と——子どもたち自身を——温めたらどうかと母に提案した。

母はフロートに戻り、ジャッキーに引きあげてもらった。いつものような登場の仕方ではないけれど、慌てたりはしない。「さあ、みんな、『ジングルベル』からはじめましょう」そう言って、基準となる音を口にした。

ここにいる子どもたちはみな声楽の教室に通っており、なかには優れた才能を見せている生徒もいる。完璧な音が身が引き締まるような冷たい空気のなかで響き、舞い落ちる雪片にそっと乗った。

その歌声を聴いていると、ひどく動揺していたことさえ忘れてしまいそうだった。

誰もがパレードに参加することを愛しているが、準備をして、この混乱したなかで集合するのはひどく緊張するのだ。母親たちはもちろん、子どもたちが泣きだすこともあるし、たいていは殴りあいの喧嘩もひとつではすまない。長年にわたり、わたしはたくさんの人々がもう二度とパレードには参加しないと言っているのを耳にしてきた。だが、一カ月もたつと、その人々もまた次のパレードに申し込んでいるのだ。

汚れのない子どもたちの声が響くと、みんなの緊張が目に見えてほぐれていった。赤くなった顔がほころび、隣りあっている人々が温かなほほ笑みを浮かべ、握手を交わしている。

クリスマスの魔法が戻ったのだ。

うしろから二番目のフロートが通りすぎたとき、わたしは腹を立てていたことを思い出した。パレードのコンテストで優勝を争う相手がいるとすれば、このフロートだ。ヴィクトリア・ケイシーは赤ん坊の頃からの親友であり、おそらくこの世で両親の次に愛している人間だけれど、パレードについて言えば、最大の敵だった。彼女は〈ヴィクトリアの焼き菓子店〉を経営している。小さな町のベーカリーにある通常の菓子も売っているが、ヴィクトリアの店の売りはジンジャーブレッドだった。ジンジャーブレッドのケーキ、ジンジャーブレッドのパン、ジンジャーブレッドのクッキーだ。それにジンジャーブレッド・ホットチョコレートミックスや、特製ジンジャー・トニックまであり、寒い冬の夜にウイスキーの入ったグラスに加えれば、心の奥底まで(何が隠されている心の奥底であれ)しみじみと温まること間違いない。昨年のパレードで、ヴィクトリアは〝エルフのクリスマスのごちそう〟と題したフロートで優勝していた。そして今年のフロートは段ボールに色を塗って覆いのない炉や薪オーブン、麺棒、パイ皿、クッキー型が散らばったテーブルをつくり、昔ながらのベーカリーを模していた。棚に並んだパンやパイやケーキは本物そっくりで、ヴィクトリアの甥が偽物のクッキーを盗み食いしようとしたほどだ。親戚にベーカリーの従業員を演じてもらい、女の子にはロングスカートとエプロン、男の子にはグレーの縦じまのズボンに高くて白いコック帽をかぶらせていた。

ヴィクトリアはフロートで通りすぎながら、心配そうにわたしを見た。〝だいじょうぶ?〟声は出さず、口だけ動かした。

〝エンジンの調子が悪くて〟わたしも口だけを動かして返事をした。

わたしにも誰にも命の危険が迫っているわけではないとわかると、ヴィクトリアは勝利を確信してこぶしを突きあげて通りすぎていった。あの得意気な顔が憎たらしい。それに、ジョージのものと同じくらい古いトラクターに乗せた、九匹の大きなぬいぐるみのトナカイが引く鮮やかな金色の橇《そり》に乗ったサンタクロース、別名パパが投げかけてくる華やかさも同じように憎らしかった。

ほかのパレードではサンタクロースがいちばんのスターかもしれないが、わが町ではその役割は町長であるファーガス・カートライトが担っていた。カートライト町長は厚手の白い毛布にくるまれ、毛のない頭にふさふさとした白いフェイクファーの帽子をのせ、両手に白いミトンをはめており、毛が抜けたホッキョクグマに見えなくもない。橇のうしろ側の玉座のような金色の椅子にすわって王様のように手をふり、そのまえでサンタクロースが立ってホー、ホー、ホーと叫んでいる。そして橇の両側では消防服を着てサンタクロースの帽子をかぶった消防隊員が歩き、笑顔で拍手をしている子どもたちにキャンディ・ケインを配っている。

やっとジョージの巨大なトラックが見えてきた。ラスが走っていき、ジョージと一緒にトラックをトラクターのまえにつないだ。パレードが行われているあいだはトラクターをわきに寄せられなかったので、貴重な時間を無駄にしたくなかったのだ。

わたしは自分のフロートに急いで戻った。

「もう出発できないわよ」キャンディが小走りで近よってきた。「最後は必ずサンタクロースなんだから」

「それは公式な規則？」

「規則じゃなくても、守るべきよ」

「それじゃあ、わたしを逮捕して」わたしはフロートによじのぼった。

「メリー、もう出発できるの？」かわいらしい女の子が大きすぎる帽子のつばの下からのぞきこむようにして尋ねた。

「ええ。出発よ！」

ジョージがトラックの運転席に乗りこみ、ラスもわたしのあとからフロートに乗ると、合唱団と心配そうだった親たちから歓声があがり、フロートはついに動きだした。キャンディ巡査はわたしを逮捕できる罪状を――何でもいいから――見つけようとして、頭のなかで法律書をめくっているようだった。


「次はルドルフ！」母が叫んだ。そして基準の音を口にすると、合唱隊が歌いはじめた。

『赤鼻のトナカイ』、ルドルフの歌だ。

「あなたは降りて」わたしはラスに言った。「衣装を着てないもの」

「言わせてもらえれば、きみのせいでパレードの出発の写真を撮りそこねたんだから、乗せてくれてもいいだろう。サンタクロースのおもちゃ工房の公式カメラマンとでも思ってくれ」

ラスはカメラをかまえて、しかめ面をしているわたしのアップを撮った。

2

順番を乱し、すみやかなパレードの進行を妨害した罰として、わたしのフロートはコンテストで失格となった。

今年の審査委員長はヴィクトリアのおじであるダグだが、そのこととこの決定はいっさい関係ないと、ダグは言った。そして顔が胸につきそうになるほどうつむいて、そそくさと去っていった。

でも、わたしには怒っている暇はなかった。子どもたちをフロートから降ろして落ち着かせる役割も、母と親たちにまかせた。カメラを持っていたラスはパレードの途中でフロートから飛びおりていた。フロートはジョージがわたしの両親の家へ引っぱっていって、車庫にまた半年閉まっておくことになる。

ジャッキーとわたしは大急ぎで〈ミセス・サンタクロースの宝物〉へ行き、まもなく入口からなだれこんでくるはずの買う気満々の客たちを迎える準備を整えなければならない。

けれども、そのまえにまず自宅に急いで帰り、飼い犬のマッターホルンを散歩に連れていかなければ。

わたしはロングスカートの裾を持ちあげ、新雪をものともせず、急ぎ足で町を歩いた。そして町の中央にある公園を横切り、野外音楽堂のまわりを歩いた。誰もいない。みんなまだパレードの通り道でクッキーをかじりながらホットチョコレートを飲んでいるか、自分の店の準備をしているのだろう。いま、わたしの左側には白に白が重なってぼんやりとしか見えないオンタリオ湖の入り江がある。右側には店や家が並び、どこもクリスマスに向けて美しく飾られている。だが、その飾りに見とれている暇はなかった。本当はきょうはマッターホルンにはケージでおしっこをさせようと思っていたのに、あきれ返ったヴィクトリアから、いいえ、わたしたちはいまトイレ・トレーニングでとても大事な段階にあり、そんなことをしたら数カ月まえの状態に戻ってしまうと指摘されたのだ。トイレ・トレーニングをしている犬でもなければ、面倒を見るために急いで家に帰る飼い主でもないのに、どうしてヴィクトリアが「わたしたち」と言うのかはわからないけれど。それを言えば、こんなふうに犬を、それもセントバーナードの子犬を飼って、この先どうなるのかもわからない。

ケージの扉を開けると、マッターホルン——いつもマティーと呼んでいる——が飛びついてきて尻もちをついた。マティーはわたしの上に乗って、顔を死ぬほどなめてきた。わたしはわめきながら、顔に大量についたよだれをふいて、よろよろと立ちあがった。わたしが借りている部屋は十九世紀のヴィクトリア朝様式の豪華な屋敷の二階の半分で、狭い使用人用階段から裏庭へ出られる。次に何をするのかわかっているマティーは階段を駆けおりて、飼い主が追いつくのを待っている。わたしは裏庭に出るドアを開けた。だが、マティーはまだ雪に慣れず、空気のにおいを嗅ぎながら、しばらく外に出ずに待っていた。そこでブーツの爪先でお尻を軽く押しやると、マティーはやっと外に出た。

用を足し、どうやらこの雪というものは危なくないらしいと結論が出たらしく、マティーは裏庭を走りまわり、降ってくる雪を口にしようとして飛びついている。はしゃいでいる姿を見ているうちに、いつの間にか顔がほころんできた。来年のフロートはクリスマスイブのスイスの時計職人の工房にしようか。子どもたちはマティーを気に入るだろう。マティーの首に小樽をぶら下げるのだ。来年のいま頃、マティーは子どもたちを背中に乗せられるくらい大きくなっているかもしれない。

わたしは頭を現在に引き戻した。「さあ、もういいでしょう。そろそろ、家に帰る時間よ。おいで、マティー。マティー！」

マティーは遊びをやめてケージに押しこめられる気は毛頭ないようだった。わたしは新しく犬を飼ってしまった、それも一年でいちばん忙しいクリスマス・シーズンに。自分の計画性のなさを罵《ののし》りながら裏庭へ出て、抵抗する生後二カ月半で十四キロの仔犬を家に引きずり戻した。

それから店まで休まずに走った。開店まで、あと五分。

ジャッキーはこれ以上エルフの衣装を着ていることを断固拒否して、仕事用に持ってきていた服に着がえていた。わたしは客に受けることを期待して、ミセス・サンタクロースを演じつづけるつもりだった。けれども、タイツもスカートの裾もびしょ濡れだった。マティーを追いかけたときに付いた雪が店の暖かさで解けたのだ。

わたしは足もとから伝わってくる寒さを無視して、批判的な目で店の展示を見て、その様子に満足した。店名からわかるとおり、うちの店はクリスマスグッズの専門店だ。扱っている商品は地元の作家や職人がつくったものか、時折ニューヨーク・シティから仕入れてくるもので、一点物がほとんどだ。わたしは有名なライフスタイル誌の副編集長として五年間働いていた。個性的で美しいけれど一般読者にも手頃な価格の商品を見つけるのが何よりも得意なのだ。

ショーウインドーはフロートのテーマに沿って、エルフの宝石工房に見立てていた。地元の宝石職人から古いか、めったに使わない道具を借り、昔ながらの学校の木の机と灯油ランプをいくつか集めて小道具にした。そしてきらきら輝くガラスのクリスマスツリーを並べた隣に黒いベルベットを敷き、ひときわ目を引く宝石を置いて、それを明るい色あいの木のサンタクロースが眼鏡をかけてじっくり見ているという設定だ。店の外では毛皮に包まれた女性と、ふくらはぎまである黒い革のコートに手袋をした男性のふたり連れが足を止めてショーウインドーを眺めている。女性がリースの形をした、きらきら光るラインストーンのブローチを指さした。

わたしは札を〝営業中〟のほうへひっくり返して、ドアの鍵を開けた。カップルが店へ入ってきた。「ご用の際はお声をかけてください」

「ありがとう」

「ルドルフは初めてですか？」

「そうなんだ。でも、最後にはならないと思う。そうだろう、ハニー？　今朝のパレードはこれまで見てきたパレードのなかでも、とびきりすばらしかった。懐かしさのあるパレードほど、休暇気分を盛りあげるものはないからね」

その言葉に、男性客に向かってにっこり笑った。わたしの好みにぴったりの男性だ。ふたりが好きに見てまわれるように、そっとそばを離れた。

ジャッキーがくるぶしまでの黒いショートブーツに黒いタイツ、黒のミニスカート、それにぴったりとした青いセーターという格好で奥から出てきた。男性客がジャッキーの全身にすばやく目を走らせた。ジャッキーを雇ったのは男性客を引きつけるためではないけれど、その特性は思いがけないおまけではあった。

わたしはだて眼鏡をかけ直し、ナイトキャップをずらして白髪をうまい具合に入れた。ドアに吊した鐘が鳴り、客たちがなだれこんできた。わたしはジャッキーに会計をまかせて店内を歩き、客たちの質問に答え、贈り物や装飾品を選ぶのを手伝った。

開店から約一時間後、ひとりの男性が店に入ってきた。連れはいなかったが、珍しくはない。夫を突いてうちの店へ向かわせて、自分は隣の〈ディーヴァ・アクセサリーズ〉に入っていく女性が多いのだ。だが、男性はカメラと手帳を持っており、それは珍しかった。

その男性のあとから、〈ディーヴァ・アクセサリーズ〉とは反対側の隣の店、〈ルドルフズ・ギフトヌック〉の経営者ベティ・サッチャーが店に駆けこんできた。〈ルドルフズ・ギフトヌック〉は大量生産のクリスマスグッズを売っており、その大部分が中国製だった。だからといって、悪いわけではない。わたしたちは決して商売敵ではないが、ベティはうちの店で百ドルの飾りを買うなら、ベティの店の安い飾りをトラック一台分買えるはずだと考えているのだ。ベティはパレードにフロートを出していなかったが——これまで一度も参加したことがない——人混みのなかから、わたしの不運を見て、ほくそ笑んでいた。

「ミスター・ピアス！」ベティは叫んだ。「店を広げる計画についてお話しするのをすっかり忘れていたわ」

新顔の男性はつくり笑いをして答えた。「うかがいたかったことは、すべて聞かせていただきました。ありがとうございました」イギリス訛《なま》りが強い英語だった。男性はおそらく四十代後半、背が低くて痩せ型で、伸ばした髪で頭の薄い部分を隠し、青白い肌には若い頃のニキビ跡が残っている。わたしに近づいてくると、小柄だが手強いベティが袖を引っぱった。

「コーヒーでもいかが？　ああ、あなたは紅茶のほうがお好きよね？」ベティは騒々しく笑った。「ごちそうしますよ。〈クランベリー・コーヒーバー〉は行かないと。このあたりでいちばん人気がある店なの」

「ありがとうございます」男性はもう一度言った。「そのコーヒー店も予定に入っています」

「何かご入り用ですか？」わたしは彼に声をかけた。

「いいえ」ベティが答えた。「まあ、わたしとお茶を飲んだあとに寄るかもしれないけど。ミスター・ピアス、行きましょう」

「ミセス・サッチャー、お時間を割いていただき、ありがとうございました。すべて、必要なことはうかがいましたので」

いくらベティでも追い払われていることに気づかないはずがない。ミスター・ピアスが自分とお茶を飲まないのは、すべてわたしの責任だという目で、にらみつけてきた。

「いまなら、ほんの数分だけ空いている時間があったのよ」ベティは誘いを断られたにもかかわらず、ふてぶてしく言った。「このあとはすっごく忙しくなりそうだから。〈ルドルフズ・ギフトヌック〉には、次々とお客さまが入ってくるでしょうからね。メリー、あなたにはそんな厄介ごとがなくて、本当に幸運だわ」ベティは捨て台詞《ぜりふ》に満足して帰っていった。

わたしはまだこの男性が何者なのか知らなかった。コートはウール、スカーフはカシミア、手袋は革、カメラは〈ニコン〉だ。

「ナイジェル・ピアスと申します」男性は言った。「《ワールド・ジャーニー》誌の仕事をしていて、この町のクリスマスの雰囲気を特集するためにきました」

「ようこそ」わたしはかすれ声で言った。「ルドルフと〈ミセス・サンタクロースの宝物〉へようこそ、という意味です」《ワールド・ジャーニー》はヨーロッパで随一の旅行誌だ。

「パレードでお見かけしました」ナイジェルは言った。「遅れて出発したでしょう？」

「あれは機械的な問題で」

「あなたがこのお店の経営者ですか？」

「ええ」わたしは手を差しだした。「メリー・ウィルキンソンです」名前のつづりを口にした。そうしないと、たいてい〝メアリー〟と間違われるのだ。

ナイジェルは手袋をした指先で、わたしの指に触れた。決して温かくもなければ親しみのこもった態度でもなかったけれど、《ワールド・ジャーニー》に店のことを書いてくれるなら、どれだけ冷たくてもかまわない。

「かわいらしい町ですね。わたしの好みとしては、クリスマスの雰囲気が少し派手ですが、こういう俗っぽいクリスマスらしさが好きなひとたちもいるらしいから。『アメリカのクリスマス・タウン』という記事を書く予定です」

「まあ、すてき」職人がつくった美しいクリスマスグッズを俗っぽいと言われたことは無視した。飛びあがってジャッキーとハイタッチこそしなかったけれど、そうしたい気分だった。父や歴代のルドルフ町長が聞いたら、どんなに喜ぶことか。歴代の町長たちはルドルフをアメリカのクリスマス・タウンとして定着させようと長年努力してきたものの、インディアナ州サンタクロース、フロリダ州クリスマス、アラスカ州ノースポール、アリゾナ州スノーフレークといった強敵がいた。もし《ワールド・ジャーニー》がお墨付きをくれれば、公式に認められたも同然だ。わたしには父がこう叫んでいる姿が見えた。「これを見たか、スノーフレーク！」

「すてきな店員さんですね」ナイジェルがジャッキーを見つめた。ジャッキーは髪をかきあげ、あごをつんとあげ、胸を突きだしてにっこり笑った。

「カウンターの奥から出てきて、すてきな商品について説明してくれませんか？」

ジャッキーが問いかけるようにわたしを見た。

「オーナーは許してくれますよ」ナイジェルは言った。「彼女の写真を撮らせてください。とても……クリスマスらしいから」

とりあえず、いまはたいしてやることがない。ほかの客たちは商品を見るのをやめて、ナイジェルが写真を撮るのを眺めている。数人の客は礼儀正しく、じゃまにならないよううしろにさがっていた。だが、数人は〝うっかり〟フレームのなかに入るのを狙ってまえに進みでている。

ナイジェルは華やかに飾られた本物のモミの木のクリスマスツリー（毎月交換している）の隣に立つジャッキー、客にキルトの食卓マットを見せているジャッキー、男性客が妻へのプレゼントを探すのを手伝うジャッキー、きれいで浮ついているジャッキーらしい写真を撮っていった。それに、レジスターに金額を打ちこんでいるわたしの写真を一枚。ナイジェルはわたしに笑わないよう言った——笑うと、ミセス・サンタクロースとしては若すぎてしまうからだ。

この機会に自分が立ちあえなかったことを知ったら、母はきっと誰かを殺してしまうにちがいない。

ナイジェルは撮りたかった写真をやっと撮り終えた。カウンターのまえには列ができており、わたしはすばやく持ち場に戻るようジャッキーに命じると、ナイジェルをドアまで送っていった。わたしが名刺を渡すと、ナイジェルは何も言わずにポケットに入れた。

「今夜、パレード後のパーティーがあることは聞きましたか？　公民館で六時半からです。サンタクロースも出席しますし、地元のミュージシャンが演奏して、子どもの聖歌隊が歌って、軽食も出ます。どなたでも参加できますから」

「それもアメリカのクリスマス・タウンの一部なんですね？」

「ええ、そのとおり」わたしは愛想よく見えるようにほほ笑んだ。ナイジェルは店の反対側にいるジャッキーに目をやった。ジャッキーが手をふって叫んだ。「ナイジェル、パーティーで会いましょう！」

ナイジェルは店を出ていった。

ベティ・サッチャーが親から離れたシマウマの子どもを見つけたライオンのような速さと敏捷《びんしょう》さで、店のドアから飛びだしていった。

「本当に、ついてなかったわよね」パレード後のパーティーで優勝トロフィーを謙虚に受けとったあと、ヴィクトリアが言った。「トラクターが故障するなんて。でも、きっと次はもっと運に恵まれるわ」高さ六十センチでずっしりと重い、赤くて大きなガラス玉の鼻がついた金色のトナカイのトロフィーは、みんなに見えるようにパーティー会場の中心に堂々と飾られている。土台の銘板には優勝年度と優勝者の名前が刻まれている。このトロフィーは来年の十二月まで、またヴィクトリアの店の棚の上段に飾られる。夏のパレードの優勝者には、海水パンツをはいてサングラスをかけた赤鼻のトナカイ、ルドルフのもう少し小さな像が贈られるが、メインイベントである冬のパレードの優勝トロフィーほどの名誉はない。これもヴィクトリアの店に飾られているけれど。

わたしたちはパレード後のパーティーで、公民館の大ホールに集まっていた。各賞が発表され、グループすべてが（わたしのグループを除いて！）参加したことで何らかの賞をもらっていた。そして、母の教え子たちがクリスマスの歌を歌った。『きよしこの夜』はとても美しく、観光客のなかには涙を浮かべているひともいた。母も泣いていた――パレードのあと、店に国際的に有名な旅行誌の記者がやってきたと聞いたときには。そして、ナイジェルがカメラを持ってパーティー会場にのんびり現れたので、わたしが紹介すると、やっと気持ちがなだめられたようだった。

ナイジェルはまたジャッキーの写真を撮りつづけていた。軽食が並んだテーブルのまえにいるところ、トロフィーを眺めているところ、無邪気にサンタクロースの膝にすわっているところ。ジャッキーのいまのボーイフレンドであるカイル・ランバートは、そのあいだずっとにらみつけていた。

だが、さすがのジャッキーでも母と生徒たちには主役の座を明け渡さなければならなかった。もしも――可能性が低いもしもの話だけれど――ナイジェルがほのめかしているように、わたしたちが雑誌の表紙を飾ることになったら、きっとブロードウェイにも負けないドレスを着たジャッキーが、頰をピンク色に染めてリボンをつけ、ターコイズブルーとグリーンのエルフの衣装を着た子どもたちに囲まれている写真が載るにちがいない。

公民館の大ホールはクリスマス一色だった。さまざまな飾りがぶら下がった本物のツリーが飾られ、片側の壁には赤い靴下がずらりと並んでピンで留められ、そこらじゅうに色とりどりの小球が下がっていた。サンタクロースはすわり心地がよさそうな大きな安楽椅子にすわり、子どもたちに囲まれて願いごとを聞き、写真を撮るためにポーズを取っていた。おもちゃ職人の格好をしたアランはサンタクロースの助手をつとめ、精巧な羽根がはしに付いたペンで、長い巻紙にメモをとっていた。そして町長は大人たちに囲まれ、あるいはできるだけ囲まれるようにして、パレードの成功を賞賛する言葉をかけられている。

パーティーの料理は〈ヴィクトリアの焼き菓子店〉が請けおっていた。ジンジャートニック入りあるいは抜きのホットチョコレートに、大きなジンジャーブレッド・ケーキ、そしてさまざまなおもしろい形で焼いた最高のジンジャーブレッド・クッキーだ。幸いにもヴィクトリアがこのまえのわたしの誕生パーティーに持ってきた、解剖学的にあまりにも正確な男女の身体のクッキーはなく、そのことに大いに驚いた。

パレードが行われる週末には、はるか遠くのさまざま場所から人々がルドルフへやってきている。わたしがきょう話したのは、カリフォルニアとケベックとワイオミングからきた人々だった。《ワールド・ジャーニー》で特集されれば、ヨーロッパやアジアからも観光客がやってくるようになるかもしれない。頭のなかで、ドル記号が躍った。

わたしのスカートとタイツは午後のうちに乾いたけれど、パーティーにくるまえに公園を突っ切って家へ戻り、マティーに餌をあげて外に出してやらなければならず、またびしょ濡れになってしまった。そのせいで、爪先の感覚がなくなりつつあった。

わたしはすっかりくたびれ、早く家に帰り、暖房をつけてワインを注ぎ、毎年読んでいる『休暇のための家づくり』か『続・休暇のための家づくり』を持って早くベッドに入りたかった。でも、十二月二十六日まではだめだ。当然ながらクリスマス当日は店が閉まっているというのに、何を血迷ったか、この狭い家に十二人も招待してクリスマス・ディナーをふるまうと約束してしまったのだ。

わたしは混雑している会場を見まわした。会場に入ってきたときにラスが手をふってきたものの、彼は町のお偉方にインタビューをして、新聞に載せる写真を撮るのに忙しかった。ニューヨーク州ルドルフ近郊に住む人々のほとんどがこの会場に集まっているように思えた。自営業者も、わたしたちの店や台所に商品や食べ物を供給してくれる農家も職人も、ボランティア団体の代表や、町の職員も。欠席しているのはレストランの人々だけだろう。彼らはいまディナーの準備をしているだろうから。

政治家も大挙してやってきており、ニューヨーク州代表の下院議員もふたりいた。議員と言えば、スー゠アン・モローがうれしそうに大勢の人々の相手をしていた（少なくとも、町民に対してはうれしそうだった。明らかに観光客らしい人々は無視だ）。スー゠アンはまだ出馬表明こそしていないものの、次の町長選挙でファーガス・カートライトの対抗馬として立候補するつもりであることを隠していなかった。〝ルドルフはまだまだ発展できる！〟という標語をずっと掲げているのだ。わが町は発展してきたものの、観光客数が過去最高を記録した数年まえより減少し、売上げも落ちている。ニューヨーク州全体を襲った不景気に対してできることは何もないけれど、スー＝アンはそれがファーガスの失策のせいだと、町民みんなに知らせたいのだ。

ファーガスが町長になってから七年たち、多くの人々が――わたしもだけれど――町長は少し仕事に慣れすぎたと感じている。もう長いこと、斬新な政策を思いついていないのだ。それどころか、ファーガスの政策は（政策がある場合でも）ほとんどが、わたしの父がファーガスに引き継いだものなのだ。それでも、スー＝アンに町長になってもらいたいかと問われれば、わたしは返事ができない。スー＝アンはスプレーで固めたヘルメットのようなグレーブロンドの髪と、いつも靴の色とそろえているパステルカラーの勝負スーツで巧妙に隠しているが、どこか腹黒いところがありそうだった。きょうのスー＝アンはゆったりとしたボックス型のジャケットと膝丈のかっこいいスカートのスーツに、七分袖のブラウスをあわせていた。そのスーツも、黒とピンクのくるぶしまでのブーツも、ルドルフでいちばんおしゃれな婦人衣料品店〈ジェインズ・レディースウエア〉で買ったものではないだろう。スー＝アンの服装で仕方なくクリスマス・シーズンを表しているのは、衿に着けたクリスマスツリーの小さなブローチだけだった。彼女が心からクリスマスを愛しているとは思えない。

わたしたちが住んでいるルドルフは一年じゅうクリスマスの雰囲気で満ちている。それなら実際にクリスマス・シーズンが訪れたときに現実的になったり冷笑的になったりするだろうと思うかもしれないが、どういうわけか、わたしはいっそう本物のクリスマスが好きでたまらなくなる。そして、町民の大部分も同じ気持ちであるのが伝わってくる。

わたしは会場を見まわした。地元のひとでも観光客でも、衣装の類いを着ていないひとの多くがクリスマスのアクセサリーのなかでも最悪のものを（最高のものを選んだつもりで）着けて、服装を引き立てている。〈ルドルフズ・ギフトヌック〉で二ドルで売っている（三つ買えば五ドルだ）きらきら光る派手なネックレスや、リースやツリーのイヤリング、巨大なブローチなどだ。ファッション誌がばかにするような手編みのクリスマス・セーターを着ている男性も数人はいる。そのとき、ベティ・サッチャーがナイジェル・ピアスのうしろをついて歩き、ナイジェルが話をしたり、写真を撮ったりするたびに、入りこもうとしている姿が目に入った。三人の魅力的な若い歌手たちが舞台にあがってナイジェルがその写真を撮っているが、五十歳で曲線も何もなく、いつもの野暮ったい格好をしたベティにはまったく勝ち目はないだろう。思わず同情しそうになったが、じっと見つめていたわたしに気づいたベティにあの見下すような目をされたせいで、その気持ちは消えてなくなった。

「きみの心はずっと遠くに行ってるんだな」横で声がした。アラン・アンダーソンが湯気の立っているホットチョコレートをふたつ持って立っていた。アランはひとつをわたしにくれた。〈キャンディケイン・スイーツ〉の自家製である大きなマシュマロが表面に浮かんでいる。

「ありがとう。北極まで飛んでいたかも。クリスマスが大好きだって考えていたから」

アランは笑った。何だか妙な感じだった。若い男性の声なのに、見かけは百歳の老人なのだ。わたしも同じように見えているにちがいない。

〝すべて、クリスマスの魔法よね〟わたしはアランに笑いかけて、ホットチョコレートをひと口飲んだ。濃くて、豊かな味わいだ。おもちゃ職人は温かな笑顔を見せてくれた。ぼさぼさの白い眉の下の眼鏡の奥で、若々しい青い目が輝いている。わたしはもうひと口ホットチョコレートを飲みながら、血流を戻すために足の爪先を動かした。濡れたスカートがひどく重く、まるで下半身に氷が張りついているようだ。ドアが始終開くせいで会場は凍えるほど寒いが、ほとんどのひとが分厚い冬服かパレード用の衣装を着ている。

「いまは休憩？」わたしは訊いた。

「ああ。サンタクロースだって自然の欲求には逆らえないからね」

父はすでにトイレから戻ってきて、ナイジェル・ピアス、ラス・ダラム、ラルフ・ディカーソン、ファーガス・カートライト、そしてわたしの母とちょっとした会議を開いていた。母は水を飲み、男性たちはジンジャーブレッドを食べている。すぐそばではスー＝アン・モローが仲間に入ろうとして跳ねまわっているが、母にじゃまをされていた。ベティの姿はなかった。

アランとわたしはその様子を見ながら、心地いい沈黙に包まれていた。アランは口数が少ない男性だった。その分、木のおもちゃが——子どもの遊び道具のみならず、芸術品でもあるのだが——語ってくれた。

まもなく父がみんなから離れて、仕事に戻った。そして母が言葉を交わすために父のほうを向くと、スー＝アンがその隙を突いた。ナイジェルに駆けよって、片手を差しだしたのだ。「ぼくも戻ったほうがよさそうだ」アランが言った。「あの、メリー……これが全部終わったら……」

「やあ、いいパーティーだね」きょう初めて店にきたカップルが声をかけてきた。アランはふたりに会釈すると、静かに離れていった。わたしはふたりにほほ笑んだが、別に宝飾品とクリスマスの飾りに五百ドルを落としてくれたことが理由ではない。

「わたしたちはもう来年のホテルの予約をしたの」女性が言った。「年に一回訪ねてきてくれる両親を喜ばせる方法をやっと見つけたわ。ふたりは引退したあとハワイで暮らしていて、普段の生活には満足しているのだけれど、母は子どもの頃の昔ながらのクリスマスがいまだに懐かしいらしくて」

「それこそ、ルドルフの精神です」わたしは思わずにこにこして答えた。昔ながらのクリスマスはわたしの生活の糧《かて》だから。

五時まえには日が暮れ、暗い空から雪がまだゆったりと舞い降りていた。会場はクリスマスツリーやその他の飾りのやわらかな青や緑の光にあふれていた。食べ物はすぐになくなり、テーブルに残っているのは腕や頭が欠けたジンジャーブレッドマンやクッキーのかけらだけ。それも、ほんの少しだ。わざと食べ物を少なめにしているのだ。パーティーのあと、町の多くのレストランを訪れてほしいから。会場にいる人々は少人数のグループに分かれておしゃべりをして笑いながら、ホットチョコレートや最後のクッキーを味わい、なかなか暗い外へ出ていこうとしない。幼い子どもたちだけがスノースーツを着せられて家に連れ戻され、興奮した一日を終えてベッドに入れられようとしていた。

クリスマス。十二月は慌ただしく働いてばかりの月になるかもしれないけれど、それでもなお、わたしは幼い頃と同じくらいクリスマスが大好きだ。わが家にとって、クリスマスは特別なのだ。何といっても、父がサンタクロースなのだから。

常々思っているのだけれど、クリスマス気分で何よりもすばらしいのは、それが伝染しやすいところだ。誰もがそばにいるだけで、幸せになれるのだから。

いや、ほとんど誰もがと言うべきかもしれない。軽食のテーブルのそばに立っている三人は自然にクリスマス・キャロルを口ずさみたくなるような顔はしていなかった。三人とも見覚えのある顔だった。ふたりは隣町マドルハーバーの商店主。そしてもうひとりは〝めちゃくちゃな港《マドルハーバー》〟などという不運な名前の町の町長、ランディ・バウンガートナーだ。

年月とともに、ルドルフがクリスマスと買い物の町として知られるようになるにつれて、マドルハーバーの町は衰退していった。それはすべてルドルフのせいというわけではなく、マドルハーバーの中心だった産業が造船所の閉鎖とともに衰退したからだったが、町民はルドルフがお金をたっぷり落としていってくれる観光客をすべて奪ったからだと信じていた。だが、実際にはルドルフのおこぼれにあずかっているところも多いのだ。ルドルフのＢ＆Ｂやホテルが満室の場合、わたしたちは観光客にマドルハーバーを紹介するのだから。五年まえ、マドルハーバーは〝復活祭《イースター》の町〟であると主張して、春にパレードや祭りを行った。

だが、それは復活祭のウサギ《イースター・バニー》の扮装をした前町長が、イースター・パレード〝チョコレット〟の十九歳の女王の父親である体重百五十キロのトラック運転手に追いかけまわされて終わった。そして、いまランディ・バウンガートナーとその友人たちはナイジェル・ピアスを取り囲む人々をにらみつけているというわけだ。

　ジョージがごつい手でジンジャーブレッドを持って近づいてきた。

「トラクターが修理できたならいいんだけど」わたしは言った。

「もう直ったよ」

「修理代はあまりかからなかった？」

「メリー、あれは故障じゃなかった」

「それじゃあ、何だったの？」わたしはたいして聞きたいと思っていなかった。この世に興味のあることはたくさんあるけれど、トラクターの複雑な構造はそのなかに入っていない。

「点火プラグのワイヤーが逆につながっていた」

「まあ。それじゃあ、どうやって町までできたの？」ヴィクトリアがまた新たなクッキーの皿を厨房から出しているのが見えた。ずっと彼女に腹を立てていたけれど、そろそろ手伝いにいくべきだろう。そしてナイジェル・ピアスをヴィクトリアの店に呼ぶ機会をつくってあげるのだ。

「メリー」ジョージが言った。その声はとても真剣で、わたしは彼のほうをふり返った。

「なあに？」

「おれはゆうべトラクターに乗って町にきた。そうだよな？」

「ええ」

「そのときから、今朝のパレードの出発までのあいだに、ワイヤーのつなぎ方を変えられた。ワイヤーはきちんとつながっているから作動する。正しくつながっていなかったら、エンジンはかからない」

「どうして、そんなことが起きたの？」

「メリー、ワイヤーはひとりでにはずれたりつながったりしない」

「でも、あなたが直したんでしょう？」

「みんなや犬たちがトラクターを早く動かせと騒がなければ、ちゃんと点検できたんだ」

「ジョージ、何が言いたいの……？」

「あんたのフロートを引くってことをみんなが知っていたトラクターが、走るのをわざとじゃまされたってこと。そうさ、メリー、おれが言っているのはそういうことだ。さて、クッキーが全部なくなるまえに、もう一枚取ってきたほうがよさそうだ」

ジョージは礼儀正しく昔ながらの挨拶の仕方で野球帽のつばに手をやると、ゆっくりと離れていった。

3

わたしは呆然として、歩いていくジョージの背中を見つめていた。ジョージの言い方だと、今朝トラクターが動かなかったのは、たまたま起きたことではないように聞こえる。フロートと、フロートを牽引《けんいん》する車は昨夜のうちに集合して、そのままひと晩じゅう公民館裏の駐車場に置きっぱなしだった。フロートに見張りをつけるなんて、ルドルフの誰ひとりとして思いつかなかったのだ。

誰がそんな真似をしたのだろう？

わたしに対して！

わたしは手伝いのひとと話しているヴィクトリアに目をやった。わたしのフロートが動かなくなって得をするのはヴィクトリアしかいない。

ちがう。ヴィクトリアじゃない。

わたしは彼女を手伝うために、会場の反対側へ急いだ。疲れてはいるけれど、親友だって一日じゅう立ちどおしで、まだこれから皿を洗い、厨房をきれいに片付けなければいけないし、店の棚を商品でいっぱいにして、明朝七時に開店する準備をしなければならない。

わたしはヴィクトリアの手から空のトレーを奪った。「少し休憩して、あそこにいる男のひとと話してくるといいわ。有名な旅行誌の記者よ」

ヴィクトリアは目にかかっていた紫色の長い髪をひと房はらった。残りの髪は短く刈ってある。「知ってる。お昼に店にきたの。ハムとスイスチーズのバゲットサンドとジャガイモのスープを食べて写真まで撮っていった。心配しないで。特製クッキーでうならせてみせるから」

「それならいいけど」ヴィクトリアのバゲットサンドはクッキーと同じように最高で、わたしがパリで食べたものよりもおいしい。外はパリパリ、内側はやわらかくて、地元の農場でつくっているバターを分厚く塗ってある。本当においしい！　腰まわりについている一、二キロはあのパンのせいだ。わたしは温かいパンの白昼夢から頭を引き戻した。

「それでも、休憩を取って、また力をつけてくるべきよ。このお皿は引き受けるから」

わたしたちは並んで歩きながら、大きな業務用厨房へ入った。ヴィクトリアの手伝いのひとたちが盛り皿を洗い、食べ残しや丸められたナプキン――サンタクロースの橇と九頭のトナカイが満天の星のなかを走っていく絵が描かれている――をごみ箱に放っていた。

「メリー、フロートのことは残念だったわね。本当に。優勝まちがいなしだったのに。まあ、ジョージのトラクターがついにストライキを起こしたのが意外だったとは言えないけど」

わたしはトラクターが動かなかったのは何らかの妨害だったかもしれないということは誰にも言わないと決めていた。とりあえず、いまのところは。確かにジョージはエンジンの扱いに慣れているけれど、それでも失敗はあるだろうから。

わたしは厨房の真ん中の長テーブルにトレーを置いた。手をつけていないクッキーがのった大皿が一枚残っている。ラップがかかっていて、〝テーブルには出さないで〟というメモが付いている。

「特別のものみたいね」

ヴィクトリアがつくるクッキーはジンジャーブレッドを愉快な形で焼いただけのシンプルなものだった。トナカイの飾りは、小さな赤いキャンディの鼻だけだ。ヴィクトリアはクッキーの砂糖衣《アイシング》がけに凝るのをよしとしていなかった。あまりに手をかけすぎると、クッキーそのものの味が損なわれてしまうというのだ。

けれども、この大皿のクッキーは芸術作品だった。食べられる芸術だ。サンタクロースの服は真っ赤なアイシング、ベルトはカンゾウの細い葉、長靴はチョコレート・ガナッシュで、白いひげはアイシング。色あざやかな服を着た人々の笑顔はピンク色のアイシング、黒い目はカンゾウで描かれ、橇にはキャンディの贈り物が山積みになっている。クッキーは雪に見立てたココナッツの上に置かれていた。そしていちばん大きくて、最も美しいクッキーには白いアイシングが厚く塗られ、その上にフロックコートを着てシルクハットをかぶり、本を持った眼鏡の男性が描かれている。わたしは顔を近づけて、本に小さく書かれている文字を読んだ。『クリスマス・キャロル』

「チャールズ・ディケンズなのね！」

「特別ゲストのために、とっぴなことをやろうと考えたの」ヴィクトリアは言った。「気に入ってくれるといいんだけど。ものすごく手間がかかったのよ。ちょうどいいときにきてくれたわ。いまから披露するところだったから。あなたのお母さんにミスター・ピアスを最後まで引き止めておいてと頼んでおいたの」

ヴィクトリアは大皿を持ちあげて、差しだした。「持っていって」

「だめよ！　あなたがつくったものだもの」

「もちろん、わたしがつくったことは伝えてもらうわ。でも、贈呈役にぴったりの格好をしているのはあなたよ、ミセス・サンタクロース。さあ、行ってきて」

手伝いのひとたちも仕事の手を止めて見ている。厨房のドアが開けられると、わたしは誇らしげにクッキーののった大皿を会場へ運んだ。

「さあ、何が登場するんだ？」父が会場を盛りあげて声を響かせた。「ホー、ホー、ホー！」

母がオペレッタ『こうもり』の『シャンパンの歌』を歌いはじめた。

「わが町のすばらしいお客さまに」みんなが集まってくると、ヴィクトリアが言った。観光客のほとんどは腕時計に目をやってディナーの予約や子どもを寝かせる時間についてつぶやいたあと、すでに会場をあとにしていた。いまは町の人々がパレードの成功を祝い、互いの背中を叩きあって、くつろぐ時間だった……五分ほどは。そのあと、わたしたちはまた仕事に取りかかり、クリスマス・タウンの十二月という新たな忙しい一日の準備をするのだ。町民以外でまだ会場に残っているのはナイジェル・ピアスと、マドルハーバーの人々だけだった（ちなみに、わたしたちは彼らを〝マディット〟と呼んでいる。そして、彼らはわたしたちを〝あのトナカイ野郎〟と呼んでいる）。ナイジェルはジンジャーブレッドの作品を写真に撮った。それから、大皿の横で笑っているヴィクトリアの写真も。ヴィクトリアは写真にメリーも入れてほしいと身ぶりで伝えたけれど、ナイジェルが呼んだのはジャッキーだった。ジャッキーはくすくす笑いながら自分は関係ないからと断りながらも人混みをかき分けて近づき、サンタクロースのクッキーをつまんで、大きな口を開けてかじりつくふりをした。恋人のカイルはパーティーのあいだずっとつかめ面を崩さなかった。このあとも崩さないだろう。

いつも編集発行人とカメラマンと主任記者を兼ねているラスが、幼い子どもたちを怖がらせそうな顔をしたわたしの写真を撮った。

「イギリスからのお客さまに」カメラのシャッター音が止まると、ヴィクトリアは続けた。「わたしたちがいま楽しんでいるクリスマスの伝統の多くを広めてくれた、同郷の紳士に敬意を表してクッキーを焼きました」ナイジェルにほほ笑みかけて、クッキーのほうを身ぶりで示した。

わたしたち全員が拍手をすると、ナイジェル・ピアスはとても満足した顔で、まえに進みでた。そして、とてもよくできたディケンズのクッキーをつまむと、大きくひと口で頭をかじり取った。また拍手が起こった。

そのあと、町長が咳ばらいをして話しはじめたが、クッキーに殺到する人々に声をかき消されてしまった。

そして大皿に盛られたクッキーも吸いこまれるようにきれいになくなると、人々はみな夜のなかへ消えていった。母はへいへいとだと言い、父はやさしくほほ笑んだ。マディットたちはぶつぶつと文句を言いながら帰っていったが、町長が残ったクッキー二枚をさっと取って、ポケットに入れたのをわたしは見逃さなかった。ナイジェル・ピアスはジャッキーを隅に呼び、セーターの胸もとをずっと見つめながら、耳もとで何かささやきかけた。そのとき、カイルはジャッキーのコートを取りにいっていた。わたしはスー＝アンが握手をしている腕の下からやっとつかめたクッキーをかじった瞬間に、ラスにまた写真を撮られた。スー＝アンはサンタクロースのために用意しておく牛乳さえも固まってしまいそうな目でわたしを見たけれど、すぐにつくり笑いを浮かべてラスに顔を向けた。

「ラッセル、車まで送ってくれないかしら。道が滑りやすくなっているでしょう。このブーツは凍っている道は歩きづらくて。男性の力強い腕が必要なの」

ヴィクトリアが眉をくねらせ、わたしは必死に笑いをこらえた。歩道はおそらく舗装が一センチほど削られたくらいにきれいに雪かきされ、カリフォルニアの砂浜ができるほど塩と砂をまいてある。ルドルフの町が最も恐れるのが、観光客が足を滑らせて骨折することだからだ。

ラスは若くて魅力的で非常に感じがよく、スー＝アンの夫はめったに町にこない。けれども、それよりも重要なのはラスが町の新聞の発行人ということだろう。

ヴィクトリアが手伝いのひとたちを帰すと、わたしは片づけの仕上げを手伝った。

「きょう一日、すべてうまくいったわね」ヴィクトリアがクッキーを運ぶのに使ったプラスチック容器に皿を入れながら言った。

「パレードでわたしが失格になったことを別にすれば、という意味？」

ヴィクトリアの口もとに笑みが浮かんだ。「ええ、それを除けば。さあ、家まで乗せていくわ」

公民館を出たのは、わたしたちが最後だった。ヴィクトリアが電灯を消し、わたしが鍵がかかっていることを確かめた。

「あなたは卑怯《ひきょう》よ！」

「なあジャッキー、おれは……」

声がぴたりとやんだ。駐車場の明かりが届かない暗闇のなか、ジャッキーとカイルが裏口近くの壁を背にして立っていた。カイルは片手でジャッキーの腕をつかみ、険しく細めた黒い目の下に深いしわを寄せている。ジャッキーはその手をふり払い、こちらを見て言った。

「おやすみなさい、メリー」

カイルがジャッキーから離れた。ばつが悪そうにブーツの爪先で雪を掘っている。

「だいじょうぶ？」わたしはプラスチック容器を抱えたまま訊いた。

「何でもないわ。カイルはチャンスを生かして、成功をつかみとるってことをわかっていないみたいで」

ジャッキーが明るみに出てきた。カイルはルドルフという町のクリスマスツリーのなかで決していちばん輝いている星ではないけれど、わたしはいつも気立てのいい男性だと思っていた。もしかしたら、ジャッキーにとっては気立てがよすぎるのかもしれないけれど。ジャッキーはエルフの扮装をしているところを見られたら、カイルにふられてしまうと言っていたけれど、そうはならないことはジャッキーもわたしもわかっている。ジャッキーはわたしがとても追いつけない速さで、恋人を替えている。恋人に飽きて捨てるのは、いつもジャッキーのほうなのだ。

「わかっているさ」カイルは言った。「薄汚い親父たちはえらそうに見せようとするんだ」

ジャッキーは笑った。「カイルって、やきもちを焼くとかわいいと思わない、メリー？カイル、家まで送って。もう、くったくたなの」ジャッキーは顔をあげて、歩いていった。

カイルはわたしを見てから、あとを追った。

ヴィクトリアとわたしは、ふたりの問題には首を突っこまないことにした。

家に帰ると、マティーがいつものように限りない愛情をこめて迎えてくれた。わたしは飼い葉桶がいっぱいになりそうなほどのよだれをぬぐうと、すぐに戻ってくると言い聞かせて、着がえのために寝室へ駆けこんだ。脚を生き返らせるためにはラヴェンダーの香りの泡を立てた熱い湯にゆっくり浸かることが必要だけれど、ケージで寂しく退屈な一日を過ごしたマティーには散歩が必要だ。わたしは湿ったタイツとミセス・サンタクロースの衣装をぬいで、大好きな古いジーンズをはき、ぼろぼろだけれど暖かいセーターを着た。そしてナイトキャップをぬいで清々した気分を味わうと、カールした黒髪に両手を差し入れた。それから下の階に戻ると、マティーは興奮して足もとで跳ねまわったが、騒いでいる犬を何とかどかして重い冬用ブーツをはき、ダウンコートをはおり、首に長いスカーフを巻きつけて、ひどく格好悪いけれど機能的な耳あて付きの帽子をかぶった。

すべての準備が整ってから最後にマティーの首輪にリードを着けて家を出た。門を開けて道に出た瞬間に、腕を引っぱられて肩の関節がはずれそうになった。気持ちよくのんびり歩くのであれば楽しめるだろうけれど、マティーの散歩は興味を引くものを見つけてにおいを嗅いだり、また次のおもしろそうなものを探して飛びだしたりするたびに、興奮して走ったり、とつぜんぴたっと止まったりのくり返しだった。このあたりは立派なヴィクトリア様式の邸宅が並ぶ地域で、どれもルドルフが五大湖の重要な港のひとつとして最も栄えていた頃に建てられた屋敷だ。そのなかにはゆっくりと老朽化している屋敷もあるが、多くはアパートメントとして分割されている。そして、そのほとんどが美しく飾られている。ルドルフでは童話に出てくるグリンチのように意地悪なクリスマス嫌いでは長く暮らしていけない。正面の窓では立派なクリスマスツリーが輝き、ポーチの枠や柱のあいだ、そして木の枝にも電球が張りめぐらされている。野外音楽堂には何百という白い小球が飾られ、町の公式なクリスマスツリーには白いスポットライトがあてられていた。厚い雲から雪が降りつづけ、道筋を照らしてくれる月や星の明かりはない。遠くに見えるオンタリオ湖は真っ黒な穴のようだ。

公園に着くと、マティーが右にまがり、暗闇の奥深くへ入っていこうとして、わたしがよろめくほど強くリードを引っぱった。わたしは隠れていた氷のかけらを踏んで足を滑らせた。そのとき、倒れないようにしようとして、両手をふりあげてリードを放してしまった。マティーは跳ねるようにして走っていった。わたしは深く積もった雪の上に勢いよく倒れた。そして、しばらく顔を雪につけたまま倒れていた。頭ががんがんいっている。まばたきをして首をふり、何とかあおむけになった。そして、頭のなかですばやく確認した。足の爪先と指を動かした。すべていつもどおりに動いている。倒れるときに右手首で身体を支えた。痛くてたまらないけれど、動かせるところを見ると、骨は折れていないようだ。

隠れていた氷がつるつる滑り、うめいたり罵ったりしながら、何とか膝をついてよろよろと立ちあがった。そして顔についていた雪を息で吹き飛ばし、腕をぬぐった。マティーの姿は見えなかったが、湖岸の岩場のほうの暗がりへ向かって吠えている声は聞こえる。

「マティー！　マッターホルン！　戻っておいで！」

返事はない。まわりは何も見えなかったけれど、吠え声がするほうへ向かって深い雪のなかをよろよろと進んだ。わたしはきちんと責任を負う飼い主になりたいと思っているので、夜の散歩に行くときはいつも懐中電灯を持ち、ポケットにビニール袋を詰めこんでいる。ポケットから懐中電灯を出して、スイッチを入れた。そして暗がりに光を向けたけれど、雪しか見えない。数歩進んだところで、マティーを見つけた。茶と白の交じった尻尾とふわふわのお尻を勢いよくふっている。

「マティー」厳しい声で言った。「こっちにきなさい。早く!」

マティーがふり返って、わたしを見た。懐中電灯の光が黒い目を照らした。だが、マティーは命令に従わず、また何か注意を引いているほうを向いた。黒いビニールのごみ袋のようだ。

わたしは血が煮えたぎりそうになった。無責任な町民が公園にごみを捨てたのだ。

マティーは吠えるのをやめて、鼻を低く鳴らした。そして袋にのしかかってわたしを見ると、こっちにくるようにと促した。

わたしは懐中電灯で袋を照らした。

ごみ袋じゃない。ひとだ。男だ。

わたしは駆けよって膝をついた。手首の痛みを無視して、手を伸ばした。そして揺り起こそうとして肩に触れた。おそらく飲みすぎて、呆れたことに少しだけ寝ようとして雪の上に横になったか、つまずいて頭を打って意識を失ってしまったかだろう。

身体はとても冷たかった。首にさわってみると、触れている指先の下はまったく動いていなかった。

わたしは男を知っていることに気がついた。

ナイジェル・ピアス。《ワールド・ジャーニー》誌の記者だ。

4

マティーがわたしのわきに頭をうずめて、ゆっくりと哀しげに鼻を鳴らした。わたしは両手でマティーのやわらかい毛をなでて目を閉じ、深呼吸をして気の毒なナイジェルのことを思った。

そして、ぱっと目を開けた。ナイジェルは冷たい。氷のように冷たいけれど、凍死したように見えたひとを温めたら生き返ったという話を何かで読んだことがある。わたしはよろよろと立ちあがって、コートをぬいだ。そしてiPhoneの緊急通話ボタンを片手で押しながら、足もとに倒れているナイジェルにコートをかけた。

「ルドルフの町立公園にいます」てきぱきとしたオペレーターが応答すると、わたしは言った。「男のひとが……男のひとを見つけました……死んでいるみたい。いえ、まだ死んでいないかも。でも、とても冷たいんです」

「あなたのお名前を教えていただけますか?」

「メリー・ウィルキンソンです。男のひとが雪の上に倒れているんです。息をしていません。助けを寄こしてください」

「救急車と警察車両が向かっているわ」オペレーターが言った。「メリー、そのまま電話を切らないで」

「わかったわ。あなた、アリソン？」

「そうよ」

「よかった」

「メリー、だいじょうぶ？」

「ええ、だいじょうぶ。ここは暗いけど、懐中電灯を持っているから、わかると思う」

「それじゃあ、そこから動かないで。生きている兆候はない？」

わたしは唾を呑みこんだ。「ええ」

「パレードはどうだった？　すごく見たかったんだけど、パレードがある週末はとんでもなく忙しいでしょう。だから、臨時で出勤したの」アリソン・グライムズは母の声楽教室の卒業生だった。救急車と警察が到着するまで、こちらを落ち着かせるために、ていねいに会話を続けてくれているのだろう。わたしはアリソンのやわらかな声とくつろいだ態度に感謝しながら、会話に応じた。

アリソンと話していると、マティーがナイジェルの様子を見にいこうとした。わたしは首をつかんで引き戻した。「犬をつないだほうがいいみたい」アリソンに言った。「ちょっと待ってね」

「ええ」

マティーの首輪にリードをつけて、五、六メートルほど先にある木につないだ。救急救命士も警察官も新しい友だちをつくれるチャンスだと思って喜んでいる大きな仔犬の相手はしたくないだろう。

ナイジェルのまわりの雪は最初はマティーの大きな足跡で、次にわたしの足跡で荒らされていた。警察官は喜ばないだろうけれど、いまさらどうしようもない。ここに近づいたときに何か見なかったか思い出そうとしたけれど、無理だった。手がかりを探していたわけではないから。

ナイジェルのまわりを懐中電灯で照らしてみた。〈ニコン〉の長いレンズの一部が身体の下敷きになっている。雪から掘り起こすべきだろうか。きっと、こんな高価なものは濡れたらいけないにちがいない。でも、そのままにしておいた。高かろうが安かろうが、これ以上現場を荒らしたら、警察官がいい顔はしないだろう。

それまで目にしていなかったものに光があたった。ナイジェルから六十センチほど離れたところの雪が丸く解けていた。においを嗅いで、胃がおかしくなった。ナイジェルがひどく吐いたのだ。

最初はナイジェルがこんなふうに吐くまで酔っぱらい、そのまま雪の上で寝入ってしまったのだと考えた。でも、パーティーではお酒は出なかったし、ナイジェルがこっそり持ちこんだお酒を飲んでいたのだとしても、まったく酔っているようには見えなかった。パーティーから帰ったあとに飲んだのだろうか？　ナイジェルを最後に見てからまだ一時間もたっていない。誰もそんなに早く酔わないだろう。

マティーが鋭い耳でわたしより早く音を聞きつけて吠えはじめた。サイレンが近づいてきて、赤、青、白の光が冬の夜の暗闇を切り裂いた。叫び声が聞こえ、わたしは懐中電灯をふりまわして呼びかけた。「ここよ!」マティーがリードを引っぱって前脚を動かしたが、引っかいたのは冷たい空気だけだった。

もっと大きな木につなぐべきだったかもしれないと思ったところで、強烈な光が顔にあたった。

「あなただったの」キャンディ・キャンベル巡査のかん高い声が聞こえた。「そりゃあ、そうよね」

「どういう意味?」わたしは光をさえぎるために、顔のまえに手をあげた。そして指のあいだからのぞいた。キャンディのあとからふたりの救急救命士がやってきた。ナイジェルの両側にしゃがみこんだせいで、わたしからは見えないけれど、動かない身体を調べながら、有能そうな低い声で話している。

「動かさないで」キャンディが言った。光が動き、またわたしからも彼らが見えるようになった。救命士たちは運んできた担架にナイジェルを乗せようとしていた。ストレッチャーは深い雪のなかでは使えない。

「すぐに病院へ運ばないと」救命士のひとりはそう言うと、無線機に向かって頭文字と数字をいくつも叫んだ。

「もう死んでいるのよ。ＶＳＡでしょ」キャンディは言った。「捜査員は現場で彼を調べたいと思うだろうから」ＶＳＡが〝生命徴候なし《ヴァイタル・サイン・アブセント》〟という意味であることは、わたしも知っていた。

「身体が温められたあとも死亡していることが確認されないと、本当に死亡したとは言えない」救命士が答えた。「警察学校で教わらなかったかね？」

「でも、わたしが思うに……」キャンディは反論しかけた。

「あんたがどう思おうが、どうでもいい」救命士はゆうに五十歳は超えている年配の男だった。いろいろなことを経験してきたのだろう。小さな町の警察官など簡単にこき下ろせるにちがいない。「行くぞ。いますぐ病院へ運んだら、医師が生き返らせることができるかもしれない。おい！　おまえたち！」手伝えることはないかと雪のなかを歩いてきていた消防士たちを大声で呼んで手をふった。「こいつを持ちあげてくれ」

　ふたりの救命士がまだわたしのコートにくるまったままのナイジェルを手早く効率的に担架に乗せると、消防士たちが持ちあげた。

　キャンディが早口でまくしたて、マティーが吠えるなか、消防士たちは《ワールド・ジャーニー》の記者を運んでいった。

「今回の件で、何を知っているの？」キャンディがわたしのほうを向いた。

「わたし？　何も知らないわ。犬の散歩に出て、通報しただけだから。犬と一緒に見つけたの」身体の大きさの雪のへこみを指さした。「ほら、あんなふうになっていたのよ」

「メリー、あのひとはどうしてあなたのコートを着ていたの？」

「温められるかもしれないと思ったからよ」

キャンディは装備を差してあるベルトに両手をかけて、怪しむような目で見た。「そんな話を信じると思う？」

「何を言うのよ！」

あとから悔やみそうなことを口にしそうになったけれど、別の制服姿の巡査と、ジーンズと茶色い革のジャケットを着た女性がやってきて、言わずにすんだ。

道路にはパトカーが連なり、雪の上に色鮮やかな光を落としていた。大声が沈黙を破り、さらに多くの人々が公園を横切って近づいてくる。

「今回の件で通報されたのはあなたですか？」革のジャケットの女性が訊いた。

「はい。メリー・ウィルキンソンです」

女性は四十代くらいで、大きなグリーンの目とカールした赤毛が魅力的だった。脚は長く、冬物の服の下にはほっそりとした身体が隠れているようだった。「わたしは捜査官のシモンズです。何があったのか教えてください」

「わたしの推測では……」キャンディが口を開いた。

「ご苦労さま」シモンズが言った。「このあとすぐに、あなたの報告を聞きます。それまでは野次馬を整理しておいて」

「でも……」

「たとえば、こっちに歩いてくる男性みたいな野次馬を」シモンズ刑事が言った。

ラス・ダラムが雪のなかを歩いていた。そして、カメラをかまえて撮りはじめた。わたしはフードで顔を隠そうとして、コートを着ていないことを思い出した。警察が事情聴取している重要参考人として地元紙に載るなんて、ぜったいに願い下げだ。でも、ミセス・サンタクロースの衣装じゃなくてよかった。そんな格好をしていたら、ルドルフの評判が下がるだろうから。

キャンディは悪意のこもった目でわたしを見たものの、命じられた任務についた。そして職務上の怒りをそっくりそのままラスに向けた。でも、ラスならうまくかわせるだろう。

「あなた、コートは？」シモンズ刑事が訊いた。

「かけたんです……ナイジェルに。それで、そのまま救急車に乗せられていってしまって」

「それじゃあ、寒いでしょう」シモンズ刑事にそう言われて初めて、寒さを感じた。携帯電話を探しているときに手袋もはずしていたのだ。わたしは震えを抑えようとして、自分の腕で身体を抱きしめた。

「車で話しましょう」シモンズ刑事が言った。「暖房をつけるから」

「マティーを連れていかないと」

「あなたの犬？」

「はい」

「かなり……その……大きいわよね？」

わたしたちはふたりでセントバーナードを見た。マティーは思いきりリードを引っぱっており、哀れな木はいまにも真っ二つに折れそうだった。大きなピンクの舌と幼いけれど鋭い歯をシモンズ刑事に見せるたびに、よだれが四方八方に飛び散っている。

「まだ、ほんの子どもです」わたしは言った。「でも、とても行儀がいいんですよ」もう嘘をついてしまった。

「じゃあ、いいわ」シモンズ刑事が言った。「でも、あの子が車を汚したら、あなたが掃除をしてちょうだい」

わたしはマティーに駆けよって、木からはずした。マティーはこのうえなく感謝して、わたしにのしかかって、その気持ちを表そうとした。「待て」厳しく言った。そして、次はもう少しやわらかく言った。「つけ！」

その言葉に応えて、マティーはシモンズ刑事に飛びつき、凍えかけているわたしの手からリードがすり抜けた。だが、心の底からほっとしたことに、シモンズ刑事は銃を抜いてマティーを撃たなかった。その代わりに、ひとさし指でマティーを指して、低くとどろく声で言ったのだ。「マティー、おすわり！」

マティーは音をたてることもなく尻をおろした。

「すごい！」わたしは急いでリードをつかんだ。「どうやったんですか？」

「両親が映画やテレビ用の動物の訓練をしているの。あなたの犬はよい子みたいだけど、この大きさなら、きちんとした躾《しつけ》が必要よ」

「そうですね」シモンズ刑事の言うことは正しいし、普通の言い訳を並べ立てても意味はない。

「ちょっと待ってて。すぐに行くから」シモンズ刑事が言った。

話しているあいだに、さらに多くの制服や私服の警察官が到着した。「この発見者を温かい場所に連れていかないといけないの」シモンズは言った。「これから彼女に話を聞くわ。そのあいだ、現場を保全して。見たところ、もうかなり荒らされているようだけど」

「ごめんなさい」わたしはぼそぼそと言った。

「仕方ないわ」シモンズは言った。「彼を助けたかったんでしょう。ただ、犬はいなくてもよかったけど。さあ、行きましょう」

シモンズは車が並ぶ公園を先に立って歩きはじめた。途中でラスに道路に戻るよう命じているキャンディとすれちがった。ラスはキャンディに逆らってはいなかったが、ずっとシャッターを切りながら、とてもゆっくりと歩いていたので、道路に戻る頃には七月のパレードがはじまっていそうだった。

シモンズが急に足を止め、マティーが彼女にぶつかった。「お身体に不自由なところが？」

「いいえ」ラスは答えながら、シモンズの写真を撮った。

「よかった。十秒以内にあのテープの向こうに行かないと、署にお連れすることになるので。わかりましたか？」

明らかにわかったらしく、ラスはそれ以上写真を撮らずに雪の積もった公園をすばやく出ていった。シモンズ刑事の両親は動物だけでなく、人間の俳優も訓練しているのだろうか？「公園に入ってこないように周囲を固めて」シモンズはキャンディに言った。「記者ひとりであれでは困るから、今度はもっときちんと」

「はい、了解しました」

キャンディは恥をかいたのはすべてあなたのせいだと固く信じているような目で、わたしを見た。わたしは得意気ににやりとしたくなるのをこらえた。キャンディ・キャンベルというと、どういうわけか十七歳に戻ってしまうのだ。


シモンズ刑事の車はシルバーのBMWだった。けれども、車に着いたとき、全身が破裂しそうなほど震えていたので、とても感嘆していられる余裕はなかった。シモンズはエンジンをかけて、暖房を最強にしてくれた。それで何とか、がちがちと鳴っていた歯が話せるくらいまで落ち着いた。わたしは雪のなかで気の毒なナイジェルを見つけたことについても、そのまえに彼に会っていたときのことについても、知っていることは残らず話した。シモンズの表情はずっと変わらなかったが（マティーに対する愛情をほめてくれたときは別にして）、わたしが知るかぎり、ナイジェルは公園で具合が悪くなる一時間まえまではまったくのしらふだったと話すと、右の眉がぴくりと動いた。

「彼のまわりに、ほかの足跡はありませんでしたか？」シモンズは一度ならず、その質問をくり返した。

わたしはそのたびに同じ答え方をした。「いいえ。暗かったし、あまり注意を払っていなかったけど、ひとりの足跡しかなかったことは間違いありません。マティーとわたしの足跡を除けば、ということですけど」わたしは手首を動かした。シモンズはそれを見て、顔をしかめた。「けがをしているの？」

「いいえ。ひどい転び方をしたけど、骨は折れていません。すぐに治ります」

「彼が出席していたというパーティーが気になるわ」シモンズは言った。「食べ物と飲み物が出たのでしょう？　それについて教えて」

「食べ物はそれほどありませんでした。夕食の代わりになるものではなかったから。クリスマスらしいクッキーと、ホットチョコレートと、リンゴジュースだけです。アルコールはなし。それだけです」

「全員が同じ盛り皿から食べた？」

「ええ」わたしは最後に出た大皿のことを思い出した。特別なデコレーションが施されたクッキー。ナイジェル・ピアスのために用意された特別な一枚のクッキー。チャールズ・ディケンズと『クリスマス・キャロル』。ヴィクトリア・ケイシー自らがデコレーションをして、特別ゲストのために取っておいた。わたしは唾を呑みこんだ。

「どうしたの？」目敏《めざと》すぎる刑事が訊いた。

「いいえ、何でもありません」

シモンズはわたしをじっと見つめたが、質問をくり返しはしなかった。代わりに無線機に手を伸ばしてボタンを押した。「通信指令室、今夜、食中毒が疑われる通報はあった？」

「いいえ。通報は公園への救助要請のみで、ほかはまったくありません」

「了解」シモンズはわたしのほうを見た。「家まで送ります。熱いシャワーを浴びたほうがいいわ」

「コートはすぐには戻ってきませんよね？」

「そうね」

公園沿いの道はもう一度パレードが通るかのように混雑していた。警察の車に消防車、そして野次馬を整理する制服の警察官たち。近隣の家の多くで明かりがつき、人々は歩道に出てきて見ているか、あわただしくパジャマの上にコートをはおってポーチに立っているかだった。シモンズが車を道路に出した。見物人の多くはわたしのことを知っており、手をふるひともいれば、指をさして近所のひとに教えるひともいる。

話をしているとき、車の後部座席ではなく、助手席にすわらせてもらえてよかった。マティーはうしろに飛びのっていたが、シモンズ刑事のひとことで、わたしたちのあいだに身体を押しこもうとはしなかった。

「この町では、クリスマスがとても大きなイベントのようね」美しく照らされている野外音楽堂のクリスマスツリーを通りすぎるとき、シモンズが言った。

「アメリカのクリスマス・タウンですから」わたしは答えた。「あなたはこの辺の出身ではないんですね」それは質問ではなかった。この辺で見かけたことがないからだ。

「シカゴの出身よ。二週間まえに赴任したばかり。〝風の街〟シカゴで警察官として二十年間勤めたあと、平和で静かな小さな町を探したの。見つからなかったと思う?」

「ここはとても静かです」わたしは言った。「たいていは」

「〝たいてい〟ではだめなのよ」わたしが伝えたとおりに走り、シモンズは家のまえで車を停めてくれた。「きっと、またお話を聞くことになると思います」

一階の正面の部屋の電灯がついていた。カーテンのうしろで影が動いた。大家であり、噂好きで有名なミセス・ダンジェロだ。このあたりで起こったことで、ミセス・ダンジェロが知らないことはない。そして恐ろしいことに、二階で起きたことで、ミセス・ダンジェロの関心を引かないことはない。近所に知られたくないことが、わたしの部屋で起こっているわけではないけれど。とりあえず、いまのところは。二階にはもうひとつアパートメントがあるが、そこはいま暗闇に包まれている。よかった。隣のスティーヴとウェンディには生まれたばかりの娘がいて、まともな時間に寝かしつけることに苦労しているのだ。

わたしはシモンズの車から降りて、マティーのためにうしろのドアを開けた。マティーは新しくできた友だちをじっと見つめた。シモンズはマティーの頭をなで、車のなかを汚さなかったことを、たっぷりほめてやっていた。マティーはおとなしくシモンズに頭をなでられてほめられていたが、「行け!」と言われると、跳びあがった。口のわきから大きな舌が出て、わたしのズボンによだれが垂れた。とてもうらやましいことに、シモンズの革のジャケットの袖はきれいなままだ。いったい、どうしたら、そんなふうにできるのだろう。

ＢＭＷは去っていった。家の横をそっと歩こうとしていると、正面のドアが開いた。

「メリー、何も問題はない？」

「ええ、もちろんです、ミセス・ダンジェロ」

「本当に？」ミセス・ダンジェロがポーチに出てきた。青いサテンのパジャマに厚手のコートをはおっている。そして裸足でパジャマによくあっているハイヒールのミュールをはいている。顔には分厚くクリームが塗られ、頭のてっぺんには四つの丸いプラスチックのカーラーがピンで留められている。「見たことのない車だったわ」

「新しく町にきたひとです」

「事故があったの？　パトカーと救急車がここを通って公園のほうへ行ったけど。ものすごいスピードで」

「ええ、事故だと思います」

ミス・ダンジェロがポーチの手すりの向こうからわたしを見た。

「どうしてコートを着ていないの？」

雪が降るなか立ち話をしていたせいで、シモンズの車の心地よい暖かさがあっという間に消え失せた。

「あら、いやだ。この格好を見てください。風邪を引いてしまいそう。早くなかに入らなきゃ。おやすみなさい、ミセス・ダンジェロ」

「おやすみ」

公園の散歩で興奮し、新しい友だちができて、警察官の車に乗ったというのに、マティーはまだ遊ぶつもりでいた。

でも、わたしにはその気がなかった。シモンズの車で温まったおかげで、いますぐ家に入れば凍死するおそれはないけれど、身体は骨の髄まで冷えきっていた。

わたしはシャワーの栓をひねり、湯気があがるシャワーの下に立ち、熱い湯がぬるく感じるまで浴びていた。スティーヴとウェンディに悪いと思い、朝になるまで、ふたりが熱い湯を必要としないことを祈った。そしてふわふわとした海のようなグリーンのタオルを頭に巻きつけ、同じ色のバスタオルで身体を包んだ。それから脚についた湯をなめていたマティーにつまずきながら、携帯電話を探した。もう遅い時間だけれど、電話をしたほうがいい。

「ライアン・ゴズリングがデートに誘ってくれるんじゃなければ、殺してやるから」電話の向こうから、眠そうな声が聞こえた。

「ライアンではないけど、聞いたほうがいい話よ」わたしは言った。

「じゃあ、話して」ヴィクトリアがうなりながら言った。

「ナイジェル・ピアスを覚えているでしょ。《ワールド・ジャーニー》のイギリス人」

「もちろん、覚えているわよ。彼がデートしたがっているって言うなら、本気で殺すわよ、メリー」

「さっき、ナイジェルを公園で見つけたの。マティーを散歩させているときに」

「散歩に連れていったの？　えらいじゃない、メリー。定期的な運動は……」

「聞いて、まじめな話だから。彼が死んだの。少なくとも、死んでいるように見えたわ」

「死んだ？　公園で？　どうして？　いま？」

「具合が悪かったのね。それも、ひどく」

ヴィクトリアはしばらく何も言わなかった。「パーティーでは体調が悪そうには見えなかったわよ。楽しんでいるみたいだった」

「つまり、具合が悪くて、吐いてしまったみたい」

「お酒を飲んでいたなんて気づかなかったわ。あなたは気づいていた？」

「いいえ。そこが重要なのよ、ヴィクトリア」

ヴィクトリアが汚い言葉を口にした。ヴィクトリアは普段は決して悪態をついたりしないのに、いま汚い言葉を口にしたということは、わたしが言っている意味を理解したということだ。《ワールド・ジャーニー》の記者はパレード後のパーティーで食中毒を起こした可能性があるということを。

そして、そのパーティーに食べ物を提供していたのは〈ヴィクトリアの焼き菓子店〉だ。

「あなたはだいじょうぶ？」ヴィクトリアが訊いた。

「だいじょうぶよ。新しくこの町にきた刑事が通信指令室に呼びかけて、具合が悪くなったひとがほかにいなかったか訊いたの。でも、誰もいなかった」

「それは、よかったのよね……」

「いいえ、よくないわ。ナイジェル・ピアスが食べ物のせいで具合が悪くなったのかどうかはわからないけど、もし食べ物のせいだとして、ほかに気分が悪くなったひとがいなかったとしたら、ナイジェルは毒を盛られたということだから。わざとね」

5

もしiPhoneにフックがあったら、きっと受話器がはずれるほど、呼びだし音が鳴っていたにちがいない。わたしは片目を開け、ベッドのわきの時計を見た。十時だ。ナイジェルの遺体を発見し、そのあとヴィクトリアが焼いたチャールズ・ディケンズのクッキーに毒が仕込まれていたのではないかと動揺したせいで、目覚まし時計をセットするのを忘れていたのだ。

マティーは夜の散歩でひどく疲れ、わたしのベッドの足もとで夢も見ずに眠っていた。わたしは携帯電話をつかんで落としそうになり、手首の痛みで昨夜見つけたものを思い出した。そして、携帯電話を逆の手に持ちかえた。「すぐに行くから」

「それほどの急用じゃないわ」母の声だ。

「ああ、ママなの。まだ寝ていたのよ。ジャッキーかと思って」上掛けを持ちあげた。「いまは話していられないの。遅刻しているから。でも、こんなに早くどうしたの?」母はめったに正午まえにベッドから出ない。ずっとオペラ界で生きてきたからだそうだ。

「パパがおかしな時間に起こされたのよ」ほかの多くのことと同様、睡眠をとる時間帯についても、父と母は正反対だ。父は早寝早起きで、母はまだ劇場の時間を基準にして生きている。

「起こされたって、どうして？」電話を持ったまま、マティーのあとから階段をおりた。そしてマティーを外に出すと、空が青く輝き、明るい太陽が新雪にダイヤモンドを散らしているのを見て、うれしくなった。いかにも、クリスマスの買い物に出かけたくなる日だ。わたしは手を観察した。手首は少し腫れているようだ。まわしてみると、ほんの少し痛んだが、少しずつ固さがほぐれてきた。

「町議会の緊急招集ですって」母が言った。

わたしは気持ちのいい天気とマティーのおどけた仕草を見るのをやめた。「何のことで、ママ？」訊かなくても知っているような、いやな予感がした。

「イギリス人が、きのう写真を撮っていたひとが亡くなったみたい、公園で。警察は毒を盛られたと考えているらしいのよ。よりによって、パレード後のパーティーで」

「もう行かなきゃ！」

わたしは階段を駆けのぼった。きょうはミセス・サンタクロースの衣装を着ている暇はない。真っ先に目に入った服をつかんだ。黒い無地の膝丈スカートに、透けない黒タイツに、赤いセーターだ。髪が濡れたままベッドに入り、寝ているうちに乾いたせいでミセス・サンタクロースのもじゃもじゃ頭のようだったけれど、シャンプーをする時間はない。わたしはぼさぼさの髪をクリップに押しこみ、頭のうしろで留めた。

一階におりると、マティーが家に入れられるのを待っていた。まだまだ躾がなってないかもしれないけれど、一日の予定は理解しているのだ。朝のおしっこのあとは、すぐに朝食だということを。

もう百回も思ったことだけれど、どうして犬を飼うことを承知したのだろう? マティーがごはんを食べているあいだ、わたしはいらいらと足を踏み鳴らしていた。とりあえず、マティーは好き嫌いがない。わたしは抵抗しつづけているマティーを引きずるようにしてケージに入れて扉を閉めた。金網の向こうから、大きくて潤んだ茶色い目がじっと見つめてくる。「寂しい」その目はそう言っているようだった。

〝わたしもよ〟と言いたくなるのを必死にこらえた。

最後にブーツをはき、コートを取りにいきかけた。

ああ、そうだ。コートがないのだ。

雪かき用のぼろぼろの古くて軽いジャケットでまにあわせるしかない。

ドアに向かっているところで、電話が鳴った。今度はジャッキーで、どうしてわたしが開店時刻になっても現れないのか、心配していた。「すぐに行くから!」

わたしは通りを走った。観光客の評判を気にして、たいていの住民は自宅まえの歩道の雪をきちんとかき、塩をまいているのだ。

また、携帯電話がなった。今度は表示を見てから電話に出た。ヴィクトリアだ。

「いま、店に向かっているところなの」わたしは言った。

「警察がきているのよ」ヴィクトリアがとても小さな声で言った。

わたしは走るのをやめた。「なぜ?」

「わたしが店を開けるのを待っていたの。ゆうべのパーティーで出したものについて、いろんなことを訊かれたわ。誰が焼いたのかとか、よそから買ったものはあるかとか、誰が運んだのかとか。あなたが話していたとおり、ナイジェル・ピアスが公園で死んでいるのを発見されたと聞いたわ。病院で生き返らせることができなかったって」

「ええ、母からも生き返らなかったって、電話があったの。父は緊急招集された町議会に出席しているわ。警察は何か言っていた? その、ナイジェルの亡くなり方について」

「教えてもらう必要なんてなかったわ。警察はいま厨房で小麦粉の袋を突いたり、冷蔵庫に鼻を突っこんだりしているんだから」

「直近の保健所の検査には合格しているのよね?」

「いつもどおり、最良の成績でね」

「それなら、何も心配いらないわ」わたしは公園の向かいで足を止めていた。犯罪現場を示す黄色いテープが木のあいだに張られているが、昨夜の作業は終わっていた。路肩にパトカーが一台停まり、警察官ひとりが公園を見張り、野次馬やいかにも他人の不幸が好きそうなひとを追い払っている。この時間にしてはいつもより多くのひとが犬を散歩させ、とてもゆっくり歩道を歩いている。

「わたしはあなたほど楽観的になれない」ヴィクトリアが言った。「捜査が終わるまで店を開けられたないし、捜査にどのくらいかかるかわからないと言われたんだから。といっても、警官たちが砂糖を掘りかえしたり、卵のにおいを嗅いだりしながら、『ボブ、あの毒の検査道具を持ってきてくれ』なんて叫んでいるときに、店を開けたいとは思わないけど」

「警察は毒を探していると言ったの？」

「ううん。そういうことはほとんど話さない」

「コーヒーはある？」

「あるわよ。売ることができないコーヒーやペストリーを警官たちに出してあげたら、立場がよくなるかもしれないと思ったから。おかしなことに、あのひとたちはシナモンロールにヒ素がたっぷり仕込まれているなんて心配はしていないみたい。検査結果で何も出てないからでしょうけど」

「店の扉に顔をくっつけてジャッキーがうまくやっているようだったら、すぐに行くわ。シナモンロールもおいしそうだし」

「ありがとう、メリー」

ナイジェル・ピアスが死んだことは住民の耳にも届いていた。歩道は最新情報を小声で交換しあう商店主たちでごった返していた。ただし、商売にはまだ影響がないようだった。観光客の多くは朝起きたときにわざわざ地元のラジオを聴いたりしない。わたしたちには、詳しいことが都会の大きな新聞にまで届かないことを祈ることしかできなかった。

不安を抱えているにもかかわらず、店に着くと、いつもの習慣で、ショーウインドーに視線を走らせた。売れた商品のところがふたつばかり空いていたけれど、すべてがお祭りらしく、愛らしく、ひとの目を惹きつける。

店内では、ふたりの女性客が木のおもちゃをじっくり見ていた。「この列車セットに百ドルは高すぎよ」年上らしい女性のほうがジャッキーに言った。

「この町に住んでいる職人の手作りなんです」ジャッキーは説明した。「木目と色を見てください。大型店では決して手に入らない品質ですよ」電車は美しく、とてもていねいに作られている。長さ八センチほどの鉄道車両二台と機関車と真っ赤な車掌車、それにつなげると環《わ》になる線路がひと組、箱に入っている。線路と車両は買いたすことも可能だ。アラン・アンダーソンの作品であり、とても人気がある。

「どうかしら……」

「あら、わたしはいいと思うわよ」連れの女性が言った。「去年のクリスマスに買ってあげたトラクターを覚えているでしょう？」ジャッキーのほうを見て続けた。「アイザックが箱を開けて、床で走らせたら、タイヤがすぐにはずれちゃったじゃない。これならお金を出すだけの価値はあると思うわよ、ママ。たったひとりの孫はそれだけの価値もない？」

売れた！

ジャッキーはわたしにウインクをして、列車をカウンターへ持っていった。ふたりの女性はまだ店内を物色している。

「遅くなってごめんなさい」わたしはジャッキーにささやいた。「たいへんな夜だったの。

また出ないといけないのよ。しばらく、お店をお願いできる？」

「かまわないわよ」

「ヴィクトリアのお店から何か持ってくるわ」ジャッキーの顔をじっと見た。目は澄み、肌はしっとりと瑞々《みずみず》しい。「今朝のニュースは聞いた？」

「ニュースなんて聞いたことないわ。うんざりする話ばかりだから」

「この飾り、青いのはないかしら？」客のひとりが尋ねると、ジャッキーはふり向いて「ホイップクリームを追加したラテにして」と叫びながら客の応対をしにいった。

どうして朝のコーヒーにホイップクリームをのせられるのかも、どうしてそんなコーヒーを一日何杯も飲みながら、ジャッキーが細いままでいられるのかもわからない。

いまや、よく知っているシルバーのＢＭＷが〈ヴィクトリアの焼き菓子店〉のまえで、パトカーと何の表示もないバンにはさまれて停まっていた。昨夜の公園にもバンはいて、証拠品を入れる箱を持ち、白衣を着た男女が次々と降りてきた。わたしは階段をのぼり、ドアを叩いた。凍ったガラスの向こうで、人々が動きまわっている。

ドアが音をたてて開いた。「休みです」制服の警察官が言った。

「ヴィクトリア！」わたしは呼んだ。

目が覚めるような紫色の髪がのっている親友の愛らしいハート形の顔が、広い警察官の背中からのぞいた。「友だちです。なかに入ってもらっていいですか？」

「入れてあげて」女性の声が言った。大柄な警察官がわきにどいた。

「おはようございます、ミズ・ウィルキンソン」シモンズ刑事はジャッキーと同じくらい瑞々しい肌で目も輝いているけれど、着ているのは昨夜と同じ革のジャケットとジーンズだった。「どうして、ここへ?」

「ヴィクトリアは友だちなんです。だから、ちょっと挨拶をしに」ヴィクトリアの店はいつもと同じ熱々のペストリーと、オーブンから出てきたばかりの焼きたてのパンと、砂糖と、スパイスのにおいで満ちていたが、今朝はその上にいつもとは異なるにおいもかすかに漂っていた。刺激的で、好ましくない薬品のにおいだ。

わたしは棚の上を見た。いつもはパレードのトロフィーである金色のトナカイを照らしている照明が切られ、トロフィーはそれ自体の輝きで包まれている。

「ナイジェル・ピアスが亡くなったと聞きました」わたしは言った。

シモンズがうなずいた。「ええ。蘇生できませんでした」

「どうして……」

「きょうの午後、解剖します」シモンズは言った。「それまで、憶測は控えます。そして、それまでにこちらの検査も終わらせます。そうしたらお店も通常どおりに戻っていただいてけっこうです、ミズ・ケイシー」

「営業してもいいですか?」

「いまのところは。さあ、みんな、行くわよ」

警察官たちは店から出ていった。最後がシモンズだった。「ミズ・ケイシー、町から出ないでください。わたしがいいと言うまでは」

「いまは一年でいちばん忙しい時期なんです。とても……」

わたしはヴィクトリアの腕に手を置いた。「町を出たりしませんから」

「それなら、けっこう」シモンズは突き刺すような目でわたしたちをじっと見てから、同僚のあとを追った。

ヴィクトリアが椅子にへたりこんだ。

「お店を開けるの？」

ヴィクトリアが首をふると、紫色の髪が浮きあがった。袖をまくりあげており、顔をこすると、対になっている両腕のドラゴンのタトゥーが動いた。「だめね。朝の忙しい時間は過ぎてしまったし、ブランチの仕込みはまにあわない。従業員にはこなくていいと電話したの。焼きあがったものはほとんど警官たちが食べてしまったし、ほかのものはまだ何も準備していないから」ヴィクトリアは青い目でわたしをじっと見つめた。「警察はわたしがナイジェル・ピアスを毒殺したと疑っていると思う？」

「警察が何を考えているのかはわからない。でも、シモンズ刑事はお店を開けてもいいと言っていたわよね？　ということは、何も、その……罪になるようなことは見つからなかったということでしょ」

ドアがノックされ、ふたりで音がしたほうを見た。「帰るように言って」ヴィクトリアが言った。

アラン・アンダーソンの整った顔が窓からのぞいた。わたしはドアへ急いだ。「きょうは営業していないの」

「きみたちがだいじょうぶかどうか見にきただけなんだ」

「わたしたちなら平気よ。入って」深刻な状況にもかかわらず、わたしは思わずアランに笑いかけていた。そして、アランも笑いかえしてくれた。

「アラン、シナモンロールを食べない？」ヴィクトリアが訊いた。「一、二個くらいは警官たちが残していると思うから」

「シナモンロールのことなんていいから」わたしは言った。「もう聞いた？」

「シナモンロールはうれしいな。ありがとう。聞いたというのはピアスのこと？　みんなが話しているからね」

「みんなは何と言っているの？」

「今朝、町議会が緊急招集されたんだ。議会が終わるとすぐに、ピアスが酔っぱらって公園に散歩にいって、眠りこんでしまって凍死したという噂が広がりはじめた」

「あなたもその話を信じているの？」わたしは訊いた。

「いや。でも、その話のとおりなら、ルドルフの人間は誰も責任を問われない」

「わたしのような人間ということね」ヴィクトリアが言った。

「誰もがだよ」アランは強く言った。「警察からは何も発表がないし、発表されるまでは憶測しても仕方ない」

「でも、みんなはするでしょ」

「憶測かい？　ああ、間違いなくするだろうな。もう、しているし。町長も議員たちも憶測する材料を与えただけだから」

「どうしてここに警察がきたのか、不審に思っているひとはいる？」わたしは訊いた。「つまり、このベーカリーにということだけど」

「多少はね。警察はピアスが泊まっていた〈ユーレタイド・イン〉の部屋を捜索して、ピアスが食べ物を口にした場所を訊いたんだ」

ヴィクトリアがうめいた。「この店ってことね。パーティーでクッキーを食べただけじゃなくて、お昼もここで食べたから」

アランはヴィクトリアの肩に手を置いた。「まだ起きてないことを心配するのはやめよう。何も起こらないかもしれないんだから。解剖で心臓発作か何かだったとわかるかもしれない。ピアスはあまり健康そうじゃなかった。そうだろう、メリー？」

「ええ、そうね」わたしは陽気に言った。「とても痩せていたし、顔も青白かった」

「思い出してみれば」ヴィクトリアが言った。「ピアスはスープをふた口しか飲まなかったし、サンドイッチも残していた」

「やっぱり。ピアスはもともと体調が悪かったんだよ」アランはわたしを見てほほ笑んだ。わたしも自分たちの論理に満足して笑いかえした。

ヴィクトリアが手を伸ばして、アランの手を軽く叩いた。「ありがとう、ふたりとも」立ちあがって言った。「それじゃあ、ここから出ていって。あなたたちにはやらなければいけない仕事があるでしょう。わたしにもある。今回のことは予定より先に事を進めて、明日の準備をするいい機会だわ。この仕事をはじめたときみたいに、厨房をひとり占めするのもいいかも。きょうばかりは早く家に帰って、ワインを飲みながらおもしろい本を読むくらいは許されるでしょ。メリー、よかったら、お店を閉めてから、うちにきて。幸いなことに、きょうは日曜日だから。観光客のなかには、もともとお店は休みだと思うひともいるかもしれない」

アランとわたしはドアへ向かった。「ちょっと待って！」ヴィクトリアが呼び止めた。そしてカウンターへ駆けよって、ブルーベリーマフィンとシナモンロールを白い小さな紙袋につめた。紙袋には様式化されたクリスマスツリーのうしろから、腕白そうなジンジャーブレッドマンの子どもが顔をのぞかせている〈ヴィクトリアの焼き菓子店〉のロゴが印刷されている。「一日たったら味が落ちちゃうから」ヴィクトリアは心の底から笑っていた。落ち込みを引きずらないのだ。わたしは思わずヴィクトリアを抱きしめた。わたしたちが出ていくとき、ヴィクトリアは口笛を吹き、長いエプロンに手を伸ばしていた。

「ありがとう」シナモンロールなどの甘い焼き菓子の入った紙袋を持って外階段に立つと、わたしはアランに言った。「何と言えばヴィクトリアが元気になるか、ちゃんとわかっているのね」

「思ってもいないことなんか言ってないさ。残念ながら、人間は年じゅう死んでいる。この町が慌てる必要はない」

ナイジェルの隣に吐いたあとがあったことは言わずにおいた。解剖でナイジェルが自然死だとわかり、この件がこれで終わるといいのだけれど。

わたしは〈ミセス・サンタクロースの宝物〉へ向かって歩きはじめた。道は車と歩行者で混雑していた。買い物客は華やかに飾りつけられたショーウインドーを眺め、店に出たり入ったりしている。うれしいことに、そのほとんどが包みを持って店を出てくる。〈ミセス・サンタクロースの宝物〉のロゴが入った袋を持っているひとも数人は見かけた。空気は冷たいけれど陽ざしは暖かく、人々はマフラーをはずし、手袋を取り、コートのまえを開けて歩いていた。

「ジャッキーからきみの居場所を聞いたんだ」アランが言った。

〈エルフのランチボックス〉の外で、ウエイターが〝本日のお勧め〟を知らせる広告板を準備していた。魚のタコスは北極の伝統料理ではないかもしれないけれど、おいしそうだ。

「うちの店にきたの？」

「きみが注文してくれたネックレスをひと箱届けたんだ」アランはおもちゃだけでなく、ボウルや花瓶、そしてアクセサリーも木で作っている。わたしはとくにネックレスが大好きで、お客にも評判がよかった。十二個から二十四個のよく磨きあげた木の円盤をチェーンに通してあり、チェーンの下側に行くにしたがって、各円盤が大きくなっている。

「よかった。ネックレスは大人気で、そろそろ売り切れそうよ。でも、何か問題でもあったの？　ジャッキーに預けてくれればよかったのに。支払いは期日どおりにしているでしょう」

「もちろん。ただ……その……」

怒りに燃えた小さなボールが〈ルドルフズ・ギフトヌック〉から飛びだしてきて、わたしは悲鳴をあげた。「メリー・ウィルキンソン、今回の件にはあなたが関わっているって、もっと早く気づくべきだったわ」ベティ・サッチャーはわたしをにらみつけた。

そして、次にアランをにらんだ。「工房にいなくていいの？　注文で請けおう高級な手作りの装飾品を作るんでしょ？」

ベティは職人が作った品を売るわたしも気に入らないけれど、その品を作るアランはもっと気に入らないのだ。でも、アランは少しも気にしていないようだった。「ええ、そうでした。ありがとうございます、ミセス・サッチャー。クリスマスまであと二十三日しか買い物をしてもらえる日がありませんからね。ところで、すてきなセーターですね。クリスマスの雰囲気がよく出ている」

「あら、ありがとう」ベティの態度がほんの少しやわらいだ。ベティは赤いフリースのスウェットシャツ（たったの二十九ドル九十九セント！）をルドルフ（町ではなく、トナカイのほうだ）の写真で飾り、身体に隠した電池で鼻を光らせているのだ。

「メリー、話はまたあとで」アランはそう言うと、彼らしいのんびりとした歩き方でゆっくりと帰っていった。

アランが何かを言おうとしていたときに、乱暴に話をさえぎられてしまった。

わたしはベティをにらみ、自分も逃げることにした。残念ながら、少し遅すぎたが。ベティに腕をつかまれたのだ。ちょうどそのとき、身なりがよくて見るからに競争心が強そうな買い物客が通りかからなかったら、ベティの手をふりほどいていたかもしれない。けれども、ベティの力はプロレスラーでも満足しそうなほど強かったし、わたしも見たところ（本当は見かけどおりではないけれど）かよわそうな女性を地面に叩きつけるところを見られたくなかった。

「あの親切なミスター・ピアスが公園で死んでいたという話は何なの？」ベティが問いつめてきた。

「みんなはそう言っているのね」

「みんなは、あなたが発見したとも言っているわ。どういうことなのか説明して」

「説明する必要なんてないけど、してあげる。わたしは犬を散歩させていました。犬がナイジェルを見つけました」

ベティの唇がゆがんだ。「意外でも何でもないわ。犬は汚らしくて、げんなりする生き物だって、まえから言っているでしょ。とんでもないごみが大好きなんだから」

そのごみというのが死体のことなのか、わたしのことなのかはわからなかった。

「わたしはいやでも気づいたわよ」ベティの話は続いた。「メアリー、あなた、ゆうべのパーティーで、ミスター・ピアスとずっと一緒にいたでしょう」

「わたしは……」

「あなたがしつこく気を引こうとしたせいで、ミスター・ピアスは息がつまりそうだったわよ。かわいそうに、ほかのひととはほとんど話ができなくて。あなたとあのお母さんにはさまれていたら、誰とも話ができないわよね」ひとを見下すように得意気に笑って、わたしの反応を待っている。

「ベティ、どうぞ好きなだけ言ってちょうだい」わたしはそう言って歩きはじめた。

「警察がきたら、話すつもりだから」ベティがうしろで叫んだ。

〈ミセス・サンタクロースの宝物〉に入ると、カウンターに列ができていた。ジャッキーはいつもと同じ手際でレジを叩いてお金をさばいていたけれど、その顔をちらりと見ただけで、ナイジェルの話を耳にしたことがわかった。わたしはすばやくジャケットをぬいで、ジャッキーと会計を交代した。

「休んで」ジャッキーにささやきかけた。

「ミセス・サッチャーの話は本当なの?」ジャッキーがささやき返した。「ナイジェルのことよ」

「残念ながら。ただし、ただでさえ悲しい話に、ベティは悪意をたっぷり加えているみたいだけど」

「ちょっと失礼。ガラスの花瓶はもっとあるかしら? きのう自分用にひとつ買ったんだけど、プレゼントにもすてきだと思って」

「店頭にはないかもしれませんが、奥の在庫を見てきます」ジャッキーが答えた。店のドアが開き、お客がさらに入ってきた。

「休憩はクリスタルがきてからでいいわ」ジャッキーが正午にやってくる予定のもうひとりの店員の名前を出した。

そのあとは店が忙しく、ナイジェル・ピアスについて考える余裕はなかった。ベティ・サッチャーに急に飛びかかってこられたときに、アランが何を言おうとしていたのかも。ナイジェルについては数人が噂しているのを小耳にはさんだけれど、いずれもナイジェルが酔って眠りこんで凍死したか、あるいは心臓発作で死んだか、どちらかだろうと考えているようだった。クリスタルがやってきて、ジャッキーが昼休みを取りに出かけた。そして、マスカラがにじんだ真っ赤な目で、鼻を腫らして戻ってきた。ナイジェルの死を悼《いた》むほど親しくはなかったはずだが、感情豊かな女性なのだ。結局、自分の写真が《ワールド・ジャーニー》に載ることはないのだと悟ったことは言うまでもない。

きょうはとても長く、へとへとになるほど忙しい一日だったけれど、とても売上げがあがった日でもあった。熱心なお客が商品を眺めたり買ったりしているあいだ、ジャッキーとクリスタルとわたしは絶えず忙《せわ》しなく動きまわっていた。ずっと笑顔でいるせいで顔が痛くなるたびに、商品が売れてレジスターが陽気に鳴っている音で気分を盛りあげた。午後四時頃になって電灯がつくと、雪がちらほら降りはじめ、また新たな雪が積もって、ジングルベル通りに純粋なクリスマスの魔法をかけた。

中央のテーブルにアランの木の列車を並べると、あっという間に売れてしまった。そしてやっと休憩が取れてショーウインドーを見てみると、ほとんどのアクセサリーが売れていた。「お願いだから、まだ品物があると言って」わたしはクリスタルに言った。「こんなに売れるとは思わなくて」

クリスタルはシルクのような黒髪を耳にかけて、にっこり笑った。「まだ少しあるかも。ママに持ってきてもらいます」

「ありがとう。あなたって、本当に宝物のような子だわ」それは本当の気持ちだった。クリスタルは小さな金属の加工をするのが非常にうまく、まだハイスクール四年生でありながら、〈ミセス・サンタクロースの宝物〉で売っているアクセサリーの多くを作っている。来年の秋にはニューヨークの名門美術大学、スクール・オブ・ビジュアル・アーツに入学する予定になっており、わたしは心から寂しく思っている。わたしの母も。クリスタルはほかの才能と同様に、美しい歌声にも恵まれており、母の秘蔵っ子なのだ。彼女は声楽教室に学校にアクセサリー作りにと忙しいが、大学に通う学費にあてるために、繁忙期は〈ミセス・サンタクロースの宝物〉で働いている。

クリスタルが作品を持ってくるよう母親へ電話をかけに裏へ行くと、わたしは礼儀正しく、けれど断固たる態度で、五歳くらいの男の子の手から、ぎこちなく握られている手吹きガラスの飾りを取った。

「あなたはきれいなものが好きなのよねえ？」母親が大げさに言いはじめた。「子ども用のツリーに飾ったらきっとすてきよ。店員さん、こちらの箱をいただくわ」

「きみはあの子を甘やかしすぎだ」年配の男性が母親に言った。「わたしたちが子どもの頃は、ポップコーンや銀紙や種の袋で飾りを作ったものだ」両手いっぱいにぬいぐるみを抱えているのは、いやでも目に入った。

「それにね」母親がわたしに言った。「あのひとたちは三十キロも離れた学校へ歩いて通ったの。山道をのぼってね。往きも帰りも」

包みをいっぱい抱えて店を出ていくと、男の子が耳をつんざくような声でアイスクリームをねだりだした。

クリスタルが奥から出てきた。「あとでママがいくつか持ってきます。ゆうべ、イギリスの雑誌社の男のひとが死んだって、ママが言っていました。怖いわ。あのひととはパーティーで話したの。メリー、何があったんだと思う？」

わたしが答えるまえに、ジャッキーが話を聞きつけてすばやくやってきた。「本当にびっくりしたわ。きょうはナイジェルに写真を撮ってもらう予定だったのよ。信じられない。大きなチャンスが消えちゃうなんて。いえ、その……気の毒よね」

「でも、あまり健康そうに見えなかったから」わたしはアランが言っていたことをくり返した。「痩せていたし、青白い顔をしていたし」

「イギリス人なんて、みんなあんな感じよ」ニューヨーク州から出たことがないジャッキーが言った。

「あら、コリン・ファースはちがうわ」クリスタルが指摘した。

「誰、それ？」ジャッキーが言った。

「お客さまがいるのよ」わたしはふたりに言った。

六時一分まえになり、札をひっくり返して〝準備中〟にしていると、ドアが開いて顔にぶつかりそうになった。カイル・ランバートが頭と肩に雪をのせて店に入ってきた。カイルは大男で、まだ手足の使い方があまりうまくない。わたしは粗忽《そこつ》なひとを俗に〝陶磁器店の雄牛〟と呼ぶことを思いだし、細い線で赤と緑の光を描いたワイングラス二客をすばやく取って、胸に抱えこんだ。

「用意はできたかい、ベイビー？」カイルがジャッキーに呼びかけた。

「すぐに行くわ」まだ数人の客が残っており、ジャッキーはレジのまえに立っていた。

カイルがわたしのほうを見てにっこり笑った。「オーナーが残業代を払ってくれるといいけど」

わたしはドアを開けた。「ジャッキーは仕事がすんだら、すぐに行くから」

「いや、ここで待っているよ」カイルが言った。

わたしは騒ぎを起こしたくなかったので、何も言わずに鍵をかけた。

カイルは店内を歩きまわっていたが、並んでいる商品にはまったく関心がないようだった。

わたしは最後のお客を送りだした。クリスタルはバッグを取りにいった。カイルは長いあいだずっとアクセサリーを眺めていた。そして雪だるまをかたどった、繊細な銀線細工《フィルグリー》のイヤリングを手に取って掲げた。「ベイビー、こういうのは好きかい？」

「ええ」ジャッキーは答えた。「きれいだと思わない？」

「これをもらうよ。きみには特別なものが似あう」

ジャッキーは喜んだ。

そのあと、カイルは値札を見た。「四十ドル！」顔つきが暗くなった。

「手作りだもの。わたしが化粧を直しているあいだに、メリーが会計をしてくれるわ」ジャッキーはカイルの唇に愛情をこめてキスをすると、奥へ急いだ。

「高すぎるなら買わなくてもいいのよ」

「買えるさ」カイルは言葉につまるようにして言った。

「きょうはご機嫌みたいね、カイル」

「そうかもしれないな」カイルは財布を開いて、注意深くぴったりの金額を出した。「あの雑誌の男は気の毒だったよなあ？」

「ナイジェルのこと？」

「くたばったって聞いたぜ。かわいそうに」カイルは涙をぬぐうふりをした。そして、口を大きく開けて笑った。わたしはカイルの両親を知っていた。働き者で、いいひとたちで、四人の息子がいて、決して豊かとは言えない。きっと歯医者に支払う余分なお金などないのだろう。カイルは夏のあいだは芝の管理会社で働いている。冬は道路の雪かきをして、クリスマスの繁忙期だけホテルやレストランを手伝って副収入を得ているのだ。

「どんなことを知っているの？」薄葉紙で包み、小袋に入れたイヤリングを渡しながら訊いた。

「おれがかい？　何も知らないさ。厄介払いができてよかったということだけだ」

「お待たせ！」ジャッキーが声をかけてきた。化粧を直し、髪もきれいにとかしてある。「もう、お腹ぺこぺこよ。メリーがどれだけ奴隷をこき使うか、知らないでしょう。カイル、どこかすてきなお店に連れていって」

　カイルはイヤリングの包みを渡した。「もちろん連れていくさ、ベイビー」

　わたしはふたりのために鍵をはずした。ジャッキーは満足したように得意気にほほ笑んで出ていった。ときどき、ジャッキーが嫌いになる。まあ、わたしには関係ないことだけど。

　カイルは一人前の男なのだし。

　カイルはナイジェル・ピアスのことを本気で悼んではいない。あのイギリス人が死んでくれてカイルにはよかったのかもしれないと考えていると、クリスタルが奥から出てきた。

「新しい商品の梱包を解いて並べるのを手伝ったほうがいいなら、もう少し残れますけど」

「家でやらなきゃいけないことがたくさんあるでしょう。ひとりでも何とかなるわ」

「本当に？」

「本当よ。もう帰って。金曜日と土曜日は〝真夜中のばか騒ぎ《ミッドナイト・マッドネス》〟だってこと、覚えている？」

　クリスタルは目をむいた。

「ごめんなさい」わたしは言った。「誰に話したのか忘れてしまったものだから」

「それじゃあ、木曜日にね、メリー」

わたしは店でいちばん大きなテーブルのスペースを空けて――商品のほとんどが売れたので、難しくはなかった――新たに持ってきてくれたクリスタルの美しいアクセサリーを並べた。そして同封されていた明細を見ながら品物を確認していると、誰かがドアをノックした。

わたしは父をなかに入れた。白い髪もひげも雪だらけで、父は足踏みをしてブーツについた雪を落とした。「降り方が激しくなってきた」父はわたしの頰にキスしながら言った。「人手が必要だろう？」

「もしお願いできるなら、倉庫に開けなきゃいけない箱がふたつあるの」

「ゆうべ、あのピアスという男を見つけたのはおまえだと聞いたが、だいじょうぶか？」

「だいじょうぶよ、パパ。ナイジェルは撃たれたり刺されたり、ひどい死に方をしたわけじゃないから。ただ、倒れていただけなの。そのまま寝てしまったみたいに。それに最初に見つけたのはわたしじゃなくてマティーなのよ。あら、やだ。マティーよ！　あの子のことをすっかり忘れていたわ。きょうの午後はとても忙しかったものだから」ひとさし指をわたしの顔のまえでふりながら小言を言うヴィクトリアの姿が頭に浮かんだ。「すぐに家に帰って、ここはまた戻ってきて片づけるわ」

「あと数分放っておいても平気だろう。こっちはわたしが手伝うから。時間がないときは、いつだってママにマティーの散歩を頼んでもいいんだぞ」

「ママに？　本気で言っているの？　ママは犬が嫌いなのよ」

「嫌いじゃないさ。メリー、おまえはもう少しママを信用するべきだ。ママは喜んで手伝うよ。まあ、確かに……」父の声が小さくなった。「〝落とし物〟をひろうのは好きじゃないかもしれないが」今度は犬の糞《ふん》の後始末をすることを期待されていると知ったときの母の顔が思い浮かんだ。「おまえの家に行って、裏庭に出してやるくらいはできるだろう」

「本当にママがやってくれると思う？」

「喜んでやるさ」父はそう言ったが、あまり自信がなさそうだった。

父が手伝ってくれたおかげで、記録的な速さで追加の商品の梱包を解いて並べることができた。

「きょうはみんな、うちみたいに忙しかったのかしら」わたしは手を動かしながら訊いた。

「苦情は出なかったな。ただし、ピアスという男のことと、ヴィクトリアの店が一日じゅう閉まっていたことについては、かなり話題にのぼっていたが」

「どんな話？」

「ただの噂話さ。憶測だ。関心に見せかけた陰口だ。『材料なくして理論立てするのは致命的な誤りだ』というのに」父はシャーロック・ホームズの熱狂的なファンなのだ。どんな場合でも、必ずふさわしい台詞を引用できる。

「具体的にはどんなことを話していたの？」

「現場にいた、あるおしゃべりな警察官は――名前は挙げないが、おまえの知りあいの女性だ――〝毒殺〟だと言っていた」

「何てこと」

「もう一度言ってもいいぞ。わたしたちは一日じゅう、もみ消そうとしているように見えないように注意しながら、この件にふたをしようとしたが、さらに話が広がるだけだった。だが、きょうの午後には解剖が終わったはずだ」父は箱に入ったクリスマスツリーの飾りをわきのテーブルに並べようとしていた。そして、わたしが置いておいたクリスマス柄のナプキンやプレースマットをうしろにやった。

「大きいものはうしろに置いて」わたしは言った。「ナプキンはまえに置いたままにして」

「このほうがいい」

わたしが反論しようとしたところで、携帯電話の着信音がして、メッセージを受信したのがわかった。


ヴィクトリア‥ワインと映画はどう？　わたしの家で。

わたし‥いま終わるところ。それから、マティーの世話。あと一時間後くらい？

ヴィクトリア‥了解。


ヴィクトリアとわたしは楽しく、くつろいだ夜を過ごした。映画『ジェーン・エア』を観て、電子レンジでチンしたピザとポップコーンを食べすぎ、白ワインを飲みすぎた。ヴィクトリアはわたしの家から歩いていけるところに住んでいるので、運転して帰る心配をせずに、親友と一緒にのんびりすわり、貧しくて地味で愛されないジェーンと横柄なミスター・ロチエスターの話はそこそこに、ずっと話していた。そして無言の同意によって、ナイジェル・ピアスと《ワールド・ジャーニー》の話は避けた。ヴィクトリアの家ではいつものようにマティーも受け入れてくれ、マティーは活発すぎる仔犬と遊ぶ気分にはないヴィクトリアの家で飼われている年長のゴールデン・ラブラドール・リトリーヴァーのサンドバンクスを困らせた。そして真夜中になり、わたしはマティーに引きずられるようにして家に帰ってくると、ベッドに倒れ、少しは眠れることをうれしく思った。たとえ十二月でも、月曜日はいつも暇なのだ。

翌朝八時頃、前夜気ままにふるまったわりには、かなりよい気分だった。わたしはマティーを外に出すと、シャワーを浴びた。そして寝室に戻ってタオルをはずすと、携帯電話のライトが点滅しているのが見えた。留守番電話を聞くと、動揺したヴィクトリアの声が聞こえた。

「メリー、一度だけ許されている電話であなたにかけているの。わたし……わたし、逮捕されちゃった。パパに電話して。誰か、助けを寄こして」

6

　ヴィクトリアがどうして自分で父親に電話をしなかったのかはわからない。彼女の父親は弁護士で、町で小さな事務所を開いているのだから。母親はケータリング事業で成功しており、父親は娘に自分のあとを追って法律の世界に進んでほしいと淡い願いを抱いていたものの、料理好きな遺伝子のほうが勝ってしまった。

「ケイシー・アンド・ソレンソン法律事務所です」てきぱきとした声が電話の向こうで答えた。

「ミスター・ケイシーはいらっしゃいますか？　メリー・ウィルキンソンです」

「やあ、メリー。ジョンはいま警察に行っているよ」

「ヴィクトリアの件で？」

「おそらく」

「ありがとうございました」ふう。救いの神はもう駆けつけていた。わたしは色もスタイルも考えずに服を着た。かわいそうなマティーはまた朝の散歩に行けない。そして、かわいそうなわたしはまた濡れた髪で、まともなコートも着ずに、氷点下の寒さのなかへ出ていかなければならない。ナイジェルを温めようとして使ったコートは、まだ警察から返却されていなかった。でも、別にかまわない。もう二度と着たくないから。ルドルフ警察署はジングルベル通りの図書館のうしろ、町議会の隣に押しこまれるようにして建っている。歩いていける距離だけれど、コートがなく、とても急いでいたので、冬のあいだはほとんど入れっぱなしにしてある車庫から、古いけれど頼りになるホンダ・シビックを出して乗りこんだ。

そして町を走り、駐車場に入れ、階段を駆けあがった。受付に着いたときには息が切れていた。だが、まだひげさえ生えてなさそうな、机にすわっていた警察官は、見るからに焦っているわたしの様子にもおかまいなしで、ヴィクトリアが署内にいるのかどうかさえ教えてくれず、もし彼女がいるとしても面会はできないとだけ言った。ミスター・ケイシーがきているのかどうかも教えられないと。警察学校で受けた訓練があと三十分少なかったら、舌を突きだして「ぼくはあなたが知らないことを知っています」と言ったのではないだろうか。

車へ戻ろうとして入口を出ると、最悪のタイミングでキャンディ・キャンベル巡査が階段をのぼってきた。「あら、こんなところであなたに会うなんてびっくりだわ」

「ゴホン」わたしはキャンディの挑発には乗らないと決めて、咳ばらいだけをした。

「ヴィクトリア・ケイシー。意外よねえ」

わたしは情報を求めて、前のめりになった。「何があったの？　何か知っているの？」

キャンディはロビーと駐車場に目を走らせた。誰も聞いているひとはいない。

「ピアスは薬物を飲まされたのよ。そして……その薬物は……ジンジャーブレッドに入っていた」

演技をしなくても、ぞっとした顔になった。

キャンディはくすくす笑った。「心配しないで、メリー。ヴィクトリアがわざとやったわけじゃないって、わかっているから。これって判決を下す際に、考慮されるでしょ」そう言うと、キャンディはわたしを押しのけて警察署に入っていった。

わたしは古いホンダ・シビックのタイヤをきしらせて駐車場を出ると、通りのほぼ真向かいにある〈ミセス・サンタクロースの宝物〉に向かった。ひどく動揺していたせいで、お金を払ってくれる買い物客用の正面の駐車スペースに車を停めてしまった。

ジャッキーはカウンターのうしろのスツールに腰かけて雑誌をめくっていた。お客はひとりもいなかった。木曜日になって週末を過ごす観光客が到着しはじめるまで、店は暇なのだ。ジャッキーはわたしの顔をひと目見るなり、スツールから立ちあがりかけた。

「いったい、どうしたの？」

「事務室にいるから」わたしは店を通りぬけて事務室に入り、ドアを閉めた。

事務室というもったいぶった名前で呼んでいるが、実態は物置であり、コート置き場であり、倉庫に入りきらなかった在庫をしまう場所であり、わたしが帳簿をつける部屋でもあった。積み重なった箱のあいだを縫うように進まなければ、机にたどり着けない。パソコンは書類の山に埋まっていた。請求書に、売掛金勘定書に、支払勘定書に、税金の納付書。一月になってすべてに目を通せるようになるまで、どの山も高くなりつづける。この店は大好きだけれど、それに付随する書類仕事は大嫌いだ。

わたしは椅子から電話帳とカタログ二冊を落として、腰をおろした。そして両手で頬杖をついて、部屋をじっと見つめた。部屋のなかにある唯一の装飾品は、ニューヨーク州ルドルフがクリスマスに焦点を当てることを決めた最初の年にデザインしたポスターだけだった。ルドルフはオンタリオ湖南岸の重要な港として誕生した。ルドルフ町は一八〇五年につくられ、当時の実業家のひとりであり、誇り高きドイツ移民の息子であるラインハルト・ルドルフの名前から町名がつけられた。ラインハルトは米英戦争の地元の英雄で、農民や町の人々など雑多な人々を組織して、はるかに大きくてはるかに重装備のイギリスの船から逃げ、冬の嵐のなか岩の多い海岸に打ちあげられたアメリカの水兵たちを助けたのだ。

この地方で重工業が廃《すた》れ、工場や工業用地が放置されて荒廃すると、ルドルフは米英戦争ゆかりの土地として町を売りだそうとした。そのための基金が設立され、ラインハルト・ルドルフの愛国心を称える立派な像が建てられた。高校生は戦争当時の衣装を着て、マスケット銃を持って整然と行進できるよう訓練され、まもなくやってくるだろう歴史好きの人々に喜んでもらえるようにラインハルトの偉業の歴史を教えこまれた。また、ルドルフ家はいまわたしが住んでいる場所からほど遠くない場所にヴィクトリア様式の屋敷を所有していたのだが、一九八〇年代になると、町は当時の相場よりかなり安くその屋敷を購入することができた。屋敷が荒れ、所有者が売却してアリゾナへ引っ越すことを望んでいたのだ。屋敷は修繕して、当時の状況を伝える博物館にする予定だった。この事業を後押しするなかでもとりわけ楽天的な人々は、南北戦争ゆかりの土地であるゲティスバーグに匹敵する町になれるのではないかと話しはじめていた。

そうした事業がすべて急に中止になったのは、ニューヨーク市立大学の大学院生がイギリスで独自に調査をして、それまで発見されずにいたラインハルト・ルドルフ夫人の手紙を見つけたことがきっかけだった。ルドルフ夫人はその手紙で妹に、じつは夫はずっとイギリス側のスパイで、湖岸に建つ家の屋上の露台を使って、アメリカ軍の船の通行を報告していたと自慢していたのだ。かの有名な水兵たちを救った事件？　ラインハルトは妻とともにランプの灯りでアメリカの船を岩場に誘導し、船が岸に打ちあげられることを知っていたのだ。卑怯者のラインハルトはあとで称賛されることを承知のうえで、通りへ出てイギリスの船を撃退しようと、町の人々を鼓舞したのだ。イギリスの船には上陸するつもりはなく、喜んで湖に浮かんでいるのを知りながら。

そのときはまだルドルフ夫人の手紙は作り話だと切り捨てることができたかもしれないが、熱心な大学院生はさらに調査を進め、感謝したイギリス政府がラインハルトに報酬を支払った記録を発掘してしまった。

そんな町を救う代替案を考えたのが、わたしの父だった。わたしたちはラインハルトのことなどさっさと忘れ、町名は最もいちばん有名なルドルフの名前を取ったのだというふりをした。赤鼻のトナカイのルドルフだ。

こうしてニューヨーク州ルドルフはクリスマス・タウンとして生まれかわった。水兵たちに方向を教えるために堂々とランプを掲げたラインハルト像は溶かされ、屋敷は町が購入したときよりさらに下がった価格で売り出され、高校生たちの水兵の衣装は赤い帽子のエルフの衣装に代わった。

この話を思い出すたびに、わたしは顔がほころんだ。けれども、きょうばかりはヴィクトリアを思い出して、笑顔が消えた。

午前中はカタツムリと競争しても負けそうなほど、時間が遅々として進まなかった。わたしは椅子にすわり、指で机を叩いて、帳簿をつけているふりをした。そして父に電話をしたが、出なかった。母は月曜日の午前に大人の個人レッスンを入れているので、かけても無駄だ。

〈ヴィクトリアの焼き菓子店〉にかけると留守番電話が応答し、営業時間を教えてくれた。いまはもう営業時間だというのに誰も電話に出ないということは、あまりよい知らせではない。

そのとき床板がきしみ、わたしは顔をあげた。

ヴィクトリアが事務室の戸口に立っていた。紫色の短い髪が立ち、目の下には濃い隈《くま》ができている。細い身体が大きすぎるスウェットパンツと、色あせたグレーのスウェットシャツに埋もれているようだった。コートは着ておらず、首にマフラーを二重に巻き、手編みの赤いミトンをはめているだけだ。わたしが急に立ちあがると、紙の山が四方八方に飛び散った。

箱を蹴り飛ばしたのも無視して両腕を広げて歩みよると、ヴィクトリアが飛びこんできた。

わたしたちが身体を離すと、店にいたはずのジャッキーが好奇心に目を丸くして、そばでじっと見つめていた。「〈クランベリー・コーヒーバー〉へ行ってきて」わたしはジャッキーに言った。「特大ラテをふたつ。うんと濃くして」

「店番は？」

「お客はいないわ。ラテ代はレジから持っていって」

事務室には椅子がひとつしかなかった。わたしはヴィクトリアをすわらせた。

「何があったの？　あなたのお父さんに電話したけど、事務所にはもういなかったの。警察では何も教えてもらえなくて」

「ごめんなさい」ヴィクトリアは言った。「ちょっと過剰反応だったかも。実際には逮捕されたわけじゃなかった」

「よかった」

「警察に連れていかれて、事情を訊かれたの」

「何について？」

「今朝、ナイジェル・ピアスの解剖の結果が出たのよ。ピアスは薬物を飲まされていた。そして、その薬物はジンジャーブレッド・クッキーに入っていたの。わたしが焼いたジンジャーブレッド・クッキーに」

「まさか！　わたしだって一枚食べたのよ。ううん、もっと食べたはず。でも、具合は悪くならなかった。卵が腐っていたとか、そういうことじゃない？　もしかしたら、ナイジェルはとくに敏感だったのかも」

「ちがうのよ、メリー。薬物というのはGHBだったの」

「何、それ？」

「リキッド・エクスタシーとも呼ばれているものらしいわ。違法だけど、広く流通しているストリート・ドラッグだって、父が言っていた」

「ここだけの話だ」とつぜん廊下からわたしの父の声がした。「警察は詳細を公開しない。メリー、店を空っぽにしたらだめじゃないか。不用心だぞ」

「かまわないわ」わたしは言った。「いまはもっと心配しなきゃいけない大事なことがあるんだから」

「さすが、わたしの娘だな」

「ジャッキーに飲み物を買いにいってもらったの」

「ナイジェル・ピアスは」父が話しはじめた。「アイシングを施したジンジャーブレッド・クッキーを食べて、そのなかに含まれていたGHBの過剰摂取によって、一時間以内に死亡した。ピアスが摂取したくらいの量では通常は死に至らないんだが、病理学者によると、彼はあまり健康ではなかったらしい。GHBに悪影響を受ける処方薬を飲んでいたんだ」

「パーティー・ドラッグってこと？」わたしは言った。「もしかしたら、ピアスが自分で飲んで、量をまちがえたということはない？」

「わたしもそう思いたい」父が言った。「だが、GHBはクッキーに入っていた。問題のパーティーに出席していた人々から腹痛を起こしたという訴えさえあがらなかったことから、警察はドラッグが混入されていたクッキーは一枚だけだと考えている」

「たまたまということ？」わたしは希望をこめて付け加えた。「調理するときに、思いがけず混入してしまったとか？」

「いや」父は言った。「GHBは消費期限を過ぎたクリームとか、サルモネラ菌に汚染された生卵によって摂取されるようなものじゃない」

ヴィクトリアはうめいた。

「警察が秘密にしているなら、パパはどうして知っているの？」

「町議会には警察や検視官事務所で働いている友人がいるとだけ言っておこう。それで、警告されたのさ。これが公になれば、ルドルフのクリスマス・シーズンは終わりだからね」

「町のことなんてどうでもいい。わたしのクリスマス・シーズンは台なしだもの」ヴィクトリアはとうとう泣きだした。ヴィクトリアはアイライナーとマスカラをたっぷり使って、しっかり化粧をするのが好きだ。いま、顔には黒い川が流れている。「飲食業界では、評判が命よ。わたしが焼いたお菓子で誰かが死んだなんて噂が広まったら、もう立ち直れない。警察からは連絡があるまで営業を停止するよう命じられたの」

「いつになったら営業を再開できるか訊いた？」わたしは前かがみになって、ヴィクトリアの肩を抱いた。ヴィクトリアはわたしより二十センチは背が高いのだ。わたしがこんなふうに慰めることなどめったにない。

ヴィクトリアは頭を左右にふった。

わたしたちはルドルフを一年じゅう楽しめる観光地だと謳《うた》っている。どんな時期でも、人々はいまがクリスマスであるかのように信じることが大好きだった。七月や八月のじめじめと暑い日でさえ、人々は〝サンタクロース〟が湖畔で夏休みを楽しんでいる姿を見るために、ここへやってくるのだ。真っ赤な水泳パンツをはき、白いポンポンが付いた伝統的な真っ赤な帽子をかぶり、湖岸にビーチパラソルを広げて椅子にすわり、ビキニや（こちらは女の子たち）膝丈の水泳パンツ（こちらは男の子たち）を身につけ、大きな靴をはいた尖った耳のエルフたちに世話をされている父の姿は有名だった。《ニューヨーク・タイムズ》の旅行欄に、水着を着て日よけ帽をかぶった子どもたちを抱いている父の写真が載ったことさえある。

とはいえ、どんなにほかの時期が忙しくても、十二月はルドルフのすべての小売店やホテルやレストランにとって生命線なのだ。たとえ、ヴィクトリアのクッキーのせいでひとが死んだなどということを誰も信じなくても、来週いっぱい営業できなければ、ヴィクトリアの店は傾いてしまうだろう。

「問題が片づくまで、だろうな」父がわたしの質問に答えた。「ヴィクトリア、きみの店の厨房でドラッグが混入されたと信じるにたる理由があれば、警察には営業停止を命じる権限がある」

ヴィクトリアはわたしの腕のなかから出た。机の上からティッシュペーパーを取って渡してあげると、洟をかんで、顔をぬぐった。そしてティッシュペーパーを離したときには、もう涙は止まっていた。ヴィクトリアは口もとを引き締めて、目を輝かせた。「うちの厨房でドラッグが混入したなんてあり得ないわけだから、あとはその事実をシモンズ刑事に納得させるだけだわ」ヴィクトリアは立ちあがった。「ドラッグはパーティーで混入されたのよ。うちの店を営業停止にしても無駄だし、そんなのはただの脅迫にすぎない」そう言うと、ドアのほうへ歩きはじめた。

「焦ってはだめだ」父が言った。「わたしも会ってみたが、ダイアン・シモンズはばかじゃない。彼女と言い争っているところを誰かに見られたら、得にはならない。ヴィクトリア、お父さんに適切な方法をとってもらうんだ」

「ラテよ」ジャッキーがかん高い声で言いながら、ふたつの大きな持ち帰り用のカップを持って入ってきた。いまは事務室はひどい混雑ぶりだった。「あら、ミスター・ウィルキンソン。あなたがきていると知っていれば、もうひとつ買ってきたんだけど」

「かまわないよ、ジャッキー。ありがとう」

「通りの向こうが、すごい騒ぎなの」ジャッキーがラテを渡しながら言った。「あなたの店の外に大勢のひとがいたわ。いったい、何があったの?」

ヴィクトリアとわたしは顔を見あわせた。父がわたしの手からラテを取った。「これはもういらないようだな。戻ってくるまで、店はわたしとジャッキーが見ているから」

ヴィクトリアとわたしは外へ駆けだした。「いったい、何なの？」〈ヴィクトリアの焼き菓子店〉が目に入ると、ヴィクトリアが言った。歩道に大勢のひとが集まり、興奮して話している。そしてヴィクトリアとわたしが近づいていくと、急に静かになってうしろにさがった。わたしたちが階段をのぼっていくのを、全員が見つめている。なかへ入ると、店は暗く静かだった。おいしそうなにおいが奥から漂ってくることもない。ドアには札がぶら下がっている。

保健局の札だ。〝閉鎖中〟

ヴィクトリアはうめいた。

ルドルフ随一の高級レストラン〈ア・タッチ・オブ・ホリー〉の店主が、まるでヴィクトリアが感染症にかかっているかのように、そっと離れていくのが見えた。

「さあ、帰った、帰った。ここには見物するものなんて何もないわよ」キャンディ・キャンベル巡査が人混みをかき分けて近づいてきた。

誰も帰らない。警察官が「見物するものなんて何もない」などと言って、帰るひとがいるだろうか？

「ミズ・ケイシー、何か問題でも？」キャンディが言った。

「いいえ」ヴィクトリアが答えた。

「それじゃあ、とっとと歩いて」

「ここは公道でしょ」わたしは言った。「いたければ、ここに立っていられるはずよ。好きなだけ」

キャンディは何とか言い返そうとした。だが、わたしの言い分は完全に正しく、それはキャンディにもわかっていた。キャンディは野次馬のほうを向いた。喧嘩がはじまりそうだという話が広がると、その数はますますふえていった。「あなたたちは通行のじゃまになっています」

「じゃまって、何の?」男の声が訊いた。

ラス・ダラムが通りの向こうから駆けてきて、肌身離さず持っているカメラをかまえた。わたしは心のなかで毒づいた。ヴィクトリアにはぜったいに避けたいことなのに。

「何か問題でも?」ラスが訊いた。

「いいえ」キャンディは答えた。

「よかった」ラスが野次馬のひとりに声をかけた。「アンドレア、きみの店を通りかかったとき、カップルが看板を見ていたよ。店に入るつもりなのかどうか、確かめたほうがいいんじゃないかな」自分のレストランで出している料理を堪能しているにちがいない、丸々とした中年女性は急いでその場を離れていった。すると、ほかの人々も動きはじめた。

「ミス・サッチャー」ラスはベティに声をかけた。「来週の広告特集用に、そのセーターの写真を撮らせてもらえませんか? 道路ではなくて、できればあなたのお店のなかで」

「ええ、もちろん」ベティは髪をなでつけながら答えた。「身なりを整えたほうがいいわよね」そう言うと、急いで店へ帰っていった。ほかの人々も帰りはじめ、数分もすると、残っているのはラス、キャンディ、ヴィクトリア、そしてわたしだけになった。キャンディは人々を帰してくれたことに感謝するどころか、敵意のこもった目でラスをにらみつけた。できれば、わたしたち全員に手錠をかけて、留置場に放りこみたいのだろう。「もう、ここでは問題は起きないわ」わたしがぴしゃりと言うと、キャンディは顔をつんとあげて帰っていった。

だが、あまりにも高く顔をあげすぎていたせいで、歩道のはしまできていたことに気づかなかったらしい。つまずき、驚いて悲鳴をあげながら腕をふりまわし、よろよろと車道に出た。幸いなことに――キャンディにとっては、だけれど――車は一台も通っていなかった。キャンディはトントントンと跳ねまわって体勢を立て直し、また歩いていった。その首は信号機になれそうなほど真っ赤だった。

「笑わないで」ヴィクトリアがわたしに言った。

「笑っている場合じゃないわね。ありがとう、ラス。うまいものね。意外だったわ」

ラスがにっこり笑った。「もっとおもしろい写真を撮って記事にできるように騒ぎを焚きつけるんじゃなくて収めたことが意外だった？　メリー、信じてくれるかどうかはわからないけど、ぼくだって誰にも負けないくらい誇りを持って、この町を応援している。この町で起きていることは、ぼくにとっても重要なんだ」ヴィクトリアの店のドアにかかっている札を身ぶりで示した。「それに、こいつは決していいことじゃない。きみたちにとって。そして、まちがいなく、この町にとっても。ナイジェル・ピアスと関係があるんだろう？」

「わたしは何もしてないわ！」ヴィクトリアが言った。

「ぼくは一瞬たりともきみを疑っていない。ところで、きみたちふたりを探していたんだ。〈ミセス・サンタクロースの宝物〉へ行ったら、ノエルがここにいると教えてくれた。話したいことがあって」ラスはあたりを見まわして、話を聞いている者がいないことを確かめた。雪はやみ、空気は冷たいが清々しく、歩道沿いの並木は真っ白な雪でおおわれていた。車はゆっくり走り、数人が店を眺めながら歩いていたけれど、わたしたちに関心を払うひとはいなかった。通りに並ぶ各店のなかでは照明が明るく輝き、温かく歓迎する雰囲気を醸しだしている。だが、ブロックの中心にある〈ヴィクトリアの焼き菓子店〉だけが暗く、寒々としていた。

「話って、何？」ヴィクトリアが鋭く言った。「新聞に声明を出すつもりはないわ。言うことがあるとすれば、わたしの店は完全に安全だし、最高水準の……」

ラスが片手をあげた。「ストップ。それはよくわかっている。電話があったんだ。十五分くらいまえに、匿名で。ナイジェル・ピアスは日曜日の夜に開かれたパレード後のパーティーで出された、ＧＨＢすなわちドラッグ入りのクッキーを食べて死んだという内容だ」

「ええ、知っているわ」わたしは言った。「だから保健局はヴィクトリアのお店を営業停止にしたのよ」

「きみが知っているのはヴィクトリアに聞いたからだ。そうだね？」

「ええ」

「ヴィクトリアが知っているのは、警察に聞いたからだ。そうだね？」

「そうよ」ヴィクトリアが答えた。「警察署に連れていかれて、事情を訊かれたの。父がきてくれて、父が警察から何があったのか聞いたのよ。それが、どうかした？」

「匿名の電話があったあと、ぼくはシモンズ刑事に会いにいった。シモンズ刑事はあまり協力的ではなかったけど、捜査は続行中で、いまのところ殺人の疑いで動いていることは認めてくれた。でも、容疑者や死因については明かしてくれなかった」

「つまり、あなたに電話をかけてきたひとは……」わたしは言った。

「この卑劣な事件を確実に新聞に載せたかったんだ」

「そのひとは男だったの？　それとも、女？　聞き覚えのある声？」

ラスは首をふった。「昔のスパイ映画みたいに、受話器に布か何かをかぶせているような、くぐもった声だった。正体を知られたくないのは明らかだ」

「どうして、新聞に載せたいわけ？」ヴィクトリアが叫ぶように言った。「警察の捜査のじゃまになるだけじゃなくて、クリスマスまであと三週間しかないというのに、こんなニュースが広がったら、ルドルフはおしまいなのよ。殺人犯が野放しになっていると知ったら、誰もきてくれなくなる」

「そいつはひとを殺しただけじゃなくて、ルドルフのクリスマス・パーティーも台なしにしたんだ」ラスが言った。「サンタクロースが子どもたちを膝に乗せ、ぼくたちが無料のジンジャーブレッドとリンゴジュースを隣のひとに手渡しているときに」

ヴィクトリアとわたしはぞっとして顔を見あわせた。

ラスが険しい顔で言った。「ひとつだけわかるのは、匿名の通報者はルドルフのクリスマスがぶち壊しになることを望んでいる、ということだ」

7

ラスは新聞社へ戻らなければならなかった。匿名の通報について書くつもりはないが、この町でナイジェル・ピアスが死んだのに、なかったことにはできないという。何かは書かなければならないのだ。

「あまり心配しないほうがいい」ラスは言った。「ダイアン・シモンズがルドルフ警察に雇われたときに経歴を調べたけど、信頼できそうな記録だった。シカゴでは巡査部長をつとめていたんだが、検挙率を見るかぎり、とても優秀な刑事だった」

「どうして、この眠っているような古い町へきたんだと思う？」ヴィクトリアが訊いた。ルドルフがとつぜん眠っているどころか、高い検挙率を誇る警察官にふさわしい町に変貌したかのように思えることは、ラスもわたしも指摘しなかった。

「同僚だった警察官とひどい別れ方をして、醜い親権争いをしたようだ。シモンズはいまも子どもと暮らしているから、親権は勝ち取ったようだけど」ラスは自然な態度でヴィクトリアを抱きしめた。「用心は必要だけど、あまり心配しないで。何か耳にしたら、知らせるから」そう言うと、わたしのことも抱きしめた。ヴィクトリアのときのように、すぐには身体を離さなかった。ラスの腕は強くて温かく、一瞬そのまま溶けこんで、抱えている問題をすべて持っていってほしいと思った。「きみも用心して、メリー」髪にささやきかけた。「信じられないだろうけど、近くに殺人犯がいるんだ」

ラスはわたしを離して、うしろへさがった。温かい薄茶色の目は暗く、真剣だった。「何かあったら、電話して」カメラを掲げると、通りの向こうへ駆けていった。

ヴィクトリアがわたしのほうを向いて、にやりとした。「ずいぶん長く抱きあっていたわね」

「ラスは力になろうとしているだけよ。親切だから」

「ええ、とてもね」

「どういう意味？」

「別に。わたしはパパの事務所に寄って、次はどういう手段をとるか相談するわ。まず、パパの予定を空けてもらわないと」

「一緒に行きましょうか？」

「ありがとう。でも、平気よ。あなたにはいないといけないお店があるでしょう。わたしの店は――」痛々しい目で閉まっている暗いベーカリーを見た。「いる必要がないから」

「一時的にね」わたしは言った。

「一時的に」

ハグをして互いに心配はいらないと言いあってから、別々の方向へ進んだ。わたしは考えごとをしながら〈ミセス・サンタクロースの宝物〉へ歩いて戻った。ラスはシモンズ刑事の能力を信頼しているようだけれど、わたしはちがう。警察はとても性急にヴィクトリアの店を営業停止にした。パーティーに出席した全員が食中毒で倒れたなら仕方ない。でも、一枚のクッキーで？　シモンズはどうにかして、新しい町で認められたいと必死なのではないだろうか？　結論ありきで、その状況にあった都合のいい事実を見つけようとしているのだとしたら？

ヴィクトリアがナイジェル殺しで告発されることがあるとは思えない。どういう状況であれ、ヴィクトリアにはナイジェルを殺す動機がまったくないから。けれども、クリスマス・シーズンが終わるまで営業停止のままで、店の評判を台なしにされてしまったら、それは殺されたも同然だ。

わたしは実のきょうだいよりもヴィクトリアに親しみを覚えている。ずっと昔からだ。ヴィクトリアはおもしろいことが大好きで、向こうみずで、とっぴなこともするけれど（紫色の髪は商業振興組合の会合で評判が悪く、それも髪を紫色に染めている理由のひとつだった）、あのベーカリーはヴィクトリアのすべてで、成功させるために、それは必死に努力してきたのだ。

ヴィクトリアがこの混乱から無傷で抜けだすためなら、わたしは何でもするつもりだった。〈ミセス・サンタクロースの宝物〉に戻ると、父がショーウインドーの展示を変えているところだった。アクセサリー類は消え、代わりにディナー皿や、色付きのワイングラスや、ナプキンやテーブルクロスが並べられ、そのすべてがクリスマスをテーマとしている。

「パパ、いったい何をしているの？　ジャッキーを手伝ってくれるはずだったでしょ」

ジャッキーはレジのうしろで、ファッション誌をめくっていた。

「ジャッキーは手伝いがいらないようだからね」父が答えた。「だが、おまえには手伝いがいる。あのショーウインドーでは、クリスマスだときちんと伝わらないぞ」

「もちろん、伝わっているわ！　クリスマスってことしか伝わらない。山のてっぺんに登ってメガフォンでクリスマスだと叫んだとしても、あれ以上はクリスマスだと伝わらないくらいよ」

「クリスマスは家族のものだ。家族が休暇に集まって、一緒に食卓を囲んで、愛と平和のときを過ごすんだ。クリスマスとは食べ物だ。飾りにするから、使わないパイかタルトがないか、ヴィクトリアに訊いてみなさい」

「クリスマスはプレゼントの日でもあるのよ、パパ。アクセサリーはすてきなプレゼントになるわ。男のひとは飾られているアクセサリーを見るのが好きなの。奥さんに何を買おうかと考えるのに時間を使わなくていいからよ」

「クリスマスのプレゼントは子どもためだ」サンタクロースは言う。「大人のためではない」

その点において、父は自説を実践していた。十八歳になった瞬間に、わたしは両親からもきょうだいからもプレゼントをもらわなかったし、あげることも期待されなかった。わが家のクリスマスツリーの下はいつも華やかな包みが山積みになっていたが、それはすべて両親の友人の子どもたち（ということはルドルフのほぼ全員だけれど）のものだった。母がクリスマス当日のブランチに自宅を開放することは有名で、みんなが立ち寄るのだ。両親はプレゼント交換もしないけれど、母とわたしは母方の家族とは贈り物のやり取りをしていた。父は大人どうしのクリスマス・プレゼントのやり取りをよしとしないけれど、母はほかの日、とりわけ誕生日にはたくさんのプレゼントをもらっている。

ああ、それから父の誕生日が十二月二十五日であることは言っただろうか？　どういうわけか、父に誕生日のプレゼントを贈ることは許されている。十二月のルドルフでクリスマス柄ではない包装紙を見つけるのは、いつも至難の業だ。

「みんながみんな、パパみたいに頑《かたく》なじゃないのよ。もし男性たちが奥さんへの贈り物を買いたいと言っても、わたしは買うなとは言わないわよ。それとも言うべき？」

「そういうお客を追い払えと言ったかい？　言ってないだろう。ただ、ショーウインドーできれいに飾られているものを見たら、祝日のテーブルに並ぶ食器を買い換えたほうがいいことを思い出すかもしれないと考えただけさ」父は上唇をゆがめ、ぼさぼさの太くて白い眉の下から、青く輝く目でわたしを見た。

「もう、パパったら」わたしはジャッキーをちらりと見た。ジャッキーは声を出さずに笑っている。

ドアの鐘が鳴り、ふたりの女性が入ってきた。「もう母の〈スポード〉の皿にはうんざりなのよ」ひとりの女性が連れに言った。「母にとって姑《しゅうとめ》と一緒に過ごすクリスマスのディナーは苦行でしかなかったの。だから、わたしは〈スポード〉の皿を出すたびに、母がどれほどクリスマス休暇を嫌っていたかを思い出すわけ」女性がわたしに笑いかけてきた。「ウインドーに飾ってある赤と金のお皿、シンプルでとてもすてきだわ。あれはセットになっているのかしら？　そう。それじゃあ、十二セットいただくわ。それから、金色の大皿も。そろそろ母のものはすべて処分してもいい頃だと思って」

わたしは父をまじまじと見た。

「メリー、気をつけろ」父が言った。「ハエが飛びこんでくるぞ」わたしはぽかんと開いていた口をあわてて閉じた。

そんなに驚くことではないのかもしれない。何といっても、父はサンタクロースなのだから。

ジャッキーがスツールからおりた。「お皿を取ってくるわ」

「ねえ」今度は女性の連れが言った。「いま思い出したけど、感謝祭のときにトムが〈リーデル〉のワイングラスをふたつも割って、そのあと彼のばかな弟がもうひとつ欠けさせたの。でも、今年もクリスマスにはディナーにみんなを招待しないといけないのよ。だから、ウインドーに飾ってあるグラスを十二客いただくわ」

父はテーブルの下に手を伸ばして、グラスの入った箱を取りだした。「ほかにご入り用のものはございませんか、マダム？」

「ツリーも新しくしようかしら。趣味のいいオーナメントはある？　昔ながらのガラス玉がいいわ」

「あちらに」父は仰々しく手を伸ばして、きのう自分が飾りつけた商品を見せた。

女性客のひとりは車を取りにいき、数分後に戻ってきて店の正面に駐車した。父とジャッキーは商品の箱を車のトランクに運んだ。車がクラクションを鳴らして出ていくと、父は道に出て手をふって見送った。

「メリー、正面に停まっているのはおまえの車か?」店内に戻ってくると、父が言った。

「お客さんが車を停めるのにじゃまだろう」

「あとで動かすわ」わたしは言った。「それより、ショーウインドーよ。空になってしまったから。クリスマス用のお皿はあれが最後だったの。次はウインドーに何を飾ればいいと思う?」

「アクセサリーがいいかもしれないな」父が言った。「男はクリスマスに妻や母親にアクセサリーを贈るのが好きだ。ヴィクトリアはだいじょうぶか?」

わたしはショーウインドーの陳列から、もっと差し迫った問題に頭を切りかえた。

「あまり、だいじょうぶではないかも。ヴィクトリアはあまり口にしないけど、お店の評判が悪くなって、一年でいちばん忙しい時期に営業できなかったら、経営が成り立つとは思えないもの」ジャッキーはまだレジに戻っていなかった。カクテルパーティーやディナー用のナプキンの棚を整理しながら、こちらに顔を向けているのが見える。

「家に帰ってマティーを外に出さなきゃ。パパ、一緒にきて。話したいことがあるから」

ジャッキーがぶつぶつ言う声が聞こえた気がする。「いったい、いつになったら、ここで仕事をするのよ」わたしは聞こえないふりをした。

「わかった」父が言った。「ジャッキー、ブローチを並べておいてくれるかい？　木の兵隊のうしろに引っこんでいるやつだ。あれじゃあ、誰にも見えないからね」

「あれを仕入れたのは間違いだったわ」わたしは言った。「古風すぎて売れないの。ひとつ二十ドルしかしないいんだけど、来週は値下げして売り切るわ」

男性がひとり店に入ってきた。年に一度、プレゼントを探しに工具店以外の店へ遠征にきた多くの男性が浮かべる、ヘッドライトに照らされたシカみたいな怯えた顔をしている。

「あの、ちょっと相談にのってもらいたいんだけど」男性がおずおずと言った。やっぱり、年に一度の買い物だ。

「はい、喜んで」わたしは答えた。

「外で待っているよ」父が言った。

「プレゼントをお探しですか？」わたしは新しい客に訊いた。

「ええ。それもひとつじゃなくて、いくつも。ひいおばあちゃんがこの夏に百歳になって、生まれて初めて自分で買い物にこられなくなったものだから、代わりにプレゼントを買ってきてほしいと頼まれたんです。ひいおばあちゃんは老人ホームのほかの女性たちにちょっとしたものをあげるのが好きで。友だちが十人いて、ひとり二十ドルずつの予算なんですけど」

わたしはジャッキーにラインストーンのブローチ十個をプレゼント用の包装紙で包むよう頼んで、歩道で待っている父のところへ行った。「パパ、いま仕事を探していない?」

「いや」

わたしは車に父を乗せると、通りへ出た。車の数がふえており、わたしたちが駐車スペースから出るとすぐに、次の車が入った。

「それで、どうなっているんだ?」

「ラス・ダラムがナイジェル・ピアスはGHBで殺されたと知っていたの。誰かが電話してきて教えたんですって」

「誰かって?」

「匿名の電話があったみたい」

「そいつは、どうしてそんなことをしたんだ?」

「やっぱり、それが疑問よね? パパもわたしもヴィクトリアのお店が文句なく清潔なことは知っているけど、それは関係ないとして。あの晩、死んだのはひとりだけだけど、パーティーには百人を超えるひとたちが出席していたし、全員が同じものを飲んだり食べたりしていた。食中毒にいちばん弱そうな子どもやお年寄りもいたのに平気だった。警察はドラッグはジンジャーブレッド・クッキーに入っていたと言っている。これは否定する理由がないから、納得するしかないわね。最近の警察はその手のことには厳密だから。で、一枚のクッキーだけに入っていた」

わたしは方向転換をするために、図書館裏の駐車場へ車を入れた。その裏手にある警察署で万が一動きがあった場合に、何か見られるかもしれないという計算もあって。だが、周囲は静まりかえっていた。

父は口数が少なかった。「ピアスは特別なクッキーを食べていたな」やっと、そう言った。

「ええ。チャールズ・ディケンズ。イギリス人のお客さまに敬意を表して」

「ヴィクトリアは、ナイジェル・ピアスに食べさせると、みんなに言っていたのか？」

「さあ。たぶん言ったんじゃないかしら。誰かに食べられたくなかっただろうから。ナイジェルが狙われたと思っているの？」

「可能性はありそうだ。メリー、パーティーの夜を思い出すんだ。わたしは厨房には入らなかったが、おまえは入っていただろう。あの特別なクッキーはどこに置いてあった？」

「長テーブルの上よ。ラップをかけて、〝テーブルには出さないで〟というメモが付いていたわ。お披露目の準備がすべて整うまえに、お手伝いのひとたちにあの大皿を運んでもらいたくないと思っていたのは明らかだった」

「つまり、ずっと長テーブルの上にあったということは……」

わたしは父の考えを読んだ。「厨房にはいつでも、誰でも入ってこられた。ヴィクトリアとお手伝いのひとたちだけじゃなくて、公民館の職員たちも」

「水をもらいにきたひとたちも。そして、水をもらいにきたふりをした人間もだ」

わたしはあのときの情景を思い浮かべた。パーティーには数えきれないほど多くの人々が出入りしていた。厨房はパーティー会場から直接行き来でき、戸口にはとくに見張りは立っていなかった。「ところで、GHBというのはどんな見かけなの?」

父は携帯電話を取りだして、何度か指を動かした。「細かくて白い粉だ」

わたしはたっぷりの白いアイシングで飾られていたチャールズ・ディケンズのクッキーを思い出した。「犯人はクッキーがナイジェルに贈られるものだとは知らなかった可能性もあるわ」

「いや、そうは思えない。あの大皿にはクッキーが十枚のっていたんだったか？　わたしたちは何も考えずにクッキーに手を伸ばした。もし殺人犯が——メリー、わたしたちはもうその男のことをそんなふうに呼ばないといけないんだ……」

「女かもしれないわ」

「そうだな、女かもしれない。特定の人物を狙ったわけではない、行き当たりばったりの犯行でないかぎり、狙われたのはピアスだと考えざるを得ない」

「ナイジェルがここで殺されたのは、ルドルフにとっては運が悪かったのよ。ここのひとたちが彼と初めて会ったのは土曜日でしょう。ナイジェルの敵はここまで跡を追ってきたのかもしれない。この町は観光客であふれているから、誰にも知られずに町に入ってきて、犯行に及んで、すぐに町を出ることは可能よ」

「メリー、おまえは町とは無縁の人物が犯人だと考えているんだな。『材料なくして理論立てするのは致命的な誤り』だぞ」偉大な探偵の名台詞を引用すると、父は車のドアを開けて降りた。

わたしたちはもうずっとまえに家に着いていた。二軒用の車庫のうち、わたしに割りあてられているスペースに車を入れたあと、車のなかで数分話しつづけたのだ。わたしは車から降りて、父を歩道まで送った。ミセス・ダンジェロがポーチに立って、窓を磨いていた。この窓はニューヨーク州北部でいちばん磨かれているにちがいない。

「ノエル、メリー」ミセス・ダンジェロがぞうきんをふった。「ニュースを聞いたの。あの親切なイギリス人が殺されたんですってね、このルドルフで。この町までそんなことが起こるようになったのかと身体が震えたわ。それも、クリスマスの季節に」

「警察は殺人事件だと断定したんですか？」父が訊いた。

「いいえ。でも、警察がその手のことを秘密にするのは誰でも知っていることでしょう。犯人しか知り得ないことを暴露したときに、そのひとが犯人だってわかるように」ミセス・ダンジェロはミステリの大ファンなのだ。「たとえば、薬物入りクッキーとか」

「誰から聞いたんです？」父が鋭い口調で訊いた。

ミセス・ダンジェロはぞうきんをふった。「誰だったかしら。朝から電話が鳴りっぱなしだったから」ビング・クロスビーが歌う『ホワイト・クリスマス』が流れた。「ほら、まただわ」エプロンのポケットから最新式のｉＰｈｏｎｅを取りだした。

「ルイーズ！　聞いた？　そう、本当なのよ。薬物入りクッキーだったの。ぜったいにヴィクトリア・ケイシーのせいじゃないわよ。クッキーが焼かれたあとに、薬物を入れたことが明らかだもの。ああ、ちょっと待ってね」ミセス・ダンジェロは耳から携帯電話を離した。いまサンタクロースの顔を見たら、子どもたちは手すり越しに見ようとはせずに、ベッドの下に隠れるだろう。「心配しないで、ノエル。アイリーン・マトローがね」町議会議員のひとりだ。「さっき電話をかけてきたの。このニュースを広めたくないって。わたしは秘密を守れるひとにしか話していないから」

父はうなった。「わたしはもう行ったほうがよさそうだ。どうやら秘密が漏れてしまったようだから。噂が広がっている。とても速く」ミセス・ダンジェロのほうをにらむと、彼女は楽しい長電話に備えて、雪の積もったポーチの手すりに寄りかかっていた。

わたしは裏にまわって自分の部屋へ行き、マティーをケージから出して、短い散歩に連れていく準備をした。気温は下がり、湖から吹いてくる風が強くなっている。わたしにはまだ着られるコートがなかった。ジャケットは雨よけには適しているけれど、それだけだ。けれども、いまはそれしかなく、何とかそれでやっていくしかない。下に着る大きなセーターを見つけたし、とりあえず厚手のマフラーとミトンは持っている。わたしはマティーのリードを持って、外へ出た。

私道を出ると、左へ曲がって公園を横切るいつもの道ではなく、右へ曲がった。きょうはまた公園へ行く気にならなかったのだ。

マティーはリードを思いきり引っぱって先を走り、茂みを見つけるごとににおいを嗅ぎ、通りすぎるひとすべてに吠えて挨拶をした。新雪が積もった木の枝のあいだから陽が射し、冬の王国を見事につくりあげている。マティーが見るものすべてに興奮し、幸せそうにはしゃいでいる姿を見ながら歩いているうちに、わたしの気分も上向いてきた。きっと、すべてうまくいく。自分に言い聞かせた。ルドルフのクリスマスなのだから。

考えごとに集中していたせいで、車がうしろから静かに近づき、わたしの歩く速さにあわせて走っていたことに、やっと気がついた。心臓が口から飛びだしそうになった。リードを引っぱってマティーを引きよせて、うしろを向いた。

シルバーのBMWだった。車が横で停まった。エンジンを切り、シモンズ刑事が降りてきた。「あなたのお店へ行くところでした」

「どうやって、わたしの店を知ったんですか？」

シモンズ刑事はサングラスをはずした。「わたしは警察官よ、メリー」

「ああ、そうでした」

「別に秘密でも何でもないことだけど。警官であれ民間人であれ、署で誰かに訊くだけでわかったわ」

「そうでしょうね。でも、どうして？」

「どうして、あなたに会いにいくつもりだったのか？　いくつか質問があったから。それだけよ。とても天気がいいから、新鮮な空気を吸いたかったし。一緒に歩いてもいいかしら？」

この女性に散歩のじゃまをされたくなかったけれど、マティーはわたしを裏切った。うれしそうに吠えて挨拶をすると、シモンズのほうへ走りだしたのだ。刑事がしゃがんで、マティーの耳のうしろをやさしくかいてやると、喜んで尻尾をふっている。「おやつをあげてもいい?」

「ええ」わたしはぼそぼそと答えた。

「何かあったかしら」シモンズはコートのポケットを探した。そして犬用ビスケットを見つけて差しだした。「おすわり」マティーが尻をおろした。シモンズはマティーのまえでビスケットを掲げた。マティーは動かない。「よし」シモンズが言うと、ビスケットは一瞬のうちに消えた。

わたしは感心しているのを隠したかった。ずっとマティーにおすわりを教えようとしてきたのだ。けれどもマティーはほんの一瞬床の近くまで尻をおろすと、すぐに目のまえのおやつに飛びつき、わたしが気を抜いていると、力ずくで手から奪いとってしまう。

シモンズは最後にもう一度マティーをなでてから立ちあがった。

「ここには車を停められないでしょう」わたしは心の狭い人間だ。「駐車禁止区域だから」

シモンズはまたしても見覚えのある顔をした。「わたしの車なら数分は平気よ」

わたしたちは歩きだした。マティーは礼儀正しく、真ん中を歩いている。

「土曜日の夜のことについて、考えてみましたか?」シモンズが訊いた。

「ほかのことなんて考えられなかった」わたしは身震いしながら答えた。「でも、目新しいことは何も。ごめんなさい」

「パーティーについて教えてください。あなたも出席していた」

「パレード後にやるパーティーです。毎年開いています。観光客がお金を使う気分になってくれるように、クリスマス用の焼き菓子やノンアルコールの飲み物を少しだけごちそうするんです。子どもたちにはサンタクロースと会わせてあげて。町のひとも観光客も、ほとんどのひとが出席します」

「この町はクリスマスを商売の機会としてとらえているんですね」

「ルドルフが衰退しないように努力しているんです。町民によい暮らしをさせて、ほかの多くの地域みたいに、仕事やチャンスを求めて、家族ごと町を出ていってしまわないように。悪いことですか？」

「いいえ」

「よかった。この先もルドルフで暮らすつもりなら、わたしやヴィクトリアのような人間にとって、町のほとんどの住民にとって、クリスマスは何らかの方法で生活を成り立たせている手段であることを理解してもらわないといけないから。でも、わたしたちはクリスマスを何よりも愛しています。ときには熱中しすぎに見えることもあるかもしれないけど、それはコマーシャルソングではなくオペラを歌っているから熱中しすぎだと、母を批判するようなものだわ。オペラは母が愛するものだから」

「批判しているわけではないのよ。ただ、この町の人々がどうしてそんなにクリスマスに夢中になっているのか、その理由を知りたいだけで」

マティーが同意してそっと吠えた。マティーが何かをそっと、、できるなんて知らなかった。

「ヴィクトリアと言えば」わたしは言った。「彼女はお店を営業しないと生活していけません。来週は一年でいちばん忙しい週で、きっと先週よりさらに忙しくなると思います。住民のほとんどは十二月の売上げで、何とか残りの月をしのいでいるんです」

「頭に入れておくわ」

「だいたい、ピアスを殺したというクッキーに入っていたドラッグが、ヴィクトリアのお店で混入したものでないことは明らかでしょう。ヴィクトリアが焼いたお菓子で具合が悪くなったひとが、ほかに誰もいないなら」

「どうして、ナイジェル・ピアスが死亡した原因を知っているのですか？」

「町のみんなが知っているわ。みんな自分はひとりかふたりの友だちにしか話していないと思っているけど、その友だちもひとりかふたりの友だちに話して、一瞬のうちに全員が知っている話になってしまった。これも理解しておくべきことね。あなたが小さな町で暮らすつもりなら。たとえば、シカゴより小さな町に住む場合には」

シモンズの唇のはしが吊りあがった。「よくわかりました。メリー、パーティーについて教えて。わたしは公民館へ行って、なかを見てまわりました。厨房は大きくて、パーティーの会場だった大きな部屋からは直接長テーブルに手が伸ばせる。厨房から出るふたつ目のドアは小さな会議室につながっている。公民館から外へ出るドアは厨房の近く」

「パーティーのあいだずっと、ひとが出入りしていました。クッキーやジンジャーブレッドがのった大皿は、誰でも取れるようにテーブルに置かれていた。リンゴジュースと一緒に」

「厨房では誰も調理をしなかったのよね？」

「ヴィクトリアはいつもお店でお菓子を焼いて、車で運ぶんです。安全性と衛生面にとても注意しているから」

「ナイジェル・ピアスが会場から出ていくところを見ましたか？」

「いいえ」

「とくに、誰かと話していることに気づきましたか？　たとえば、誰かと言い争っていたとか？」

ナイジェルはジャッキーにとても関心を持っていた。そのことでジャッキーはカイルと言い争っていた。カイルはパーティーのあいだずっと不機嫌だった。「いいえ」

「あの特別なクッキーはピアスのためだけに用意されたと聞きました」

わたしはうなずいた。「でも、大皿は誰でも手を伸ばせる長テーブルにずっと置いてありました。みんなが目を離しているすきを見つければ、ラップのはしを持ちあげて、ドラッグをふりかけて、ラップを戻して、席についてナイジェルがクッキーをかじるのを待っていることはできたわ。ナイジェルを殺したい理由があるひとたちを調べてください。ルドルフの人間はあのひとを知りもしなかったのだから」

「選択肢を狭めるつもりはありません。散歩に付きあわせてくれてありがとう。楽しかったわ」シモンズはマティーの耳のうしろをかいた。

「ひとつだけ、あなたが知らないかもしれないことがあります」わたしは言った。

「何ですか？」

「今朝の十一時頃、誰かが《ルドルフ・ガゼット》に電話をかけてきたらしいの、匿名で。発行人のラス・ダラムに解剖の結果を教えたんです」

くっきりとした眉が驚きで吊りあがった。「興味深い話です。誰がそんなことをしたのかしら」

「わたしにも、それがわからなくて。でも、ルドルフのことを気にかけているひとじゃない。それだけは確かです」

8

火曜日の朝、わたしが仕事に行くと、ヴィクトリアが店のドアのまえで待っていた。ラテをふたつ持っているのを見てうれしかったけれど、彼女の不機嫌そうな顔はまったくうれしくなかった。

「警察から何か連絡があった？」わたしは鍵を開けながら訊いた。

「いいえ」ヴィクトリアは答えた。「そして、この件にかぎっては、便りのないのは悪い便りなのよ。朝のうちに、父がシモンズ刑事に会いにいく予定よ。営業を停止させるということはわたしの責任だと言っているようなものなのだから、警察はきちんと告発するか、店を開けさせるか、どちらかにすべきだと伝えるつもり」

わたしは喜んで最初のひと口を飲んでいたのを途中でやめた。ラテは〈クランベリー・コーヒーバー〉のテイクアウト用のカップに入っており、ヴィクトリアの店のものではなかった。「それはどうかしら。あなたを逮捕すべきだなんて、お父さんにほのめかしてほしくないでしょう」

「父を信頼しているから」

「あなたの仕業だと言っているひとなんていないわよ」わたしは言った。「警察も保健局もやるべき仕事をやっているだけだと、みんなわかってる」

「わたしが心配しているのは地元のひとじゃないの。ドロシーはこの飲み物の代金を取らなかったわ。危険なことはもちろん、不衛生なことだって、わたしがぜったいにするはずがないってわかっていると言ってくれた。もしもナイジェルが〈クランベリー・コーヒーバー〉でお昼を食べていたら、自分にも同じことが起きただろうって」

「それこそルドルフの精神よ」わたしは言った。

「そうよね。でも、一年でいちばん忙しい時期にわたしの店を支えてくれるのは、ルドルフのやさしいひとたちじゃない。心配なのは今度の週末のこと。ミッドナイト・マッドネスのことよ。わたしはひと晩じゅう店を開けて、外に屋台を出してクッキーと軽食を売るつもりだった。でも、たとえ店を開けたとしても、うちのクッキーのせいでひとりの人間が死んだかもしれないと知ったら、お客がくると思う？」

「心配いらないわよ」わたしが心配なのはヴィクトリアのことだった。「旅行者は地元の新聞なんて読まないから。金曜日にはすべていつもどおりに戻るわよ。ぜったいに」わたしはほほ笑んだ。

「ありがとう」ヴィクトリアはコーヒーのカップのふたを開けた。

そのとき店のドアが開いてベティ・サッチャーが入ってきた。顔が青白いせいで、つけすぎた頬紅がアランがつくる木の兵隊の頬に塗られた絵の具のように見える。ベティは震える手できょうの《ルドルフ・ガゼット》を持っている。「新聞を読んだ？」

「どうしたの？」ヴィクトリアとわたしが同時に言った。「ナイジェル・ピアスを殺した犯人が捕まったの？」

ベティが突きだした新聞を、ヴィクトリアが受け取った。わたしはヴィクトリアの肩越しに新聞をのぞきこんだ。新聞はなかの面が読めるように折りたたまれており、いちばん大きな記事は町のごみ処理場拡大の是非を問う来るべき住民投票に関するものだった。ベティがそれほどごみ処理場に関心を抱いているとは知らなかった。すると、ベティはとまどった顔に気づいたらしく、長くて赤い爪でいちばん下を指さした。「これよ！」

それは一面の半分を占める〈マドルハーバー・カフェ〉の広告だった。〝平和なオンタリオ湖岸〟というのはマドルハーバーのキャッチフレーズだ。でも、きょうの広告はいつものキャッチフレーズにちがう言葉が付け加えられていた。特大の黒い文字でこう書いてある。

〝あなたのご家族に、安全な環境で、安全な焼き菓子を提供します〟

ヴィクトリアが汚い言葉を発した。

「もう一度言ってもいいわよ」ベティが言い、ヴィクトリアがもう一度汚い言葉を口にした。

「観光客は《ルドルフ・ガゼット》なんて読まないわ」楽観的に考えようとして、わたしは言った。「そんな広告なんて見ないわよ」

「そうかもしれない」ベティが言った。「でも、マディットたちがこの広告しか出していないとは思えない」

「おそらく、そうでしょうね」

「でも、どうしてあなたがそんなに怒るの？」ヴィクトリアが訊いた。「攻撃されているのは、わたしの店よ」

確かにそのとおりだ。ベティはルドルフの精神を持っていない数少ない商店主として有名なのだから。〈ルドルフズ・ギフトヌック〉に関係なければ、気にしないはずだ。

「これは一斉攻撃の口火が切られただけよ。もし観光客がマドルハーバーへお昼を食べにいったら、わざわざここへ戻ってきてうちで買い物なんかしないわ！」

「ラス・ダラムの首を絞めてくる」ヴィクトリアが言った。

「列に並んでもらわないと」噂の男が戸口に立っていた。「いまこうしているあいだにも、リンチのための徒党が組まれているそうだから。弁解させてもらえれば、検閲はぼくの仕事じゃない。〈マドルハーバー・カフェ〉は新聞に定期的に広告を出してくれる顧客だ。大きな広告を出したいと言われれば、断ることはできない」

「断れるでしょ！」ヴィクトリアが足を踏み鳴らした。

「ラスの言うとおりだわ」わたしは言った。「あなたのお店を名指しで安全じゃないと言っているなら、ラスの権限で広告を載せるのを拒否できたでしょう。でも、表面上はただの広告だもの」

「表面上はね」ヴィクトリアがぶつぶつ言った。

「本当に迷惑だわ、ヴィクトリア・ケイシー」ベティが言った。

「ちょっと！　それは卑怯よ」

ベティは鼻を鳴らした「ここはきちんとした町だったのよ、以前はね」捨て台詞を吐いて、出ていった。

ドアが閉まった瞬間に、ラスとヴィクトリアとわたしは笑いだした。

「クリスマスなんだから、グリンチのひとりやふたりはいないと」ヴィクトリアが言った。

「彼女は生まれつき陰気な性格なのかな」ラスが言った。

「心がふたまわりほど狭いのは確かね」ヴィクトリアが言った。

わたしはあまり長く笑っていられなかった。ベティが好意を抱いているひとは少ないけれど、とりわけ嫌っているのがヴィクトリアとわたしだ。ベティにはクラークという名前の息子がいる。怠け者という言葉はクラーク・サッチャーのためにつくられたようなものだ。もう三十歳を超えているのに、怠け癖が変わる様子はない。この夏、クラークはヴィクトリアの店で働いていた。だが、長続きしなかった。よりによって配達の車を運転することになっていた朝に酔っぱらったまま店に出てきて、その場でクビにされたのだ。ヴィクトリアだって、喜んでクビにしたわけではない。恨みを買うことはわかっていたから。

ラスはわたしの表情を読んだにちがいない。「ベティのことは忘れよう。ベティは町にあるほかの店を喜んですべて潰したいと考えてはいるが、町が栄えていないと、自分の店も繁盛できないことを理解する程度の知恵はある」

それはどうかしら。

「もう行かなきゃ」ヴィクトリアが言った。「父の事務所へ行って、シモンズ刑事が何と言っていたか聞かないと」ほんの数分まえの和やかな雰囲気は消えた。「この件は書かないでよね、ラッセル・ダラム！」

「トップニュースにするよ。〝ルドルフの有名焼き菓子店店主、娘思いの父を訪問〟てね」

ヴィクトリアはぶつぶつ文句を言った。

午前中の店は静かだった。わたしは数人の客の相手をジャッキーにまかせ、週末のミッドナイト・マッドネスの準備をした。在庫は豊富にあるけれど、いつものように、商品の選択を間違ったのではないかと心配になった。サンタクロースのフェルト人形は少なめにして、ガラス製品をもっと多く仕入れたほうがよかっただろうか？　サンタクロースがつまった箱をじっと見つめた。ずらりと並んだ刺繍《ししゅう》された同じ顔がわたしを見あげて笑っている。どういうわけか、宣伝のパンフレットより訴えかけてくる気がする。ひとまとめで見ると、ホラー映画を観ている気分になってくる。

「メリー！」店のまえで父の声が響いた。

わたしは人形のひとつを持ちあげて、箱から出した。「パパ、きてくれてよかったわ。これをどうしたらいいか、わからなくて。どう思う？　あら、ママ。早起きね。何かあったの？」

きょうの父はサンタクロースにあまり似ていなかった。目の輝きが消え、口は固く結ばれている。そして驚いたことに、母は化粧をしていなかった。たぶん髪も整えていないのだろう。ウールの帽子を深くかぶっていた。一瞬、心臓が止まりそうになり、三人のきょうだいのことを考えた。「何かあったの？」

「きょう、イヴから連絡がきてない？」母が訊いた。イヴはわたしの妹だ。女優を目指して、いまはロサンゼルスに住んでいる。家族みんなが知っていながら口にしないけれど、まだあまり成功していない。

「いいえ。もうずっときてないけど。どうして？」

「これを見てくれ」父が携帯電話を差しだした。ショートメールの画面が開かれている。

わたしは読んだ。〝パパ、イヴです。救急車でグッド・サマリタン病院へ向かっているところ。自動車事故。脚の骨が折れた。こっちへきて〟

「たいへん」わたしは父に携帯電話を返した。「いつ発つの？」

「いちばん早い飛行機のチケットを取ったの」母が答えた。「三時にシラキュース空港を発つ便よ」

「おだいじにって伝えておいて」わたしは言った。

両親が顔を見あわせた。

「なあに？」わたしは言った。

「飛行機の便名を知らせようと思って、そのメールの番号に返信したんだ」父が言った。「届いたのは確かなのに既読にならないし、何だか妙なんだ。緊急救命室か手術室にいるなら、携帯電話の電源は切ってあるだろう」

「だから、グッド・サマリタン病院に電話したのよ」母が言った。「事情を訊こうと思って。そうしたら、そんな名前の患者はいないって」

「救急車でちがう病院へ運ばれたんじゃない？」わたしは言った。

「それなら、どこへ？」母が訊いた。「そのあとアパートメントに電話して、留守番電話にメッセージを残したの」

「それじゃあ……」

「数分後にリネットが電話をくれたんだ」父が説明した。「事故のことなんて、何も知らないそうだ」リネットはイヴのルームメイトで、やはり女優の卵だ。

「イヴは病院に着くまでに一本しかメッセージを送れなかったのかもしれないわよ」

「そうかもしれない」父は言った。「だが、イヴはハイキングに行って、仲間たちと山のなかで泊まる予定だったとリネットが言うんだ。二日まえに出かけて、あさってに帰ってくる予定だと」

「イヴがハイキングに行ったの？」びっくりした。スパと高級ホテルはイヴのために発明されたようなものなのに、そのイヴがハイキング？　イヴにとって運動とは痩せた体型を保つためにジムでやるものであり、楽しむものではないのに。

「新しいボーイフレンドのせいよ」母が言った。「どうやら、がっちりしたアウトドア派らしいわ」

「不運な関係ね」わたしは言った。「ふたりが飛行機に乗っているあいだに、連絡をしてみるわ」

「ママと相談して、わたしがひとりで行くことにしたよ」父が言うと、険しい顔をした母がうなずいた。「とりあえず、いったいどうなっているのかわかるまでは。何もかもおかしいからな。メールに書いてあった病院にはいない。ショートメールを送ってきた番号はイヴの携帯電話とちがう。電話をかけても、よくある留守番電話サービスにつながってしまうんだ。メッセージは残したけど、まだ返事はない。それに、イヴの携帯電話は通じないんだ。そして親友であるルームメイトは事故について何も知らないし、イヴは町を出ていると言っている」

「変ね」ジャッキーが言った。

「誰かがいたずらをしているってことはない？」わたしは訊いた。

「そうだとしたら」母が答えた。「まったく笑えないわ。心配でたまらないもの」

「もう空港へ行くよ」父が言った。「何か連絡があったら、すぐに電話してくれ」

「ええ、もちろん」わたしは答えた。

父は母を抱きしめた。ふたりは長いあいだ抱きあい、身体を離したとき、母の目は涙で濡れていた。

「きっと、だいじょうぶですよ、ミスター・ウィルキンソン」ジャッキーが言った。

「ありがとう」父は答えた。「メリー、ママを家まで送ってくれないか？」

「わかった」

「ひとりで平気よ」母が言った。「あなたには仕事があるでしょう」コートのポケットに手を入れ、ティッシュペーパーを取りだして洟をかんだ。

「お店は暇だから」わたしは言った。「見てのとおりね。ジャッキーひとりで平気よ」

「いつものことね」ジャッキーが言った。

父が笑い、もう一度母を抱きしめると、店を出ていった。

「コートを取ってくるわ」わたしは言った。「と言っても、コートはないんだけど。コートと言えば、ママ、買い物をしない？」

「何を買うの？」

「新しいコートが必要なの。買い物に付きあって」

「まえのコートはどうしたの？　今シーズンの初めに買ったばかりでしょう」

またナイジェル・ピアスの話に戻ってしまうので、どうしてコートがないのか、理由を伝えるつもりはなかった。わたしは肩をすくめた。「あまり気に入らなくて」

そのとき、わたしの携帯電話が鳴った。わたしはポケットから携帯電話を出して、表示を見た。

イヴだ。

「イヴ！」わたしは叫んだ。「だいじょうぶなの？　いま、どこ？」

「こんにちは、メリー」妹の明るくて元気な声が聞こえてきた。「だいじょうぶよ。すぐにはまたくり返したくない経験だけど。彼ったら、わたしをテントのなかで寝かせようとしたのよ？　地面で。だから……」

「どこにいるの？」

「ロサンゼルスへ戻るところ。携帯電話が使えるようになってすぐに電話したの。二度と携帯電話が使えないところには行かないわ。携帯電話がルドルフのクリスマスみたいに輝いていたの。留守番電話がいっぱい入っていた。全部は聞けなかったから、まずリネットに電話したの。そうしたら、パパが連絡を取ろうとしていたと言うから。まず、メリーに確かめようと思って。ママとパパは平気なの？」

　母はぴょんぴょん跳ねまわっている。わたしは親指を立てた。「ふたりはだいじょうぶよ。わたしたちみんなも平気。あなた、事故にあったの？」

「いいえ。どうして、そんなふうに思うの？　あんなばかな旅行に行くなら、事故にあったほうがましだったかもしれないけれど。クマに食べられないように、食べ物は木に吊るさないといけないのよ。街に連れ帰ってくれないなら、わたしたちはもう終わりだって、クレイグに言ったの。そうしたら、あろうことか、バス停まで連れていってやるなんて言ったのよ。バスよ！　こうして話しながら、じつはバスに乗るために並んでいるんだから！」

　わたしが携帯電話を渡すと、母はたちまち泣きだした。おそらく、娘が無事でほっとしただけでなく、バスに乗らなければならないイヴに同情したのだろう。

「あなたの電話を借りてもいい？」わたしはジャッキーに頼んだ。

　そしてジャッキーが何も言わずに貸してくれると、父に電話して、ロサンゼルスに行かなくてよくなったことを伝えた。

9

ヴィクトリア・ケイシーの車はセクシーな赤のコンバーチブル、マツダ・ミアータだ。ヴィクトリアには外国車とクラシックカー専門の自動車整備士のいとこがいる。そのいとこが、安く売られていた動かない車を探して、新車同様に修理してくれたのだ。ヴィクトリアはその車をものすごく気に入っている。幌《ほろ》を開け、風に髪をなびかせながら、田舎道を走る速度の新記録を更新しながら走っていると、男たちが口笛を吹いた。ヴィクトリアに吹くときもあるけれど、車に吹くことが多い。ヴィクトリアはそれも気に入っている。

けれども、それは夏の話だ。

ミアータは雪と氷に弱く、どんなに郡がきれいに除雪しようとも、冬は防水シートをかけられて、いとこの整備工場の車庫に入ったままだ。だから、冬になるとヴィクトリアはたいてい歩き、車が必要なときは、両側に〈ヴィクトリアの焼き菓子店〉というロゴが入った白い小型バンに乗っている。

きょうはそのバンでさえない。

わたしはヴィクトリアが老人用橇と呼ぶ、マーキュリー・グランドマーキーを見た。

そして助手席に乗りこんでシートベルトを締めた。「これ、どこから持ってきたの？」

「大おばのマチルダの車よ。日曜日は教会、月曜から土曜まではビンゴに行くときに乗っているの。それを借りてきたのよ」

「どうして？　って訊きたくなるんだけど」

「身元を隠して行くからよ」

「なるほど」ヴィクトリアはてっぺんにポンポンが付いた青と黄色の毛糸の帽子を眉と耳が隠れるほど深くかぶって、紫色の髪を隠している。普段なら、死んでもそんな帽子はかぶらない。「もう一度どうしてって訊いてもいい？　朝の電話は――言わせてもらえば、あのときまだ寝ていたんだけど――とても謎めいていたわよ」

謎めいていたどころか、ヴィクトリアは「三十分後に出かけるから仕度して」としか言わずに電話を切ったのだ。

そしていま、わたしたちは船のような大型車で道を走り、ロックンロール《ロックンロール》のリズムに乗っているように揺れている。

七時過ぎになり、ルドルフの住宅街は少しずつ動きだしてきた。わたしの家も含め、ほとんどの家の明かりがついている。正面の窓のレースのカーテンが揺れ、ミセス・ダンジェロが外出を確認したのがわかった。夜のあいだに五センチほどの雪が積もり、除雪車が出て、雪をすくって道路わきに積みあげている。そして住民は仕事に出かけるまえにシャベルや除雪機で私道の雪かきをしたり、犬を散歩させたりしている。

「ドライブなら、マティーを連れてくればよかった。車に乗るのに慣れたほうがいいから」

「また今度ね」ヴィクトリアが言った。

数分もたつと、ルドルフの街あかりをあとにして、オンタリオ湖岸に沿っている暗い田舎道へ入った。やわらかな赤い光が東の空を染めはじめている。

「警告ね」ヴィクトリアが言った。

「なあに？」

「朝焼けよ。朝焼けは船乗りへの警告、でしょ？」

「そういうことわざがあるわね」

二キロも走らないうちに、郊外の子どもたちを乗せる大きな黄色いスクールバスのうしろについた。道路はきちんと除雪されているけれど、センターラインは黄色の実線、すなわち追い越し禁止だ。「歩いたほうが速いくらい」ヴィクトリアが文句を言った。マーキュリーががくんと揺れた。ヴィクトリアがハンドルの上につんのめった。

「正気の人間がどうしてこんな車を運転できるのか、さっぱりわからない」

「こんなって？」

「オートマよ。わたしは運転するなら、自分がコントロールしたいわけ」

わたしはこう言いたくなるのをこらえた。〝運転だけじゃなく、実生活でもでしょ〟

次の交差点の一キロ以上まえから、スクールバスがウインカーを出して速度を落とした。ヴィクトリアも毒づきながら、仕方なくブレーキを踏んだ。そしてスクールバスが右折すると、うしろのバンパーにぶつかりそうになるほど、すぐに飛びだした。マーキュリーのエンジンが轟《とどろ》いた。かつての力を取り戻したことを喜んだのだろうか？　それとも思いがけない速さを恐れて悲鳴をあげたのだろうか？

標識を通りすぎた。マドルハーバーまで十五キロ。

「いいわ。身代金めあての誘拐だとしたら、ひどくがっかりするだろうけど、そうじゃないなら、どういうことなのか教えて。この道の先にはマドルハーバーしかないわ」

「ご名答」

「ヴィクトリア、マドルハーバーに行って、きのうの《ルドルフ・ガゼット》の広告について文句を言うつもりじゃないでしょうね」わたしはまだ今朝の新聞を見ていない。そして、〈マドルハーバー・カフェ〉がまた〈ヴィクトリアの焼き菓子店〉の売り物は安全ではないとほのめかす広告を出したのか、とは怖くて訊けなかった。

「わたしが？　文句を言うつもり？　よしてよ。競争相手を見てみたいだけ。それだけよ」

「あまりいい考えだとは思えないけど」

「ちょっと、メリー。あのいけ好かないマディットがうちの店を中傷したのよ。だから、このままではすまさないと言ってやるつもり」

「ヴィクトリア、広告にはあなたの店の名前さえ書いてなかったのよ。中傷じゃない。〈マドルハーバー・カフェ〉は安全な焼き菓子を提供すると書いていただけ。それは事実よ。ううん、たぶん事実なんでしょう」

わたしたちが監視しているということも知らせたいの」

「どうして、わたしまで巻きこまれなくちゃいけないの？」

「ひとりで行ったら暗い裏道に引きずりこまれて叩きのめされるかもしれないからよ」

わたしは自分の身にそうしたことが起こる可能性については口にしなかった。「営業を許可するようお父さんが頼んだとき、シモンズ刑事は何と言ったの？」

「考えておくって」ヴィクトリアは不機嫌に言った。「さっさと考えてほしいものだわ。週末の仕事がなくなるなら、臨時雇いのスタッフに連絡しなければならないから。みんなだって、わたしと同じように、休暇用の資金が必要なんだから。ほかの仕事を見つける機会を与えるべきでしょ」

マドルハーバーの輝かしい時代はとうの昔に過ぎていた。マドルハーバーはオンタリオ湖に近い美しい場所に位置することを誇り、人々が長く暑い夏を湖岸のホテルや別荘で過ごせるロチェスターにも近かった。けれども、寒いニューヨーク州において、それは夏だけのビジネスであり、それだけで一年じゅう栄えることはできない。

大通りを走っていると、マドルハーバーの衰退ははっきり見てとれた。ショーウインドーが茶色い紙で覆われているか、あるいは商品の並び方がまばらで繁盛しているようには見えない店は数軒ではきかなかった。営業している数少ない店は何とかしてクリスマスの陽気な雰囲気を醸しだそうとしているものの、経験を積んだわたしの目には、真心がこもっているようには見えなかった。

　数人の店主らしいひとたちが、店のまえの歩道の雪かきをしていた。だが、わたしたちが車で通りすぎても、誰も顔をあげなかった。

〈マドルハーバー・カフェ〉は町の中心地区にあった。とりあえず照明が明るく輝き、客を歓迎しているようには見える。〈マドルハーバー・カフェ〉をじっくり見ながらゆっくり通りすぎると、ヴィクトリアは道の反対側の数軒離れた駐車場に車を入れた。わたしたちは車を降りて、歩いて〈マドルハーバー・カフェ〉まで行った。

　途中の店のイルミネーションは創造性に欠け、電球の多くは切れ、交換していなかった。ウインドーに飾られている商品は照明のあて方が悪く、うっすらと埃《ほこり》をかぶっている。

　わたしはウインドーのガラスをぴかぴかに磨き、照明を改善し、商品のよさが最大限に伝わる飾り方に変えたくて、指先がうずうずした。ある婦人服店のショーウインドーには作り物のツリーが飾ってあった。偽物だ！　しかもたんに作り物というだけでなく、あまりにも安物だから、作り物だとばれてしまうのだ。ルドルフでも作り物のツリーは厳密には禁じられていないけれど、まちがいなく眉をひそめられるだろう。当世風を受け入れて、趣味のいい飾りつけをしたシルバーやピンクのアルミニウムのツリーは認めている。店によっては安価な作り物のツリーを置いているところもあるけれど（ベティ・サッチャーがリースと称して売っている蛍光グリーンのビニールの塊のことは口にしたくもない）、できるだけ本物を飾るように努力している。

〈マドルハーバー・カフェ〉は一九五〇年代の食堂風の内装だった。白黒のタイルの壁、長いカウンターに赤いクッションのスツール、それにボックス席。すべてよく手入れをされているし、整然としている。だが、装飾のほとんどが流行おくれのソーダの瓶の写真やとっくに潰れた企業の広告で、昔風に見えるというだけではなかった。本当に古いのだ。確かに懐古趣味ではあるけれど、ひどく時代遅れなのだ。

カフェには数人の客がいた。ボックス席にいるおじいさんたち（きっと一年じゅう週に一度きているのだろう）、ベビーカーに赤ん坊を乗せてコーヒーとマフィンでくつろいでいるふたりの若い女性、そしてお互いに話すことがなくなって久しく、新聞に顔をうずめている高齢の夫婦だ。

ヴィクトリアが先に店の奥へ入っていき、わたしもあとに続いた。ヴィクトリアは赤いビニールのスツールに腰かけてささやいた。「食べるものが何もないわ」

「おはようございます」ウエイトレスが言った。「コーヒーですか？」

「そうね」ヴィクトリアが答えた。帽子もコートもぬがない。

「わたしも。どうも、ありがとう」わたしは新しいコートを着ていた。あのあと重大な問題は去り、イヴは無事にバスに乗り、父は家へ戻り、母とわたしは買い物へ出かけた。我慢という言葉は母の辞書にはなく、わたしは何が起こっているのかわからないうちに、気づくと予算を超える金額を使って、たっぷりとした袖で、襟が顔を囲むように立ち、中心をはずれた位置にジッパーが付いている、膝丈の華やかなコートを買っていた。わたしはコート掛けを探して、店内を見まわした。

「隣の席に置いて」ウエイトレスがコーヒーを注ぎながら言った。「満席になったりしないから」

コーヒーはとても香りがよく、おいしそうだった。わたしはクリームを加えて、ひと口飲んだ。おいしい。

塩とコショウの瓶のあいだからメニューを取った。朝食は伝統的なもので、たっぷりの卵とハッシュブラウンズ（ゆでたジャガイモを刻むか潰して、こんがり焼いたもの）だった。そしてマフィンと、コーヒーケーキと、シナモンロールを選ぶこともでき、すべて〝自家製〟と書いてある。確かに、ここで焼いているのかもしれないけれど、厨房をのぞいたところ、どうやら市販のケーキミックスを使っているらしい。わたしはメニューを裏返した。ランチにはハンバーガーや、七面鳥のホットサンドのような昔風のメニューが並んでいる。

「注文は決まったかしら」ウエイトレスがメモ帳と鉛筆を持って訊いた。

「コーヒーだけでいいわ」ヴィクトリアが言った。

「わたしはやわらかめのポーチドエッグと、ハッシュブラウンズとカントリーソーセージと、小麦パンのトーストをもらうわ」メニューを戻した。ウエイトレスは作り笑いを浮かべた。まだやっと八時になったばかりだというのに、もう足が痛そうだ。

「心臓発作を起こしたいの？」ウエイトレスが厨房へ注文を伝えにいくと、ヴィクトリアが小声で言った。

「もう何年も本物の昔ながらのアメリカの朝食を食べていないのよ」

「動脈がつまって死ぬからでしょ」

「ねえ。この店を見て。あなたの店の競争相手ではないでしょ。向こうにとってもそうよ。チョークとチーズみたいにちがうじゃない」

「油で卵を揚げたりはしないけど、マフィンとペストリーは焼いているわ」ヴィクトリアは焼きたての焼き菓子を持ち帰れるようにレジスターのうしろに立っているシェフのほうをあごでしゃくった。

山盛りになっている皿がテーブルの目のまえに置かれた。

「げえっ」ヴィクトリアは身震いを抑えようとさえしなかった。

わたしはケチャップの容器を強く二度押して、食べはじめた。卵のやわらかさが完璧だった。輝くような黄身がかりかりのハッシュブラウンズに染みこんでいる。お・い・し・い！

「コートを着たままで暑くないの？」少し食べて落ち着くと、わたしは訊いた。「ここ、かなり暖かいけど」

「平気よ。トーストの味はどう？」

「あなたに少し分けたい感じ。工場でつくっているパンね」

ヴィクトリアが鼻を鳴らした。

「マドルハーバーは初めて？」ウエイトレスが声をかけてきた。頼んでいないのにコーヒーを注いでいる。朝食を出す店のこういうところが好きだ。

「ええ」ヴィクトリアがにっこり笑って答えた。これが作り笑いだと気づくのは、きっと幼稚園からの付きあいのわたしだけだろう。「このあたりで家を買おうかと考えていて。避暑用別荘を――と言っても」あわてて付け加えた。「一年じゅう使える家がいいんですけどね。ただ、このあたりはかなりひっそりしているみたいだから」

「それは週のはじめだからよ。週末になれば、にぎやかになるわ。あちらこちらの街からたくさんのひとがくるから。ウインタースポーツとか、そういうのを目あてに。ほかの町みたいにクリスマスだけじゃなくて、冬のあいだずっとね」

「次はルドルフを見ようと思っていたの」

「ああ」ウエイトレスは店内を見まわした。おじいさんたちも新聞を読んでいた夫婦ももういなかった。残っているのは若い母親たちだけだ。「このあいだルドルフで起きたことを耳にしたかしら」

「いいえ。何があったんですか？」ヴィクトリアが目を見開いて尋ねた。

「本当はこんなことを言いたくないんだけど、都会に住んでいると、小さな町の仕事のやり方について知らないでしょう。小さな町だと、あまりにもお客さんがいっぱいきたり、忙しすぎたりすると、やるべきことをきちんとしていないことがあるのよ」ウエイトレスは首をふった。「ルドルフが気の毒で。本当に不運な出来事だったから」

ヴィクトリアの尻がスツールから浮きかけた。わたしは彼女の腕をつかんですわらせた。

「ジャニス・ベネディクトよ」ウエイトレスがカウンターの向こうから手を伸ばした。わたしはその手を握った。ヴィクトリアは思いきりコーヒーを飲んだ。「この〈マドルハーバー・カフェ〉の店主なの。生まれてからずっとこの町に住んでいるわ。半径百キロ以内で、ここ以上の町はないわ。それに、ここより安全な町もね」

ジャニスが巧妙であることは認めざるを得なかった。遠慮しているふりをしながら、一時的にルドルフに滞在した人々すべてが、不十分な管理によって引き起こされた何らかの出来事によって大量に殺されたように強くにおわせているのだ。ジャニスはポケットに手を入れた。「はい、これを持っていって」名刺を差しだした。不動産業、ジョン・ベネディクトとある。四角い紙の上で、髪をスプレーで固め、義歯を入れた男がほほ笑んでいる。「兄はマドルハーバー周辺でいちばんではないかもしれないけど、指折りの不動産業者なの。売りに出る不動産のことなら何でも知っているわ。持ち主が売りたいと思うまえにね。わたしから教えられたと言えば、いい物件を紹介してくれるから」

ジャニスは声をひそめた。「ここマドルハーバーに住めば、わたしたちがどんなに……大らかか、わかると思うわよ。こんなことは言いたくないけど、ルドルフのことはいろいろ聞いているから。あそこのひとたちは何というか、現代人にあるべき寛容さに欠ける場合があるの」

「はあ?」ヴィクトリアが声を出した。

「はあ?」わたしも言った。そのとき、ぴんときた。ジャニスはヴィクトリアとわたしを恋人どうしだと思っているのだ。わたしは笑いをかみころしながら、トーストの残りで黄身と赤いケチャップをすくった。

ドアが開いて、冷たい風が背中に吹きつけた。「いいところにきてくれたわ！」ジャニスが叫んだ。「あなたたちに会わせたいひとがきたわよ。ランディ、こっちへきて、こちらのお嬢さん方がマドルハーバーへきてくれたことにお礼を言って」

ランディ・バウンガートナーが急いで奥へやってきて手を差しだし、政治家らしい笑顔をぴったり貼りつけた。そして、わたしの手を握って大きくふった。それから、ヴィクトリアにも同じことをくり返した。

「町長のランディよ」ジャニスが紹介した。「ランディ、こちらのお嬢さんたちは別荘を探しているんですって。もう、ほかの場所を見る必要はないわよね？ ああ、いいことを思いついた。いまからジョンに電話をしてあげるわ。ほかの用事はすべてあとまわしにして、すぐにここにきて、あなたたちと会うよう伝えるわ」

「あら、こんな時間」ヴィクトリアがスツールから飛びおりた。「もう行かなきゃ。お兄さんにお会いするのはこの次にします。メ……メリンダ、会計をして」

メリンダなんていう女性は知らないし、そのメリンダというひとがどうしてわたしたちの朝食代を支払ってくれるのかもわからなかった。でも、すぐにわかった。ヴィクトリアはわたしの名前を口にするのを避けたのだ。わたしは財布を開いた。皿にはもうケチャップと黄身とパンくずしか残っていない。あとでお腹がおかしくなるかもしれないけれど、最高においしかった。

ランディ・バウンガートナーはわたしの顔をじっと見つめていた。「まえにも会ったことがありますよね」

「いいえ。この子はよくある顔なので」ヴィクトリアが頭をかきながら答えると、帽子が滑り落ちた。目が覚めるような紫色の髪が現れた。

「おい」ランディが言った。「あんたのことも知っているぞ。先週の土曜日にルドルフでやったパーティーにいただろう」

ジャニスが息を呑んだ。

「あのベーカリーの女だな！」ランディはジャニスのほうを向いた。「あの男に薬を盛った女だ」

「行こう」ヴィクトリアはわたしの腕をつかんで、ドアへ向かった。

「ルドルフのベーカリーはとても安全だから」わたしはふり返って叫んだ。そして、赤ん坊を連れたふたりの女性がすわっているテーブルの横で立ち止まった。「ルドルフの町すべてがとても安全なんです。わたしの店は手作りの木のおもちゃを売っています。人工的な化学薬品をたくさん使っているものでも、大量生産品でもありません。金曜日と土曜日はミッドナイト・マッドネスです。お子さんも連れて、早めにきてください。サンタクロースがいますから」

わたしは走って外に出た。

別にヴィクトリアとわたしを縛り首にしようとする暴徒がいちばん近い街灯の陰からわめ

きながら追いかけてきたわけではないけれど、わたしたちはまさしくそんなふうに逃げた。そして、マーキュリーに飛び乗った。ヴィクトリアがエンジンをかけ、タイヤをきしらせながらマドルハーバーを出た。

「おもしろかった」マドルハーバーとの境界線を越えると、ヴィクトリアが言った。

「うん、最高におもしろかった。でも、それだけで、何がわかったのかはわからないけど。マディットたちがルドルフの熱烈なファンでないことは秘密でも何でもないでしょ。といっても、好きな町じゃないと当てこすりを言うのは、汚いやり口だけど」

「あのひとたちはナイジェル・ピアスに起きたことを利用して、ルドルフを叩きつぶそうとしているのよ、メリー。あの一九五三年の生き残りみたいなカフェに入って——いまでも、あの朝食を平らげたなんて信じられないけど——ルドルフへは行くなと警告されたのは、わたしたちだけではないでしょう。正体がばれなかったら、あのあと何を言われたのかしら。きっと悪魔の儀式をやっているとか何とかね。メリー、あのひとたちは徹底的に攻撃してくるつもりよ」

「あなたの言うとおりね」わたしは言った。「ということは、別の推理も成りたつことになる」

「別の推理って？」

「マドルハーバーのひとたちは、ルドルフの不幸を利用しているだけじゃないのかもしれないってこと。もしかしたら、彼らが事件を起こしたのかも」

ヴィクトリアがこっちを向いて、わたしの顔をまじまじと見つめた。「マドルハーバーのひとたちがナイジェルを殺したって言っているの？」

トラックがクラクションを鳴らしながら、横を走りぬけていった。「おっと」ヴィクトリアがマーキュリーをもとの車線に戻した。「最後まで話を聞かせて」

わたしはダッシュボードにしがみついた指を引きはがした。「〝クイボノ〟よ」

「何それ？」

「ラテン語で、〝誰が得をしたのか〟という意味。犯罪が起こったとき、真っ先に考えるべきことは誰が得をしたのかということなの。イギリスのミステリ小説によく出てくる言葉よ」

「あなたの博識には脱帽するわ。ラテン語だか何だか知らないけど、めちゃくちゃいいところを突いているわよ、メリー。マディットたちは得をするもの、すごくね。ルドルフのクリスマス・シーズンを台なしにすれば、そのおこぼれにあずかれる。安全な菓子を焼いてね」

ヴィクトリアは帽子をぬいで、髪をかきあげた。

「あのランディ・バウンガートナーという町長、パーティーにきていたわ」わたしは言った。

「だから、わたしたちを知っていたのよ。ふたりの商店主と一緒だった」

「つまり、その三人には動機だけでなく、方法とチャンスもあったというわけね」ヴィクトリアが言った。「そういうこともミステリ小説に書いてあるんじゃない？」

そのあと、わたしたちは黙ったまま、ルドルフへ戻った。

10

出かけていたのは二時間たらずだったのに、まるで南極探検に行っていたかのように、マティーは熱烈に迎えてくれた。わたしはマティーにリードを着けて、近くまで散歩に連れていった。

「今朝はずいぶん早く出かけたのね」家の正面にまわると、ミセス・ダンジェロが声をかけてきた。

「ヴィクトリア・ケイシーと朝食を食べにいったんです」

「ヴィクトリアって、本当にいい子よね。でも、あの髪はひどいわ。マチルダは具合が悪いの？」

「マチルダ？　マチルダって、誰ですか？」

「マチルダ・アルフェンバーグ。ヴィクトリアのお母さんのおばさんよ。今朝はたまたまお皿を洗いながら、キッチンの窓から外を眺めていたものだから、ヴィクトリアがマチルダの車を運転していることに気づいて。マチルダはあの車が大好きなの。決してひとに貸したりしないのよ」

「わたしが知っているかぎりでは」マティーに引きずられ、わたしはふり返って答えた。「マチルダ大おばさんはとても元気みたいですよ!」

二階のアパートメントのひとつを借りる目的で初めてミセス・ダンジェロの家を見たとき、わたしは庭の美しさに心を奪われた。ゴルフ場並みの上質な芝生が敷かれた広い庭、手入れがきちんと行き届いたイギリス郊外にありそうな四季を通じて花が咲いている花壇、赤や白のゼラニウムが植えられた大きなテラコッタのプランターが並び、ブドウの蔓《つる》が伝っている小道とポーチ。でも、すぐにこの庭仕事がミセス・ダンジェロが外の通りと、そこを通る人々をずっと見張りつづけるための明らかな言い訳であることに気がついた。けれども、冬はこの庭仕事が厳しく制限され、ミセス・ダンジェロは居間の窓からのぞいたり、正面のポーチの窓を洗ったりすることしかできない。だから、ミセス・ダンジェロは雪が降ると大喜びする。とくに雪が好きだからではなく、外に出る言い訳ができるから。この家の正面の道は、この近所でどこよりもきれいに雪かきされているのだ。ただし、雪が降った翌朝にミセス・ダンジェロが歩道の雪かきをしようとして外に出ても、たいていは町の除雪車がすでに通ったあととなのだけれど。

マティーは楽しそうに、黄色く変わっている雪を次々と探していった。マティーはそろそろいろいろなひとに馴れる必要があると、ヴィクトリアは言っていた。〈ミセス・サンタクロースの宝物〉に連れていくべきだというのがヴィクトリアの考えだった。

そして、わたしの考えを言わせてもらえば、ヴィクトリアはいかれている。成長期の落ち着かないセントバーナードをガラスのオーナメントやクリスマス用の皿が並ぶなかで遊ばせるなんて、大惨事のもとだ。

躾よ、躾。ヴィクトリアはいつもそう言う。

仕事よ、仕事。わたしはいつもヴィクトリアにそう言う。

クリスマスの繁忙期が終わったら、マティーを店に連れていってもいいかもしれないけれど。

わたしはマティーを家に連れて帰り、店に出る仕度をした。

店に着いたのは十時すぎだったが、買う気満々の客が列をつくってはいなかった。いたのは、ずっと待っていたらしいベティ・サッチャーだけだ。

「きょうは何もなかったわ」ベティは朝刊をふりながら言った。

「それはよかった」わたしは鍵を開けながら、ベティの顔をじっと見た。「……ですよね?」

「嵐のまえの静けさみたいで怖いのよ」ベティが答えた。

つねに悪い面ばかり見る毎日というのは、どんなものなのだろう。わたしが店に入ると、ベティもついてきた。ベティはこのあいだ父が並べ直したガラスの球をじっと見ている。そして、わたしに見られていることに気づくと、そそくさと視線をそらした。

ドアの鐘が鳴り、ラス・ダラムが入ってきた。「おはよう」

「今朝の《ルドルフ・ガゼット》には広告が載っていないようね?」わたしは訊いた。

「〈マドルハーバー・カフェ〉のことを言っているなら、あの店が広告を出すのは週に一度だけだ」ラスは言った。「願わくは、そうあってほしいよ。メリー、いま車で通りかかったら、きみが店を開けるのが見えたんだ。ちょっとコーヒーでも飲まないかい？」

ベティが咳ばらいをした。「店の主人は休憩してコーヒーなんて飲まないものよ」

ラスはベティを無視した。店を開けるのが遅れていたので、ラスの誘いは断るつもりだったが、どういうわけかベティに賛成しているように見えるのはいやだった。わたしが誘いを受けるつもりで口を開けると、コーヒーがやってきた。

「いい知らせよ！」開いたドアからヴィクトリアが叫んだ。ミトンをした両手にラテをふたつ持っている。コートの下から店のエプロンの裾がのぞいているのを見なくても、店が再開されたのがわかった。満面の笑みがすべてを語っている。

「宝くじにあたったの？」わたしはそう訊きながら、ラテを受け取った。そしてふたをはずして顔を近づけ、かすかなバニラと温かいミルクのにおいを吸いこんだ。

「もっといいことよ。マチルダおばさんに車を返しにいっているときに、シモンズ刑事から電話があって、店を開けてもいいと言われたの。仕事に戻れるのよ」ヴィクトリアは両手をあげ、爪先立ちで回転した。スノーブーツをはき、厚いコートを着ているせいで、あまり優雅ではなかったけれど。

「それはいい知らせだ」ラスが言った。

「犯人が捕まったんだと思う？」わたしは訊いた。

「シモンズ刑事は何も言わなかったわ。ドラッグはクッキーを焼くまえに混入されたんじゃなくて、あとから加えられたものだと証明されたことは認めてくれたけど。それなら、大勢の人間に可能だったって」

「その件を祝って乾杯しましょう」わたしはラテを掲げ、ヴィクトリアとカップをあわせた。

「もう十時十分よ」ヴィクトリアは言った。「パンやお菓子を焼くには遅すぎるけど、アルバイトを頼む予定に入っていたひとたちに電話して、正午に店を開けてランチを出すと伝えたの。冷凍したスープがたくさんあるし、母が非常事態のときに使っている食品店へサラダの材料を買いにいってくれたわ。冷凍庫にも焼くだけのものが入っているから、種類を限ればデザートも出せるし。古くなりかけている店の奥のパンを使って、パンプディングをつくるのもいいかも」

「正午ぴったりにお昼を食べにいくわ」わたしは言った。「大々的に開店を宣言しましょうよ。母に電話して一緒に行くわね。きょうはジャッキーが休みだけど、三十分なら店を閉められるから」

ヴィクトリアは片手でわたしに抱きついた。

「あなたがいまできる最善のことは、仕事に行くこと。お店を開けて、オーブンに火をつけて。お客が入ってくるよう誘うのよ。〈マドルハーバー・カフェ〉で食事をしたことがあるひとなら、あなたの店のほうがどれだけすばらしいか知っているから」

「了解」ヴィクトリアは言った。「裏切り者」ラスのまえを通りすぎるときに、小声で言った。ラスは礼儀正しく、申し訳なさそうな顔をした。

「ヴィクトリアがあなたに腹を立てている理由もわかるの」わたしは言った。「あなたが自分の仕事をしただけだということはわかっているんだけど。でも、埋めあわせをしたいなら、ヴィクトリアのお店でお昼を食べて」

「名案だ。デートだね」

「わたしとじゃないわ！　とにかく、行って。あなたもよ、ベティ」

「どうして、わたしが行かなきゃいけないのよ」ベティが言った。「いつも家からお弁当を持ってきているのに」

「ルドルフのためよ」わたしは歯を食いしばりながら言った。

ベティはぽかんとしていた。

「ルドルフはお昼を食べてクリスマス用品を買うのにいい町だという評判を広めたいと思わない？」

「ええ、まあね。それなら、行ってもいいわ」

ベティは帰っていった。ラスもベティについていったが、帰るのではなく、ドアの札を〝準備中〟に裏返した。

「何をしているの？」

ラスはゆっくりとセクシーにほほ笑んだ。胃が足もとまで落ちた気がした。

「とても忙しい一日になりそうだから、少しだけふたりきりになりたいと思ったのさ」ラスが近づいてきた。手をあげて、ひとさし指でわたしの鼻をそっとなでた。今度は心臓が足もとに落っこちた。ラスの瞳のなかで緑色の斑点が躍っている。力強いあごが動いた。「メリー……」

わたしはうしろに飛びのいた。「忙しい一日になりそうよね、あなたの言うとおり。一日じゅう走りまわりそう。きょうは手伝いがいないから。といっても、ずっとひとりきりじゃないのよ。もちろん、ちがう。いまにもお客さんがなだれこんでくるかも。たくさんのお客さんが」ドアのほうをちらりと見た。店のまえの階段をのぼってくる客はひとりもいない。

ラスの携帯電話が鳴った。でも、出ようとしない。

「出たほうがいいわ」

「あとでもいい」

「大切な電話かもしれないわよ。苦情を言いたい広告主かも」

ラスが息を吐きだした。「きみの言うとおりかもしれない」携帯電話を取りだして画面を見た。笑顔が消えて、しかめ面になった。「スー＝アン、おはようございます。何かご用ですか?」

ラスが出ていき、わたしは札を〝営業中〟にした。

それから電話をかけた。「さあ、起きて! お昼を食べにいきましょう」

「いま、何時?」眠たげな母の声がした。

「十時十分」

「いまから仕度すれば、十二時にはこられるでしょう。わたしがごちそうするわ」

「どうして？」

「あとで話す」わたしは電話を切った。

それから二時間で店にやってきた客はひとりだった。六十代くらいの女性で、だぼっとしたコートを着て、手編みのマフラーをして、実用的なブーツをはいていた。彼女は全部の品を手に取ってひっくり返し、値札を見てうなり、棚に戻した。

そして、店を出ていった。

正午ぴったりに、母が店のドアから颯爽《さっそう》と入ってきた。母は決して普通に歩いて部屋に入らない。どこであっても、まるでメトロポリタン・オペラの初日の舞台に立つかのように登場するのだ。きょうは目が覚めるような薄ピンク色に大きな黒いボタンが付いたダブルのコートに、黒い帽子とスカーフ、黒い革の手袋という出で立ちだった。濃いグレーのスラックスにハイヒールの革のブーツをはいている。母はキスを受けるために、頬を突きだした。わたしは請われるままにキスをして、〈シャネル〉の五番に包まれた。

「パパがまたとんでもない時間に呼び出されたのよ」母は言った。「朝食を残して、出かけていったわ。わたしはまだ紅茶さえ飲んでいなかったのに！」父は毎朝、ピンクのバラが描かれたポットで紅茶を淹れ、銀色のトレーにきちんとのせて寝室に運んで、母を起こすのだ。母はまだ崇拝されている歌姫のように装い、実際もそうであるようなふりをしているけれど、暮らしているのがセントラルパークを見下ろすアパートメントではなく、ここニューヨーク州ルドルフなのは、父を愛しているからだ。

ふたりは確かに不釣りあいな夫婦かもしれないけれど、互いを尊敬しあっている。わたしにもいつか同じくらい愛しあえる男性が現れればいいけれど。一度、そういう男性が見つかったと思ったことがあった――それは大まちがいだった。ラス・ダラムはハンサムで、ひとあたりがよくて、わたしに気があるのは明らかだ。でも、もう焦って飛びつくつもりはない。傷はまだ癒えていないから。

「どこでお昼を食べるの?」母が訊いた。

「ヴィクトリアのお店が営業を許されたの。だからヴィクトリアを応援して、ドラッグ入りのお菓子を出したりするはずがないって、みんなに示さないと」

母が鼻を鳴らした。「まともな人間なら、そんなことはわかっているでしょうに」

「きのう、パパはどうだった?」わたしは訊いた。「空港から帰ってきたあと」

「怒っていたわよ」

「何があったのかわからないの?」

「いたずらのつもりが、やりすぎてしまったんだろうって、パパは言うの。まだわたしが現役で歌っていたときにそんなことがあったら、代役の歌手が初日にわたしをニューヨーク・シティから追いだそうとしたにちがいないと考えただろうけど。でも、ルドルフなんかでねえ?」

「ただのまちがいだったのかも。電話番号をまちがえて、ショートメールを送ってしまったとか？」

「そうね。ただし、メッセージにはイヴという名前が書いてあったけど」

真相は、おそらくわからずに終わるのだろう。わたしは事務室から新しいコートを取ってきてブーツをはいた。そして店に出てくると、母がショーウインドーの飾り方を変えていた。

「ママ！　やめて！」

「ここにはもっとおもちゃを並べたほうがいいわ。クリスマスは子どもたちのものなんだから」母はアクセサリーをうしろに追いやり、アランがつくった背の高い木の兵隊をいちばんまえの真ん中に置いた。

「パパと一緒にショーウインドーを飾るビジネスをはじめるべきよ」

「どうして、そんなことをしなくちゃいけないわけ？」母は三つ目の兵隊を置いて、出来ばえに惚れ惚れした。「左右対称のほうがいいものね」

札を裏返して店を閉めると、母と一緒にヴィクトリアの店までの近い距離を歩いた。すると掲示板の役割を果たしている、図書館のまえの円柱に、町の職員が告示を貼っていた。金曜日と土曜日に開催する。ミッドナイト・マッドネスのお知らせだ。職員は母とわたしに気づいて会釈をした。

うれしいことに、〈ヴィクトリアの焼き菓子店〉にはお客が途切れずに入っていった。ほぼ全員の町民が、母やわたしと同じように、町の一員を応援するために訪れていたのだ。もちろん、おいしいお昼を食べるためでもあることは言うまでもないけれど。

パンを焼いている、いつものわくわくするようなにおいは漂ってこないけれど、砂糖がふりかけられた艶やかなパイやタルト、そしてふっくらとしたジンジャーブレッド・クッキーはカウンターのうしろの棚で冷ましているところだし、スープも三つの黒い大鍋でぐつぐつ煮えている。

「すみません」ヴィクトリアの甥のジェイソンがカウンターのうしろで、お腹をすかせた客に話しかけていた。「きょうはパンを焼いていないので、サンドイッチはないんです。ヴィクトリアは自分が焼いたパンしか使わないので。明日からは全部そろいます。でも、きょうはスープとサラダだけで、デザートはいろいろと用意してあるんですけど」

「テーブルを取っておいて。食べ物はわたしが買ってくるから」わたしは母に言った。「スープは何がいい？」

わたしたちは黒板をじっくり読んだ。バターグルミとリンゴ、干しエンドウとハム、それに野菜の澄ましスープだ。

「干しエンドウにするわ」母は〈キャンディケイン・スイーツ〉のレイチェル・マッキントッシュを押しやって、空いているテーブルを押さえた。

約束どおり、ベティ・サッチャーもきていた。ベティは列の最後尾におり、わたしはそのうしろに並んだ。わたしに気づいただろうに、ベティは背筋を伸ばし、まっすぐまえを向いている。そして自分の番がくると言った。「わたしは……紅茶をもらうわ」

「それだけですか？」ジェイソンが訊いた。

「ミルクも」ベティは財布を出して、お金をかぞえはじめた。

まあ、いいか。とりあえず、ちゃんときたんだから。

わたしは注文をすませて、母のところへ戻った。そして席に着きかけたとき、壁が震えるほどの勢いでドアが開いて、スー＝アン・モローが入ってきた。そして新聞をふりまわした。

「こんなのはひどい侮辱よ！」

人々がスー＝アンのほうを向いた。「スー＝アン、その広告なら、みんな見ているわ」ベティが言った。

「広告なんかじゃないわ。きょうの《マドルハーバー・クロニクル》。よからぬことを企《たくら》んでいるのはわかっていたから、今朝マドルハーバーまで出かけていって、確かめてみたのよ」マディットたちは侵略されたと思ったにちがいない。「町長と呼ばれているひとに会おうと思ったんだけど、留守だと言われて。私用で有給休暇を取っているんですって。公僕なら手当たり次第に休みを取っていいはずがないでしょうに」

「スー＝アン、選挙演説はいいわ」母が言った。「何を怒っているのかだけ教えて」

ウエイトレスのひとりが笑った。すると、スー＝アンは、ウエイトレスが運んでいるアップルパイにのったアイスクリームがまずくなりそうなほどの目でにらみつけた。

ヴィクトリアがエプロンで手をふきながら奥から出てきた。そして母とわたしを見つけて小さく手をふった。

母が満足して「その調子で」と言いそうなほどの劇的な効果をねらって、スー＝アンは老眼鏡をかけた。そして、新聞をばさりと広げた。「きょうの《マドルハーバー・クロニクル》の一面の大見出しはこうよ。〝ルドルフに忍びよる死〟」

「何ですって！」人々が立ちあがった。全員がいっせいに話しはじめる。レイチェルはフォークを落とした。

「静かに！」母が歌うように言った。「スー＝アンに続けさせて」

「〝隣町であるニューヨーク州ルドルフで、ひとりの人物が残忍な死に方をした〟」スー＝アンが新聞を読んでいった。「〝ルドルフを訪れていたナイジェル・ピアス氏が町外からクリスマスの買い物にきた人々に人気の行事、ルドルフで毎年開かれるジンジャーブレッド・パーティーのあと死亡したのだ。解剖により、ピアス氏がパーティーで口にした食品に違法薬物が加えられていたことが判明した〟」

店内にうなり声が広がった。ウエイトレスたちは食べ物がのった皿や汚れた皿を両手に持ったまま、凍りついたように立っている。

「この町は終わりね」ベティ・サッチャーが言った。

スー＝アンは読みつづけた。「〝マドルハーバー町長ランディ・バウンガートナーは以下の声明を発表した。悲劇に見舞われたルドルフに住む友人であり隣人である人々のご心痛は察するに余りありますが、偉大なるニューヨーク州の善良なるみなさまには、マドルハーバーの店はまちがいなく営業していることをお伝えいたします。レストランとホテルは清潔ですし、一流の店がクリスマスのお買い物にふさわしい品物をそろえてご来店をお待ちしております〟」

今度ばかりは、母も店内の人々を抑えられなかった。

人々はドアへ向かった。なかには昼食を終えてさえいないひともいた。「バウンガートナーとかいう町長の首を街灯に縛りつけてやる」という声さえ聞こえてきた。

ヴィクトリアはわたしたちのテーブルの空いている席に腰をおろした。「ひどいわ」

「ええ」

「でも、不幸中の幸いよね。とりあえず、みんなはわたしがいわゆるドラッグ入りクッキーを提供したとは言わなかった」

「当然よ」母が言った。「マドルハーバーのひとたちは、とにかくルドルフのせいだと広めたいのよ。ルドルフに安全な場所はないとほのめかしたいわけ」スプーンを置いて続けた。「ペカンパイを楽しみにしていたんだけど、家へ帰ったほうがよさそうね。今朝、パパが急いで出ていったのは、この件でしょう。パパが新聞を読むまえに、心臓の薬を引き出しから出しておかないと」

「パパは心臓の薬を飲んでいるの？　どうして知らせてくれなかったのよ？」

「冗談よ」母は立ちあがって、革の手袋をはめた。

「ノエルと話すなら」スー＝アンが言った。「この手の中傷に対して反応すべきときに、町長はどこにいたのかと訊いて。法的措置をとると脅したほうがいいと思うけど」スー＝アンは新聞を握りしめて、店を出ていった。

「みんな、こんな記事を信じないわよね、メリー？」レイチェルが訊いた。「わたしはキャンディを売っているのよ。この町の食品が安全ではないと思われたら……」声が小さくなった。

「《マドルハーバー・クロニクル》なんて読むのは住民だけよ」わたしは言った。「スー＝アンだって、新聞を手に入れるためにマドルハーバーへ行かなければならなかったんだから」

「大きな新聞がこの話を取りあげないことを祈りましょう」ヴィクトリアは言った。

11

　この日は広い世界では、きっとニュースが少なかったにちがいない。《マドルハーバー・クロニクル》のニュースが《ニューヨーク・タイムズ》のウェブ版に掲載されたのだから。そのニュースをCNNとフォックス・ニュースが取りあげた。そして《ワールド・ジャーニー》が〝最も名高い〟記者のひとりの死を悼む声明を発表し、彼が死亡した場所がニューヨーク州ルドルフであることに数度にわたって言及した。

　ヴィクトリアは午後三時に店を閉めると、わたしの店に寄った。にっこりほほ笑み、残り物でふくらんだ袋を持ってきた。そして、その袋をカウンターに置いた。

「何、これ？」わたしは訊いた。

「今夜のあなたの夕食。急に営業停止になってしまって、パンがたくさん余って古くなりそうだったから、パンプディングを山ほどつくったの。きょうでほとんど売り切ったんだけど、あなたの好物だから、少し取っておいたのよ。バゲットもふたつ入っているわ。トーストしてクロスティーニにして食べればいいから。ブルスケッタにしたければトマトが少し入っているし、バターグルミのスープもあるわ」

「ありがとう。でも、これじゃあ、利益が出ないじゃない」

「明日から、通常営業に戻るから。クロワッサンに、スコーンに、おいしいものをいろいろつくるわ。そうすれば、お客さんが店にきてくれるはず。きょうはたくさんのひとがお昼を食べにきてくれてとてもありがたかったけど、あれはあなたが何かしてくれたんでしょ。だから、これはそのお礼」

「ヴィクトリア、あなたのつくるものなら、わたしが勧めなくても、みんなが食べにきたわよ」

ヴィクトリアは誰もいない店を見まわした。「メリー、みんな、不安になっているわ。殺人事件のせいで観光客がいなくなってしまうんじゃないかと心配している。わたしもよ」

「そのうち収まるわ」そう言ったけれど、わたし自身も確信はなかった。

水曜日の午後だというのに、店は暇だった。それも不気味なくらいだ。ヴィクトリアが帰ったあと、わたしはｉＰａｄをカウンターに持ってきて、お客が入ってくるのを待ちながら見ていた。六時になって（ほっとしながら）店を閉めたときには、〈グーグル〉で〝ニューヨーク州ルドルフ〟を検索すると、事件についての全国ニュースばかりが見つかり、観光客向けの宣伝がどんどん検索結果の下に追いやられていた。

店の戸締まりをしていると、父が入ってきた。「メリー、困ったことになった」父は頭をふりながら言った。

「どうしたの？」

「きょうは一日じゅう電話ばかり受けていた。町じゅうで予約がキャンセルされている。〈ユーレタイド・イン〉は週末は満室だったのに、いまでは部屋の四分の一が空いている。〈ア・タッチ・オブ・ホリー〉は金曜日の夜の予約だった十二人のパーティーがなくなったし、ほかにも少人数の予約がいくつかキャンセルされた」

「きっと、この騒動もすべて収まるわよ」わたしは言った。「みんな、いつまでも覚えていないから。すぐに忘れるわ」

「確かに、来年には忘れているだろうが、今年のクリスマスまであと三週間しかないんだ」

わたしは店を閉めると、父と一緒に歩道に出た。町はまるで世界の終わりを描いた映画のようだった。人間は全員いなくなり、残っているのは物だけ。

いや、全員ではないかもしれない。錆《さび》でくっついているような古くて大きなトラックがのろのろと通りを走っていた。ジョージが一本の指を四十五度曲げて敬礼した。父も帽子に触れて挨拶を返した。

ジョージとトラック。

そうだ、すっかり忘れていた。

「パレード！　パパ、覚えている？　わたしのフロートはジョージのトラクターに引っぱってもらう予定だったのに、エンジンがかからなかったこと」

「少しばかり遅れたが、それほど害はなかっただろう」父は言った。「何とかパレードに追いついたじゃないか」

「コンテストで失格になったこと以外に害はなかったわ」わたしは言った。「でも、それはいいの。話していなかったけど、あのあとジョージがトラクターを調べたら、動かないよう細工されていたのよ」

「細工されていた？　どういう意味だ？」

「ジョージが何と言っていたか、正確には覚えていないんだけど、ワイヤーが逆になっていたとか何とか言っていたわ。あのときは、深く考えなかったの。ジョージの勘ちがいだろうと思って」

「ワイヤーが逆になっていたとジョージが言うなら、逆になっていたんだ。それに、ジョージが自分でやるなんてことはあり得ない」父はあごひげをなでた。「興味深い話だな」

「深く考えなかったのは、わたしのフロートを遅らせたいなんて、誰も思わないだろうと考えたからなの。もちろん、町の全員から好かれているとは言わないわ」ベティ・サッチャーとキャンディス・キャンベルを思い浮かべながら言った。「でも、わざわざ手間をかけてわたしを困らせたいと思うほど嫌われてはいないはず。それも、あんな姑息な手段を使って。一台のフロートが無様な真似をさらしたら、パレード自体が台なしになるおそれがあるでしょ。たとえば、サンタクロースのフロートが通れなくなってしまうとか」声が消え入りそうになった。「それでも、たいした被害ではないかもしれないけど」

「いや、小さくはないかもしれないぞ」父が言った。「細工をした人物は自分がやっていることがどんな結果を招くかわかっていなかったのかもしれないし、あるいは何かじゃまが入って、きちんとやり遂げられなかったのかもしれない。たとえば、トラクターは本当は出発はできても、途中で制御できなくなる予定だったのかもしれない。道は混雑していた。フロートにマーチングバンド、それに歩道には興奮した子どもたちが大勢いた。たとえたんにパレードの妨害が目的だったとしても、いたずらでは済まされない。だから、考えてしまうんだ。細工をした犯人は次にちがうことをしたのかもしれない。もっと深刻なことを起こしたのではないかってね」

わたしは父の考えを引き継いで口にした。「ルドルフのクリスマス・シーズン最大の行事で、主賓にドラッグ入りクッキーを食べさせたのではないかということね」

「ああ、そうだ」父は言った。「すぐにでも町長と話しあわないといけないのに、捕まらないんだ。今回のことについて、町長に力強い公式見解を出してもらわないと。ファーガスはいつもわたしの提案と正反対のことをやるが、今回ばかりは言うことを聞いてもらう。ファーガスの家へ行ってみるよ。地下に隠れていたら、引きずりだす。それまでに、やってもらいたい仕事があるんだ」

「わたしに？」

「ああ。《ルドルフ・ガゼット》へ行ってくれ。ラス・ダラムと話すんだ。彼なら、ニューヨークのメディアに知りあいがいるだろう。知りあいに働きかけてほしいと頼んでくれ」

「どうして、わたしが？」

「どうして、おまえじゃだめなんだ？」

「別に、理由はないけど」

父とはそこで別れた。店にたくさん置いてあったクリスマス仕様の文房具を並べようとさえしなかったのは、父が相当不安になっている証拠だ。

わたしはいったん家に戻ってからマティーを連れて新聞社に突撃することにした。ラスに電話するのは簡単だけれど、マティーを外に出してやる必要があるし、そろそろほかのひとに会ったり、知らない場所へ行ったりすることに慣れたほうがいいだろう。

それに、あのそそられるほどセクシーなラス・ダラムにじっと目を見つめられるなら、気持ちをそらしてくれる十四キロの仔犬が必要だ。

けれど、その計画は失敗に終わった。《ルドルフ・ガゼット》のオフィスは閉まっていた。そもそも、ラスに何ができるというの？　不面目な話を書かないよう記者仲間に頼んでもらう？　ひとひとりが死んだことを——殺人を——なかったことにしてもらうの？　それでも父に頼まれたことであり、わたしは家に戻ってからラスに電話をかけることにした。

マティーは散歩を大いに楽しんでいた。見るもの、嗅ぐもの、すべてが知らない、すばらしいものだったから。

でも、わたしは楽しめなかった。

カナダからやってくる冷たい風が湖からじかに吹きつけ、雪も一緒に運んできた。気分が盛りあがるふわふわとした軽い雪ではなく、硬く冷たい礫《つぶて》のような雪で、頬は打たれ、目には涙がにじみ、むきだしの肌のいたるところに突き刺さった。

これはただの思いこみかもしれないけれど、ルドルフから輝きが失せてしまったような気がした。家まで歩いていると、店のショーウインドーの明かりは暗く、街灯にぶら下がっているリースはだらりと垂れ、踏みしめる雪が汚れ、人々はコートのなかで身を縮めて目もあわさずに急ぎ足で通りすぎていく。

クリスマスの魔法が解けてしまったら、ルドルフはどうなるのだろう？　大規模な産業がなくなり、繁栄した時代をとうに過ぎて衰退した、ただの小さな町だ。

「メリー！」

大きな声がして、わたしはふり返った。アラン・アンダーソンが歩道を走ってくる。マティーは尻尾をふって挨拶した。

「何度も呼んでたのに。まるで千キロも遠くにいるみたいだったよ」そばまでくると、アランは言った。

「ごめんなさい」

「何かあったのかい？」

「何かあったかですって？　クリスマスが台なしよ！　ニュースを聞いたでしょ。あちこちで宿泊やディナーの予約が取り消されているわ。ミッドナイト・マッドネスの週末が近いというのに。もう終わりよ」

マティーでさえ、わたしの声に辛さを感じとったらしい。哀しげに鳴いた。

「クリスマスが台なしになったとは思わない」アランはいつもと変わらない、ゆっくりとした思慮深い話し方で言った。「メリー、クリスマスは物を売るだけの行事じゃない」

わたしは大きく息をした。「そのとおりよ。でも、わたしたちはお店をやっていかないと」

「やり続ければいいのさ。ニュースは二十四時間しか続かない。明日にはまた新しい話題が出てくる」

〝ルドルフでまた何か起こって、新たなニュースにならなければね〟わたしはそう思ったけれど、口にはしなかった。

「町に何か用事があったの？」わたしは店に置く商品を受け取りに、アランの家へ行ったことがあった。アランは町から十五キロほど離れた森の奥にある、すてきな農家に住んでいる。そして敷地内にある離れを工房として使っているのだ。

「食料の買いだしさ」

まもなくマティーが立ち話に飽きて、リードを引っぱりはじめた。

「その……もう……夕食はすんだかい？」アランが訊いた。〈エルフのランチボックス〉のまえを通っているところだった。窓の〝営業中〟の札が哀しげに揺れている。店は空っぽで、退屈そうなウエイトレスがカウンターを拭いているだけだった。屋根にはコードで繋がった数個の色付き電球が飾られていたが、それも消えている。冷たい風が通りを吹きぬけ、〝本日のお勧め〟を書いた広告板が揺れて、音をたてて倒れた。

アランは身をかがめて、広告板を持ちあげた。チョークで書いた文字の大半が消えている。

「まだすんでないわ」わたしは答えた。「でも、マティーを連れて帰って、ごはんを食べさせないと。一緒にうちにこない？　今夜は手早くできて、しかもおいしい料理の材料がうちにあるの。冷蔵庫でワインも冷えているかも」

アランはにっこり笑った。「いいね」

わたしも笑い返した。

家に帰れば食事が待っているとわかると、マティーは足を速めて、わたしを引きずるようにして通りを歩きはじめた。アランとわたしは話をしなくても和やかな雰囲気で、マティーのうしろを歩いた。アランは大柄だけれど、エルフのように静かに歩く。実際、ときどきエルフのように装っているのだけれど。

ああ、アランがくるとわかっていたら、きちんと掃除をしておいたのに。

「散らかっていてごめんなさい」わたしは放りっぱなしの雑誌や、片方だけの白い靴下や、冷めたコーヒーが半分残っているカップをあわてて片づけてまわった。マティーはお気に入りの青と赤のボールをくわえて、アランの足もとに落とした。

「家でボール投げはなし」わたしはできるだけ厳しい口調で言った。居間スペースはまるでベビーサークルの内側のようだった。天井からはゴムロープで嚙むおもちゃがぶら下がり、床にはこれまたボールや、裂けたぬいぐるみや、ぼろぼろになった毛布が散らばっている。幼い子どもと同じように、成長期の仔犬にとっても遊びが重要だとヴィクトリアに聞かされていたのだ。

アランはわたしが店から持ち帰り、とても愛され（とても嚙まれた）トナカイのぬいぐるみを手に取った。そしてマティーがトナカイに向かって突進してくると、ふたりで引っぱりっこをはじめたので、わたしはキッチンに入った。

「白ワインにする？」わたしは訊いた。

「ああ、いいね。ありがとう」

わたしは先に白ワインを開けてから、マティーのごはんを用意した。マティーは弾むようにしてキッチンにくると、息つぎもせずに、がつがつと食べはじめた。

「いい犬だね」アランがキッチンのドアに寄りかかって言った。「いい歯をしている」片手で茶色いトナカイの耳を持っていた。

「いい子よ。でも、そろそろ成長が止まってほしいけど」わたしは餌代を考えながら言った。

アランはトナカイの耳をごみ箱に捨てた。「それは無理かな」

わたしはワイングラスをふたつ出してワインを注ぎ、アランにナイフを渡した。アランにブルスケッタ用のトマトを切ってもらっているあいだに、わたしはヴィクトリアのつくったスープを温めて、バゲットを切った。

アランとわたしがワインを飲み、ブルスケッタを食べ、話しているあいだ、マティーはダイニングテーブルの下で眠っていた。

「このあいだ、スー＝アンがすごく怒っていたでしょう」わたしはブルスケッタを食べながら言った。何といってもニューヨークの十二月なので、トマトは決して最高の味のものではなかったけれど、上質のオリーヴオイルと、陽あたりのよいキッチンの窓で育てた生のバジルをたっぷりと使ったし、トーストしたバゲットもとてもしっとりしていて風味がよかった。

「怒りの矛先は町長だった。父の話だと、ファーガスは電話に出ないらしいの」

「家に隠れているのさ」アランが言った。「ぼくが車で町に出てくるとき、ファーガスの車があったからね」

「ファーガスはあなたの家の近くに住んでいるの？」

「敷地が隣りあっている。うちのあたりでは隣といってもいい距離のところに住んでいる。森を五分ほど歩くと、ファーガスの家の裏に出るんだ」

「ファーガスはいい町長だと思う？」

アランはワインをひと口飲んだ。大きな手はごつごつしていて傷だらけだった。木と道具で生計を立てている男の手だ。「悪くはないと思う」やっと、そう口にした。「ただし、きみのお父さんを出し抜くことだけを目的にして、ときおり間違った決断をするのは誰もが知っていることだけど」

わたしの父は長いあいだ町長をつとめていた。しかも、とても人気があった。町民からはまた町長に立候補してほしいと言われつづけているけれど、もう町長の仕事に関心がないと断っている。そして、それが本心であることを、わたしは知っている。

「でも、スー＝アンの言っていたことは正しいよ」アランは続けた。「あまり認めたくはないけど。ファーガスはきちんと表に出てきて、町を支えるべきだ。ルドルフが親切で友好的な町だと知ってもらうには、町長の顔を覚えてもらわないと」

「スー゠アンのことはあまり好きじゃないの?」

「彼女の野心が好きじゃないんだ。肩に乗ったオウムみたいに、しっかり張りついているだろう。スー＝アンは町長になりたくて仕方ないのさ。その気持ちがあまりにも激しすぎて、ときどきこっちのばつが悪くなる」

「その気持ちが、あまりにも激しすぎて」わたしはゆっくりと言った。「町長になるためだったら、何でもやってしまうと思う？」

アランは青い目で、わたしをじっと見た。「メリー、どういう意味だい？」

「わからない。何を意味しているのかもわからないの。スープのおかわりはいかが？」

「ありがとう。いや、そのまますわっていて。自分で持ってくるから」

誰かが《ルドルフ・ガゼット》に解剖の結果を密告した。町議会はナイジェル・ピアスの死因をひそかに知らされていた。スー＝アン・モローは町議会議員だ。《マドルハーバー・クロニクル》にも同じ人間から密告があった可能性もある。スー＝アンは隣町でありいちばんの競争相手であるマドルハーバーへ自ら出向いたことを認めている。マドルハーバーの人々が何かを企んでいるのではないかと疑って。いや、スー＝アンは本当に疑ったのだろうか？　本当は知っていたのではないのか？

善良だけれど概して運が悪いわが町長の評判を落とすために、スー＝アンがわざとニュースを広め、わざとルドルフに害を及ぼしたということはあり得るだろうか？

スー＝アンならたんにニュースを広めるだけでなく、それ以上のことをした可能性もあると、わたしはぞっとしながら思った。スー＝アンは自分でニュースをつくったのだろうか？　ばかばかしい。確かにスー＝アンは野心家だけれど、野心家じゃない政治家がいるなら見てみたい。それに父の推測どおりに、ナイジェル・ピアスの死とジョージのトラクターの細工に何らの関連があるとしたら、〈シャネル〉のスーツを着て、〈ジミー・チュウ〉のアンクルブーツをはいたスー＝アン・モローがレンチを持って古いトラクターのまえによじのぼったなんて想像できないし、トラクターの仕組みに関する知識があるとも思えない。

マティーはじゅうぶんに眠ったようだった。よだれがたっぷり浸みこんだおもちゃをアランの膝に持ってきて、低い声で吠えた。

「いまはだめだ」アランはおもちゃをテーブルに置いた。「食事中は遊びの時間じゃないよ」それでもめげずにマティーはお客が喜んでくれる別のおもちゃを探しにいった。

わたしは大きな皿にデザートのパンプディングをのせて出した。無駄になんてできない。ヴィクトリアはわたしの大好物を知っていたのだろうか？　彼女は自分が焼いたフランスパンと、たっぷりのクリームと卵を使い、それにメープルシロップをかけて、罪深いほどこってりとした中身と、カリカリとした軽いトッピングに仕上げていた。

アランはたっぷりと、二度プディングをすくった。

「コーヒーはいかが？」わたしはボウルに付いたプディングをきれいに落としながら訊いた。

「いや、やめておくよ。そろそろ帰らないと」アランは椅子から立ちあがった。「メリー、とてもおいしかった。ありがとう」

「お礼なら、ヴィクトリアに言って」

マティーはおもちゃをくわえて、アランの脚に押しつけた。アランがおもちゃを手にして、少しだけ遊び相手になってから、わたしは玄関まで送っていった。

アランはコートを着て、長いマフラーを首に巻いた。そしてドアを開けたが、すぐには出なかった。きちんとおやすみを言うつもりなのだろうか。

けれどもアランは「本当にありがとう」とつぶやいただけで出ていった。わたしはドアを閉め、そっと寄りかかった。

12

「今朝は、何だか自信たっぷりな顔をしているわね」ジャッキーが言った。

「してないわよ」わたしは答えた。「話をそらさないで。仕事中に電話をしないでと言わなかった？」

「してないわ」

「ジャッキー、したじゃない！」

「メリー、いまは忙しいわけじゃないんだから」

わたしはため息をついた。忙しいかどうかは問題じゃない。確かにいまはお客がいないかもしれないけれど、誰かが入ってきたときに、迎えるべき店員が背中を向けて、今夜のお熱いデートについて、ボーイフレンドと相談していてほしくないのだ。ほかの多くの店主と同じく、わたしも仕事中は携帯電話の電源を切るようにと、店員に注意しつづけなければならなかった。

「それはともかく」ジャッキーは口をとがらして言った。「だいじな話だったのよ」

「お店が火事になったの？　ちがう？　それなら、電話は休憩時間になってからでもいいでしょう」

「イギリスに電話していたのよ。あたしが休憩に入るときは、向こうもお茶か何かの時間かもしれないでしょ。ほら、時差があるから」

「それは知っているけど」店を開いて初めて経営者になったとき、わたしは決定事項について決して従業員に相談しないと決めたのだ。店主が断固たる決断を下したら、その話は終わり。けれども、その決意はジャッキーがカウンターのうしろのスツールに細い腰をおろした瞬間に、あえなく崩れていた。「イギリスに電話をしていたの？　イギリスに知りあいがいるの？」

「いないわ。いまはね！」

「ナイジェル・ピアスのことを言っているの？」

ジャッキーはため息をついた。「いいわよ。知りたいなら話すわ。ゆうべ《ワールド・ジャーニー》にメールを送ったのよ。ナイジェルが亡くなったことについてお悔やみを言って、彼が亡くなる数時間まえに、いえ、もしかしたら数分まえかもしれないけど、話をしていたって伝えたの。でも、返信がなかったから、電話のほうがいいかもしれないと思ったわけ。直接話したほうがいいかもしれないって」

「ジャッキー、ナイジェルが書こうとしていたルドルフ特集をまだ掲載するつもりでいるのか訊くつもりじゃないでしょうね」

ジャッキーは髪をかきあげた。「そうだと言ったら？　ナイジェルはこの店でも、そのあとのパーティーでも、あたしの写真をたくさん撮ったのよ。雑誌社はあれを使いたいと思っているかもしれないじゃない。ナイジェルは死ぬまえに記事の一部を送っていたかもしれないし。そうだとしたら、雑誌社はその記事を無駄にしたくないでしょう？」自分の額を打って続けた。「そうよ、カメラよ！　ナイジェルのカメラはどうなったのかしら。ナイジェルを見つけたとき、カメラを見た？　警察が持っているんだと思う？　証拠にするつもりなら、何カ月も返さないかもしれないわよね！」

わたしは頭をふった。もう慣れてもいい頃なのに、自分に酔っているジャッキーを見ると、いまだに面食らってしまう。「そんなに知りたいなら言うけど、ナイジェルは亡くなったとき、カメラを持っていたわ。だから、いまは警察にあるんでしょうね。雑誌社に電話したことについては、あまり感心できることだとは思えないけど、やめろとは言えない。ただ、仕事中はだめ。わかった？」

「《ワールド・ジャーニー》は記事を書きあげるために、ほかの記者を寄こすと思う？　たとえば、ナイジェルに対する追悼記事か何かの形で」

わたしは長年雑誌社で働いていた。ナイジェルがフリーランスの記者だとしたら、記事は彼自身の企画だろう。おそらく、アメリカのほかの町への旅と合わせるつもりだったにちがいない。《ワールド・ジャーニー》の誰かが企画を引き継ぐ可能性はあるが、すぐに飛行機に飛び乗らせることはないだろう。ナイジェルが書いていたのは、優先順位の高い内容ではないだろうから。「ないでしょうね」わたしはジャッキーの質問に答えて言った。

「でも、あれは……あたしにとって、大きなチャンスだったのよ。そうでしょ？　ナイジェルは写真を何枚か見せてくれたの。すごくきれいに撮れていた。《ワールド・ジャーニー》にはとても多くの読者がいるんですって。だから、誰があたしの写真に目を留めるかわからないじゃない？」ジャッキーはとても悔しそうで、思わず同情しそうになった。

しそうになっただけだけど。

ジャッキーが何を期待しているのか知らないけれど、大きなモデル事務所やハリウッドのキャスティング会社のスカウトは、あてずっぽうで雑誌を見て、ニューヨーク州ルドルフで何も知らずにお客を待っている女性を、あてずっぽうで次の大スターとして発掘したりしない。

「ところで、どうして《ジェニファーズ・ライフスタイル》を辞めてしまったの？」ジャッキーが訊いた。「あたしはあの雑誌が大、大、大好きなのよ。いつか、ジェニファーみたいな内装をした家を手に入れるわ。といっても、ジェニファーみたいな郊外の家じゃなくて、都会のアパートメントだけど。メリー、雑誌の仕事はあなたの夢だったんでしょう。マンハッタンに住んでいたのよね。『セックス・アンド・ザ・シティ』みたいに。ジェニファー・ジョンストンと仕事をしていたなんて！　それなのに、世界でいちばん退屈な町、ルドルフに帰ってきた。家族が病気で面倒を見なくちゃいけないならわかるけど、そうじゃないし」

「あのときは、正しいことをしている気がしていたのよ」わたしは言った。自分の人生について、ジャッキーに話すつもりはない。どちらにしても、彼女が本気で気にかけているわけでもないし。

愛する街で、まさしく夢見ていた仕事をしていたのに、なぜ辞めたのか？

ジェニファー・ジョンストンはくつろいだ戸外での暮らしともてなしを楽しむことを強調した、現代アメリカの生活スタイルを広めた草分け的な存在だった。彼女が築いた帝国は雑誌やテレビの料理番組やレストラン・チェーンのみならず、庭の家具やアクセサリーといった事業まで手がけていた。なかでもジェニファーが創刊した《ジェニファーズ・ライフスタイル》は、全米でも有数の人気雑誌だった。わたしがその雑誌社で働きはじめて五年たった頃、ジェニファーは八十歳になった。そして従業員を集めた大きなパーティーで、非常勤になると発表したのだ。もう公の場には顔を出さず、出勤もしないが、ロングアイランドの海に面した百エーカーの敷地の家から指示を出すと。そして新しく雑誌部門の顔になったのが、孫娘のエリカだった。その発表を喜んだ社員はひとりとしていなかった。エリカは甘やかされて育ち、まったく頼りなかった。祖母と異なり、自分のセンスに自信がないせいで、自分と意見が異なる者が許せないのだ。翌日に編集長が辞め、数人の部門長がついていった。そして、エリカはその人々の後任にスミス大学時代の友人を据えたのだ。

わたしはエリカにチャンスを与えるべきだと考えた。ジェニファーははるか遠いロングアイルランドにいるが、どれだけ孫娘に影響力を与えられるか確かめる必要があったのだ。

当時、わたしが長く付きあい、正式ではないけれど結婚の約束をしていたマックス・フォルジャーは《ジェニファーズ・ライフスタイル》の原稿整理を担当する編集者だった。マックスはジェニファーの引退とその後の大改革を自分が成功する機会だととらえた。そして懸命に働いて新しい上司に印象づけるのではなく、もっと安易な方法をとった。エリカと寝たのだ。

エリカは背が低くてウエストが太く、目は小さくて黒く、鼻は大きく、唇は薄かった。けれども、とてつもないお金持ちであり、お金があればたいていの美貌は買える。エリカにはいくぶん、何というか、遊び好きな面がある独身者という評判があった。あちらこちらの見た目のいい男性と腕を組み、あられもないミニスカートでリムジンを乗りまわし、流行の最先端のレストランで食事をしたり、話題のナイトクラブでひと晩じゅうパーティーをしたりする、ゴシップ誌の常連だった。そのため、ジェニファーが事業を譲りわたしたとき、エリカがパーティーばかりに興じる生活をやめて落ち着くのが条件だったという噂だった。また、ひ孫を産むのに、雑誌の締切と同じくらい厳しい締切を決められたのだとささやく者もいた。それで、エリカはたまたまそのときにお飾りとして連れ歩いていた男との婚約を発表したのだ。マックス・フォルジャーだ。

わたしはもう《ジェニファーズ・ライフスタイル》で働けなかった。いまや編集担当常務として、イーストリバーを見下ろす、すばらしい眺望の広い角部屋に収まっているマックスと毎日顔をあわせるのだから。それに、社内を軽やかに歩いて、すれちがう社員全員にキスをする真似をして、〝スウィーティー〟とか〝ハニーパイ〟とか呼んでおきながら、背中にナイフを突き立てるようなエリカと出くわしたくもなかった。

ニューヨーク・シティにさえいたくなかった。だから傷をなめるために、故郷ルドルフへ、母と父のもとへ帰ってきたのだ。そして二カ月ほど家に隠れ、自分を憐れむつもりでいた。だが、そんな真似を両親が許してくれるはずはなく、何が起こっているのか本人がわからないうちに、〈ルドルフズ・ギフトヌック〉の隣にあった小さな住宅設計事務所を所有していた人が引退するという話を父が聞きつけた。ルドルフには俗っぽくないクリスマスグッズを売る専門店が必要だというのが、父の意見だった。地元の職人には、作品を売ってくれる店が必要なのだと。室内装飾は、おまえがいちばん詳しい分野ではないのか？

それに、ミセス・ダンジェロの大きなヴィクトリア様式の家の二階のアパートメントのひとつも空いているんだよ。

わたしはアパートメントを借り、店を開き、ルドルフに戻ったことを一瞬たりとも後悔したことはない。

《ジェニファーズ・ライフスタイル》に残った数人の友人たちは、雑誌の発行部数は急落したものの、来夏に予定されているエリカの盛大な結婚式がきっかけとなって盛り返してくれることを全員が、期待していると話していた。結婚式は何号かにわたって特集が掲載されるのだ。料理。庭。花嫁。新婚夫婦の新居。新婚旅行。

そのとき、わたしはやっと笑うことができ、《ジェニファーズ・ライフスタイル》からだけでなく、マックス・フォルジャーからも離れて、本当によかったと実感した。そしてカメラマンたちが新婚旅行に同行して、立ち位置を指示したり、着る服を決定したりすることに、マックスがいら立たないことを祈った。

「ねえ」ジャッキーが自分の好きな話題に戻った。「警察はカメラを見せてくれると思う？　そうすれば、あたしは出来のいい写真を送れるし、警察もカメラを保管できるでしょう？」

「きっと無理ね」わたしは言った。「用事があるときは、事務室にいるから」

「まあ、どうでもいいけどね」ジャッキーは、事務室に向かうわたしの背中にぼそぼそと言った。「日曜日に撮るはずだったのが、いちばん写りがよかっただろうから」

わたしはふり返った。「どういうこと？」

ジャッキーは髪をふんわりさせた。「ナイジェルからふたりきりで写真を撮ろうと誘われていたのよ。エルフの衣装の仕事が終わってから、ナイジェルが泊まっていたホテルに行く予定だったの。〈ユーレタイド・イン〉のロビーにある大きな暖炉やツリーや飾りは、すてきな背景になるでしょ。ナイジェルはいわゆるフリーランスの記者だったじゃない。ということは決まった雑誌社や新聞社で働いているわけじゃなくて、あらゆる仕事を引き受けているわけよ。ときには――」目を輝かせ、頬を紅潮させて、カウンターから身を乗りだした。「――ファッション誌の仕事までやるんですって」

身体を戻し、目の輝きが消えた。「やっていたということね。本当に、ひどい話よ」

「ナイジェル・ピアスにとってはね」

「カイルはすっかりご機嫌よ。メリー、カイルと別れたほうがいいと思う？　カイルはあたしにとってよいことが気に入らないの。パレード後のパーティーのあと出かけたくないと言ったら、ひどく怒ったのよ。次の日にナイジェルと会って写真を撮ってもらうなら、早く帰って、美容のために睡眠を取らないといけなかったのに」

「ジャッキー、カイルはあなたに間違いを犯してほしくなかったのかもしれないわ」

「間違いって？　二、三枚、写真を撮るだけじゃない」

この写真がどういうところへ行き着くのか……ナイジェル・ピアスが写真の撮影の交換条件としてどんな約束をしたのか……わたしには予想がついた。ロビーで写真を一枚か二枚撮る。そのあと照明が悪いとか、ほかのひとが背景に写りこむとか理由をつけて、自分の部屋へ行ってアップを撮ろうと誘うのだ。

ジャッキーは若くて美しい女性だけれど、広い世界のことを何も知らない。この美しい顔と、細いけれど出るべきところが出ている身体と、快活な性格のおかげで、ジャッキーはルドルフ高校や、わたしたちが暮らしているこの小さな町では特別な存在になれた。だが、雑誌やファッションの世界では十人並みだ。

わたしはカイルのことを考えた。カイルはパーティーでジャッキーに腹を立てていた。いや、ちがう。ジャッキーにではなく、ナイジェルに腹を立てていたのだ。目をきらきら輝かせた若い娘以外なら誰でも気づくように、カイルはナイジェルが身体めあての少々低俗な中年男に過ぎないとわかっていたのだろうか？　それとも、ナイジェルが本気でジャッキーに仕事を紹介すると思っていたのだろうか？　ジャッキーをルドルフから、そしてカイルから、彼には想像しかできないような金と刺激に満ちた生活へ連れ去ってしまうと考えていたのだろうか？

「パーティーのあと、カイルと何をしたの？」わたしはたいして気にしていないふうに装い、軽い口調のまま訊いた。たんに儀礼的な会話を続けているかのように。

ジャッキーは目を険しく細めた。「どうして、そんなことを知りたいの？」

わかった。もっと演技力を身につけないと。「別に理由はないけど。何かあったら、呼んで」

ジャッキーは自分のことを話せる機会を無駄にはしなかった。「〈エルフのランチボックス〉で食事をしたの。マドルハーバーで開かれている大きなパーティーへ行く予定だったんだけど、気が変わったから。カイルがものすごく怒って――ほら、彼って焼きもちが激しいものだから。わたしを家で降ろしたあと、ひとりでパーティーへ行くって言いだして」まつ毛を上下させて続けた。「朝になって電話をかけてきてあやまってくれたけどね。ひとりきりでパーティーへ行ったせいで、すごくつまらなかったみたい。カイルって、ときどきかわいいことをするのよ」

わたしは事務室に入った。カイルとジャッキーはパーティーのあと食事に行った。そのあと、カイルは車でジャッキーを家まで送っていった。

ナイジェルの具合が悪くなったとき、カイルがどこにいようが関係ない。ドラッグはパーティーで出されたチャールズ・ディケンズのクッキーに入っていた。殺人犯はナイジェルが死ぬとき、近くにいる必要はなかった。

わたしは携帯電話を取った。警察に連絡すべきだろうか？　わかったことをシモンズ刑事に伝える？　シモンズ刑事はルドルフにきたばかりで、町のひとたちをよく知らない。でも、そのいっぽうで、ナイジェル・ピアスが死んだことでカイルとスー＝アンが利益を得るとわたしが思いついただけのことで、ふたりを厄介ごとに巻きこみたくはなかった。考えてみれば、ナイジェル・ピアスの死で利益を得るひとは大勢いるのだ。そのひとつが、マドルハーバーの経済全体だ。

〝クイボノ？〟誰が得をしたのか。

「メリーは奥よ」ジャッキーの声がして、わたしは顔をあげた。

レイチェル・マッキントッシュの赤と緑のカールした髪がドアからのぞいた。

「きのうタンパ湾にいる姪から電話があったの。ルドルフにいると命が危ないなら、タンパにきて一緒に休暇を過ごさないかって」わたしは思わず笑いそうになったが、レイチェルは少しもおかしそうではなかった。

「ニュースは広まっているみたいだけど、ひとりしか死んでいないのよ。フロリダのほうが安全とは思えない」

「わたしもそう断ったのよ」レイチェルが言った。「姪は親切のつもりなんだろうけど。〈キャロラーズ・モーテル〉が団体客から週末の予約を取り消されたと聞いたわ」

「いつか必ず終わるわ。今朝ネットニュースを見てみたら、オールバニーで騒々しい銀行強盗があって、その話で持ちきりだった」

「よかった」レイチェルが言った。もし警察が強盗事件で〝クイボノ〟を考えたとしたら、これ以上ニューヨーク州ルドルフの商店主やホテルの経営者について調べないだろう。「いま、警察を少しせっつくことができるかもしれないと考えていたの。早く捜査を進めさせるために」

「せっつくって、どうやって？」

レイチェルが身を乗りだした。衿元が開いて、彼女と店員が店で着ている制服が見える。赤いTシャツと黒いスラックスのうえに、伝統的な赤と白のキャンディ・ケインの大胆な模様が入った、白くて長いエプロンを着けているのだ。首には本物のキャンディ・ケインを赤い糸でつなげたネックレスをしている。

「メリー、あなたはずっとあそこにいたのよね？　わたしは配るキャンディがなくなってしまって、公民館を出たの。わたしに言えるのは、うちのキャンディからドラッグが検出されなくてよかったということだけ。やけに厨房をうろついていたひとを見なかった？　怪しそうなひととか？」

「どんなひとが怪しいのかわからないもの」

「あら、わかるでしょ。たとえば、マリア・ロペスみたいなひとよ。マリアは店の写真を撮ってもらえなくて、腹を立てていたらしいわ」レイチェルは鼻を鳴らした。「クリスマスっぽくないからだと思うけど」

そういうことか。レイチェルは最大の競争相手〈北極アイスクリーム・パーラー〉をよく思っていないのだ。店は浜辺に近い、湖を望むよい場所にあるが、十二月にアイスクリームはそれほど売れない。それで、マリアはキャンディと温かい飲み物に手を広げることを考えているらしい。

「マリアがとくに怪しい動きをしていたかどうかはわからないわ。ごめんなさい」

「別にマリアを疑っているわけじゃないのよ」レイチェルは慌てて言った。「ただ、ちょっと思っただけ。さあ、もう行かなきゃ」

レイチェルは慌ただしく出ていった。わたしは携帯電話に目をやった。もし警察にスー＝アンとカイルに対する疑いを伝えたら、いまのレイチェルみたいに見えるのだろうか？　気に入らない人物に疑いを向けさせようとしていると思われる？　最悪の場合は、捜査のじゃまをするお節介と思われるかもしれない。

わたしはパソコンの作業に戻った。そして楽天的になろうと決め、アランにすばやくメールを書いて、おもちゃの兵隊をもうひと箱追加できるかどうか尋ねた。それから、農家風に飾られたクリスマスツリーに飾るとすてきな、華やかな木のボールも。

アランもパソコンに向かっていたらしく、すぐに返信があった。

〝ボールはすぐに用意できる。明日、取りにこられるかい？　兵隊は週末でいいだろうか？〟

アランは昨夜の食事について触れなかったし、わたしも何も書かなかった。本当は書きたかったけれど。また一緒に食事ができるかどうか訊きたかった。それも、できるだけ早く。でも、訊かなかった。若い頃、わたしたちは親しく付きあっていた。でも、いまは友だちだ。アランは友人以上の関係を望んでいるのだろうか？

そして、わたしは？

「ちょっと、メリー！」ジャッキーの叫び声が店から聞こえた。「これを見てよ」

わたしは急いで、ジャッキーが何を騒いでいるのか見にいった。ジャッキーがショーウインドーのまえに立って、大喜びで手を叩いている。人々が各店から出てきて、指をさしたり叫んだりしているのが見えた。車が次々と駐車場に入り、駐車場が近くにない場合には消火栓のまえや歩道に停めている。また雪が降りはじめ、鉛色の空から軽くてきれいなふわふわとした白いものが舞っている。

ジャッキーとわたしは笑いながら店から飛びだした。

ジョージのトラクターが通りをゆっくりと進みながら、フロートを引いていた。それもただのフロートではなく、サンタクロースのフロートだ。そこには衣装に身を包んだ父が乗っていた。母の声楽教室で山と積まれていた子どもたちの衣装から失敬してきたらしい、エルフの帽子をかぶった町長、ファーガス・カートライトもいる。

父は拡声器を持ちあげて叫んだ。「ホー、ホー、ホー」

通りでは、人々が何事かと立ち止まって見ていた。全員が拍手し、歓声もあがっている。通りの反対側の人々がポケットからｉＰｈｏｎｅを取りだして、写真を撮りはじめた。

い手袋をした女性が長いレンズの付いた高そうなカメラで写真を撮っていた。〈ア・タッチ・オブ・ホリー〉のまえでは、キャメルのコートに赤い革のブーツをはき、赤

ファーガスが父の手から拡声器を取った。「クリスマス・タウンのクリスマスです！」

「悪賢いおじさんたちだよ」いつのまにかラス・ダラムが横に立っていた。彼も写真を撮っている。まるで、それが合図だったかのように、トラクターががたがたと揺れて止まった。

父とファーガスがふり向き、カメラに向かって手をふった。ジョージまで手をふっている。

ひとりの男が通りに駆けよった。小さな男の子を抱きあげて、父……別名サンタクロースに渡した。赤毛でそばかすの男の子が大喜びで歓声をあげると、サンタクロースはひげをなでつけて、まじめな顔をした。ファーガスは男の子にキャンディ・ケインを渡して、頭をなでた。キャメルのコートの女性がさらに写真を撮ると、男の子は父親のもとに返された。たまたま居あわせた父親は、〈キャロラーズ・モーテル〉の経営者だ。ラスのカメラのシャッターがすばやく切られた。

ファーガスが見物人たちに叫んだ。「クリスマスはどこにいたいですか？」

「クリスマス・タウン！」人々が叫び返した。

「クリスマス・タウンはどこですか？」

「ルドルフ！」

トラクターが音をたててうしろから真っ黒な煙を吐きだすと、車体を震わせて動きだし、一行はゆっくり通りを進み、次の場所でまったく同じことを最初からくり返した。

「これはこれでいいわよ」わたしはラスに言った。「この町のひとを乗せて、《ルドルフ・ガゼット》に写真を載せるのも。でも、本当にあの言葉を広めたい相手はここにいない観光客だし、買い物の予定を変えて、ここではなくてニューヨーク・シティかロチェスターに行こうとしているひとたちなのよね」

「見事な演出だったわよ、ラス」キャメルのコートの女性が走ってきた。「情報をくれてありがとう。自然だったのがいいわ」わたしのほうを見て言った。「すてきなお店ですね。仕事が終わったら、寄りますね」そう言うと、即興のフロート一台きりのパレードを追いかけていった。

「いまのひとは、誰？」

「レニー・スペンサー。最近《ニューヨーク・タイムズ》でライフスタイル面の編集主任になったんだ。ニューヨーク・シティにいた頃、しばらく付きあっていた。ゆうべ電話をかけて、だいじな頼みがあると持ちかけたのさ」

「そうだったの。じつは記者仲間に連絡を取ってくれるようお願いするつもりだったのよ。ゆうべ電話をかけるつもりだったんだけど……ほかのことに気を取られてしまって。すっかり忘れていたわ」

「ファーガスから電話があったんだ。たぶん、きみのお父さんがうしろから、何かすべきだとささやいたんだろうけど。いいニュースでルドルフに対する関心を取り戻したいと言っていた。それも、できるだけ早く。ぼくも同感だったから、レニーに電話したというわけだ」

あのセクシーな笑顔をゆっくり浮かべた。「効果があるかな？」

「あの写真がオンライン版であれ紙面であれ《ニューヨーク・タイムズ》に載ったら、効果はあるわ。ラス、ありがとう」

「お礼ならあとにして。そうだな、今夜、食事でもどう？」

「あら、すてき」ジャッキーが言った。「喜んでいくわよね、メリー？　あら、いけない。さっきの彼女、うちの店にくると言っていたわよね。髪をとかさなきゃ！」ジャッキーは〈ミセス・サンタクロースの宝物〉に戻っていった。

「よし。じゃあ、あとで電話するよ、メリー」ラスは大急ぎで、消えつつあるパレードを追いかけていった。そして、ふり返って、うしろ向きに走りながら言った。「あ、そうそう。ツイッターを見て」

わたしは携帯電話を出してタップした。そして〝ルドルフ〟で検索すると、こんなツイートで画面がいっぱいになった。

#クリスマス・タウン！　ニューヨーク州の買い物とお楽しみの町。大通りでサンタに遭遇。

ツイートはルドルフの観光案内のページにリンクされていた。

別の#クリスマス・タウンのツイートをクリックすると、すべてルドルフに関する似たような内容のツイートが表示された。

ゆうべ、忙しい夜を過ごしたひとがいたらしい。


「ファーガスの発案なんだ」そのあと父が店に寄って言った。「わたしはツイッターが何なのかさえ知らなかった。ゆうべファーガスから電話がかかってきて、必要な予算に対して議会の承認が必要だと言われたんだ」

「予算？　ツイートするのにお金なんてかからないわよ。無料なんだから」

「ツイッターは無料かもしれないが、噂を広める方法を知っているひとたちは無料じゃない」

「ファーガスはどうしてそんなことを知っているの？　ＩＴの知識に関しては、パパと似たようなものでしょう」

「カリフォルニアに住んでいる娘がこの手のソーシャルメディアについて詳しいらしい。ここルドルフでひとりふたりがツイートすれば、充分に勢いがつくと教えてくれたよ。それで、その手のことを専門にしている会社に依頼したんだ」

「それじゃあ、やっただけの効果があることを期待しましょう」

「あるわよ」ジャッキーが今回だけはわたしの許可を得て携帯電話を使いながら言った。

「〝#クリスマス・タウン〟がトレンド入りしているもの」

「〝トレンド入り〟というのが何かはあえて訊かないよ。いいものだということを願っている」父はフロートを公民館の裏に戻したあとまっすぐ店へきたので、まだサンタクロースの衣装のままだった。

「いやだ！」ジャッキーが言った。「反論しているひとがいるわ」

「どういうこと？」

「いま、ツイートされたばかりのものを見て」

#クリスマス・タウン　ルドルフのジンジャーブレッドで死亡。
#安全なクリスマス菓子を買うなら、ニューヨーク州マドルハーバーへ。

「厚かましいにもほどがあるわ」わたしは言った。「こんなことを言っていいわけ？」

「ソーシャルメディアでは、誰が何を言ってもいいのよ」ジャッキーが答えた。

「そんなのは公正じゃないな」父が言った。「きっと逆効果だ。そんな発言をしていたら、このあたり全体からお客が逃げてしまうだろう」白いひげが憤りで震えていた。

「政治家たちにそう言って」わたしは小声で言った。

びっくりしたことに、お客がまとまって入ってきた。四人ともそろって背が低く、丸々としていて、白髪の女性だ。ジャッキーはすばやく携帯電話を閉じて、応対に出た。

「サンタクロースの写真を撮ってもいいかしら？」ひとりがくすくす笑いながら尋ねた。

「ホー、ホー、ホー」父が声をあげた。

「わたしが撮りましょうか」ジャッキーが申し出た。「そうしたら、みなさん全員で撮れますから」

大きなモミの木のツリーが背景に入るように、女性たちがすばやく隅に集まると、父はふたりの女性の肩に腕をまわした。女性たちは肩を寄せあい、そっくりな茶色い目を輝かせ、そっくりな笑顔を浮かべた。ジャッキーは「はい、チーズ」と言って、シャッターを切った。すると女性たちは並び方を変えて、ジャッキーにほかの携帯電話を渡して、さらに写真を撮った。

「信じられないわよね」女性のひとりが言った。「本物のサンタクロースと会えるなんて」

四人はそっくりな声でくすくす笑った。

「すてきなレディーたちはどうしてこの町へ？」サンタクロース、すなわち父が尋ねた。

「わたしたちは姉妹なんです」ひとり目の女性が答えた。「いまは離れて住んでいて、みんな子どもがいて、その子どもたちにも子どもが生まれて……」

「……それに別れた夫に、二番目の夫に、その親たちがいて……」

「……もうクリスマスだからって集まれなくて。だから毎年、姉妹の日を決めているの……」

「……十二月初めにね。いつもはニューヨーク・シティに行くのだけれど、今年は何か……」

「……ちがうことをしようって……」

「……でも、ここへきてよかったわ。最初こそ、恐ろしく活気のない町だと思ったけど……」

「……でも、パレードがはじまって……」

「……サンタクロースに会えて……」

「……完璧よ」

四人がもう一度わたしを見て、そっくりな笑顔を浮かべた。

ひとり目の女性が言った。「わたしたち、四つ子なの」

そうでしょうとも。

四人は買い物をしながら、にぎやかな声をあげ、こんなふうに叫びつづけた。「ジューン、この品物を見て！」

「金曜日と土曜日は真夜中まで営業しています」わたしは休みなくレジスターを打ちながら言った。「ほかのお店もすべて。精肉店は外でホットドッグを売りますし、《ヴィクトリアの焼き菓子店》ではジンジャーブレッドを売りますし、それから……」

「そっちは遠慮しようかしら」女性のひとりが言った。「あの男性が死ぬことになったジンジャーブレッドでしょう？」

「いいえ」厳密に言えば、嘘じゃない。ヴィクトリアのクッキーのせいでナイジェルが死んだわけじゃない。ドラッグは焼きあがったクッキーに誰かが加えたのだ。

「ばかなことを言わないでよ、ローズ」姉妹のひとりが言った。「そんなのはギャングの仕業に決まっているじゃない」

「ギャングの仕業？」わたしは訊いた。

「イギリスのギャングがその男のひとをここまで追ってきて殺したのよ。被害者はギャングの悪事を暴露するためにニューヨークへきたのね。どこにでもあることだわ」

「イギリスのギャングはよくいるんですか？」わたしは訊いた。

「新聞を読んでないの？」わたしを見て言った。「《エンパイアステート・エンクワイアラー》に載っていたわよ」信頼できる新聞ではないけれど、この女性がそう信じているなら、喜んで賛成する。

四人姉妹が買い物をしているあいだ、父は贈り物を選ぶのを手伝い、ポーズをとって写真を撮らせた。そしてドアのそばに立って手をふりながら、包みや袋をたくさん持って店を出ていく姉妹たちを見送った。そしてジャッキーとわたしが棚に空いた穴を埋めていると、店の奥へ入っていった。

そして大きな箱を抱えて、数分後に戻ってきた。

「床に置いてあったぞ。これを飾りなさい」それはガラスの彫刻だった。電飾鼻のトナカイ、ルドルフがサンタクロースの橇を引いているのだ。いかにもベタで、だからこそクリスマスそのものだった。

「いまはやめておくわ、パパ」わたしは言った。「さっきのお客さんのおかげで、おもちゃとツリーの飾りがかなり減ったから。そこを補充しないと」

りはじめた。

「これは店の誇りにすべきだ」父は店の真ん中のいちばん目立つテーブルで置き場所をつく

そしてテーブルにすべて並べ終えて、少し離れた場所で出来ばえを確かめていると、ドアの鐘が鳴って、ラスが《ニューヨーク・タイムズ》の女性と一緒に入ってきた。ジャッキーは歓声をあげて、いそいそと応対に出た。

「レニーはいい写真が撮れたようだ」ラスが言った。

「サンタクロースのおかげです」レニーは父に笑いかけた。「ここは本物のクリスマス・タウンですね。でも、残念ながらもう行かなくちゃ」レニーがほほ笑むと、ラスも笑い返した。

「思っていた以上に夢中になって時間を取られてしまったので、もう帰らないと。本当はもっとゆっくりして、買い物をしたいんですけど……まあ、これを見て」

レニーは中央のテーブルに駆けより、赤いネイルが美しい指でルドルフの鼻をなでた。

「ラッセル、これ、最高よ。きっと母が喜ぶわ。いかにもクリスマスって感じのベタなものを集めているの」

「ベタなものが欲しいなら」ジャッキーがぽつりと言った。「〈ルドルフズ・ギフトヌック〉にいくらでもありますけどね」

13

その日の午後遅く、スー＝アン・モローが店に飛びこんできた。「あんなに見事な方法で、みんなにルドルフのことを語らせるなんて、ファーガスったらすごいわよね」

「ええ、そうですね」わたしは同意した。

「しかも、たまたまこの町に好意的な《ニューヨーク・タイムズ》の記者がラッセルを訪ねてきて特集を組んでくれるなんて、ずいぶん都合がいい話だわ」

「みんなでルドルフを支えていますからね」わたしは言った。

スー＝アンは手袋をはずした。「そこがルドルフのいいところよね、メ、メ、メ、メアリー？」

「メリーです」

スー＝アンは気まずそうに忍び笑いをした。「間違えるなんてばかよね。もちろん、フロートを出すように勧めたのはあなたのお父さんなんでしょう。ツイッター作戦も。すばらしい案だわ。あんなに巧妙で、現代的な作戦をファーガスが自分で思いつくはずがないもの」

「ファーガスの娘さんが考えたって聞きましたけど」

スー＝アンが左手をふった。特大サイズのスクエアカットのダイヤモンドにモミの木のツリーの照明があたり、緑と赤の光を放っている。「ノエルったら、今回もまた謙遜しているのね。命でも懸かっていなければ、ファーガスに独創的な提案なんてできないことはみんなが知っているのに」

「何か必要なものでも？」ジャッキーが声をかけた。

スー＝アンは店内を見まわした。美しい商品が、美しく並べられている。わたしはこの店のひと部屋だけでクリスマスの精神を表現するのが好きなのだ。

クリスマスは——たとえ、装飾品やおもちゃがどれほど美しくても——物質的なものではない。クリスマスは家族と地域社会のものであり、太陽がまた昇り、いずれ春が訪れるという希望であり、幼児キリストの誕生を祝うものだ。でも、何も飾らずに祝うことができるだろうか？　家を美しく飾って、歓迎の気持ちを表すこともせずに祝えるだろうか？　〈ミセス・サンタクロースの宝物〉は、人々がそうやって家を飾る手伝いをしているのだ。

「すてきなお店ね」スー＝アンはガラス玉にそっと触れた。「お客さんがいないのが残念だけど」

「さっきまで忙しかったのよ」ジャッキーが言った。

「あともう少しでクリスマスだけど、期待していたくらいに忙しい？」スー＝アンが訊いた。

ジャッキーとわたしは目を見あわせた。期待ほどではないと認めざるを得ない。

「ファーガスのきょうの派手なパフォーマンスでもまだたりないし、遅すぎるわ」スー＝アンは言った。「ホテルの予約は減っているし、レストランのキャンセルも相次いでいる。ルドルフへきたお客が、それも重要なお客がサンタクロースがいるパーティーでジンジャーブレッドを食べて死んだら、どう思う？」

「ヴィクトリアは……」

「ええ、ええ。ヴィクトリアがわざとあのクッキーにドラッグを入れたわけじゃないことは、よくわかっているわ。少なくとも、警察はそう結論を下している。でもね、メリー、それは問題じゃないの。わかる？　いったん、そういうニュースが広まってしまったらね。町を守るためには強烈な対策が必要なのよ。それなのに、わたしたちは何をしてもらった？　臆病なファーガス・カートライトはカーテンの陰で嵐が通りすぎるのを待っているだけ。頼りになる町長なら、すぐにメディアを呼んで対策を示したでしょうね。ファーガスは事件の翌日に何かすべきだったのよ。ニューヨーク州のすべての新聞社の記者をルドルフに招待すべきだった。そして、記者たちにジンジャーブレッド・クッキーを食べさせたはずよ。自分が真っ先にカメラのまえで大きな口を開けてクッキーにかじりついたあとでね」スー＝アンは鼻を鳴らした。「でも、ファーガスがいまも、これまでも頼りになる町長でないことは誰もが知っていることだから」

「でも、いまはちゃんと仕事をしているわ」ジャッキーが言った。

「さっきも言ったように、まだたりないし、遅すぎるのよ。でも、まだ希望を捨ててはだめよ。メリー、あなたのお父さんが切り札を隠しているでしょうから。間違いないわ」スー＝アンは大きなため息をついた。「わたしの唯一の願いは、ノエルがいかに貴重な提案をしてくれているのか、ファーガスが理解してくれることよ。そうは思えないけど。ファーガスは自分勝手なやり方を通すのが大好きだから。言っている意味はわかるでしょ？　それに、どんなによい意見でも、自分の考えにあわないと、すぐに無視してしまう。あら、もう行かないと。来週またきて買い物をするから」

「気に入ったものはいますぐ買ったほうがいいわ」ジャッキーが言った。「この店の商品は職人ひとりひとりの手作りがほとんどだから、売り切れてしまったら、もうそれでおしまいよ」

わたしが〝あの顔〟と呼んでいる表情が、スー＝アンの念入りに化粧した顔に浮かんだ。自らの言葉で墓穴を掘ったことに気づいたひとの表情だ。小売業の世界では〝また、あとでくる〟は〝早く帰りたい〟を意味するのだ。「残念だわ」スー＝アンは言った。「でも、小切手帳を持たずにきてしまったから。うっかりしていたわ」

「メリーなら喜んでツケにしてくれると思いますよ」ジャッキーはまじめな顔で言ったが、目の輝きは隠せていなかった。ジャッキーは楽しんでいるのだ。彼女は〝あの顔〟に売りこむのが得意だった。

「いいの、いいの。そんなことは考えていないから。借りをつくりたくないのよ」スー＝アンは声をひそめて身を乗りだした。ジャッキーとわたしも顔を突きだした。ほかにどうしろと？

「ずっと決心がつかなかったんだけど」スー＝アンは小声で言った。「思いきって町長選に出ることについてよ。ファーガスが今度の……事件で……あまりにも対応が悪いものだから、決断したの。だって、この一週間ずっと出馬してくれって頼んでくるひとたちの電話が鳴りっぱなしなんだもの。選挙のときに、きょう話したことを覚えておいてね、メリー。それから、えっと……」

「エレノアよ」ジャッキーが言った。

「ええ、エレノア、あなたも。メリー、あなたのお父さんに応援してもらえれば、本当に助かるの」スー＝アンが手袋をはめた。「さて、本当に急がないと。ほかのお店も見てまわりたくて。みんなの様子をね。心の支えになってあげたいから」

スー＝アンは手をふりながら出ていった。

「エレノア？」わたしはジャッキーに言った。

「クレメンタインにしようと思ったけど、ちょっとちがいすぎるかなって。まあ、あたしの名前なんてもう忘れているでしょうから、どっちでもいいだろうけど」

「スー＝アンに投票するの？」

ジャッキーは肩をすくめた。「投票なんてしないわ。時間の無駄だもの。そろそろ六時よ。もう出かける？」

「ええ、すぐに。スー＝アンのことは知っているの？」

「あたし？　何も知らないわ。ほぼ、ゼロね」

「地元の人間ではないわよね」わたしは言った。「わたしがマンハッタンにいるとき、ここに引っ越してきたんだわ。どこに住んでいるの？」

「あなたの家の近く。確か、ウィロー通りだったはず。どちらにしても、湖の近くよ。どうして？」

「結婚していたわよね？　子どもはいるの？」

「そう、結婚しているわ。あたしの知っているかぎりでは、子どもはいない。だんなさんはあまり出てこないわね。少なくとも、このあたりで見たことはない。政治的な賢さがないから、スー＝アンが表に出さないんだって噂よ。きっと、地下の壁に鎖でつながれているんでしょ」

「スー＝アンが町長選に立候補することを考えているのは、たいていのひとが知っているの？」

ジャッキーの目がきらりと光った。「だから、あたしはぜったいに投票しないわけ。みんな、偽善者なんだもの。出馬してくれって頼まれたとか、決断を迫られたとかいう話も全部そう。何カ月も声高に出馬することをほのめかすくらいなら、〝スー＝アンを町長に〟っていう電光掲示板でも首から下げておけばいいのよ。スー＝アンはたぶんまた店にきて、何かを買っていくわよ。それも、おそらく一年でいちばんの書き入れ時に。あたしたちが気づかないときに、ほかのひとたちにこの店にいる姿を見せたあと、一ドル九十九セントのオーナメントを買うために」

「うちは一ドル九十九セントのオーナメントなんて売ってないわよ」

「何でもいいわよ。言っている意味はわかるでしょ」

「わかるけど」

わたしは壁にかかっている時計を見た。六時十分まえ。まもなくクリスタルが店にきて、九時の閉店までジャッキーを手伝ってくれる。わたしは熱い風呂と、ふかふかのバスローブと、温かいスリッパと、おもしろい本と、早くベッドに入るのを楽しみにしていた。明日はとんでもない日になるだろうから。午前九時に開店して、午前零時まで営業しなければならないのだ。ジャッキーとクリスタルも午後から夜まで手伝ってくれるけれど、それでも十五時間は店に立つことになる。

それを思うだけで、あくびが出た。

「もう寝るの?」クリスタルが店に入ってきた。

「きっと、年をとりつつあるのね」わたしは言った。「まだ六時なのに、人生のいちばんの望みがお風呂《バス》と、本《ブック》と、ベッドなんだから。三つのBよ」

「もう年なのよ」クリスタルはコートのファスナーをおろした。クリスタルはあの手のタイプの人間なのだ。少し空気が読めないところがある。才能にあふれ、聡明すぎて、みんなが、みんな本心を聞きたいわけではないことに気づかない。

「そうね」ジャッキーが話に割りこんできた。ジャッキーは逆にいつも自分が言っていることを正確にわかって口にしている。「年をとって、責任が重くなったのよね。あーあ」

「何かあったら、家にいるから」わたしはコートを取ってくるために、店の奥へ向かった。

「でも、ものすごい緊急事態が発生したときだけにして」

携帯電話が鳴り、メールの受信を知らせた。わたしは携帯電話を手に取った。ラスからだった。


〈ア・タッチ・オブ・ホリー〉を七時に予約した。店で会おう。


わたしはうめいた。

「何か、悪いこと？」クリスタルが訊いた。

「予定を忘れていたの」

両手で持っていた携帯電話を、うしろからクリスタルがのぞきこんだ。わたしはすばやく隠したけれど、それほど速くなかった。

「予定だって！」クリスタルがかん高い声で言った。「メリーったら、北ニューヨークでいちばんかっこいい男のひととデートするのに〝予定〟なんて言うんだから」

「とうとうアランと付きあうことにしたの？」ジャッキーが言った。「よかったじゃない」

「アランじゃないわ」クリスタルが言った。「ラス・ダラムよ」

「ラスがいちばんかっこいいと思っているの？　嘘でしょ。アランよ。まあ、カイルの次だけど。でも、あたしが思い浮かべているのはメリーの年代の男たちだから」

これまでデートしたなかで〝メリーの年代〟の男たちと、もっと若い男たちのどちらがよかったかについて言い争っているふたりを残して、家へ向かった。ラスとの食事の約束をすっかり忘れていたなんて信じられなかったし、〝北ニューヨークでいちばんかっこいい男のひと〟とルドルフでいちばん高級なレストランで食事をするより、家に帰ってお風呂に入ってベッドに潜りこみたいと思っているなんて、とても信じられなかった。家に帰って、マティーを散歩させて、シャワーを浴びて、夜の外出のために着がえるのに、残された時間は一時間弱。わたしは走りだした。

マティーを散歩に連れていってからシャワーに飛びこんだ。何を着ていこう。マンハッタンに住んでいた頃に上等なお店で食事をするのにふさわしい服を何着も買っていたけれど、気取っているとは思われたくない。でも、ルドルフにあわせて、わざとカジュアルな服を着ているとも思われたくないのだ。

わたしは服をベッドに放り投げた。

母がカジュアルな服装をしても、誰も非難しないだろう。でも、わたしはママじゃない。細身の黒いリネンのワンピースを手に取った。ちがう。ブーツにあう服がいい。小さなバッグに靴を入れて出かけたくない。黒のドレスもベッドに放り投げられた服の山に加わった。マティーは首をかしげ、不思議そうな目で、なりゆきを見守っている。また置いていかれることに、まだ気づいていないのだ。気づいたら、不思議そうな目は純粋な失望の目に変わるだろう。

黒いパンツに、ノースリーブの黒いシルクのブラウスを着て、青と緑のジャケットをはおることにした。この格好なら、アンクルブーツをはける。そして、ずっしりとした緑のネックレスにするか、緑と青のスカーフにするか悩み、レストランが寒い場合に備えてスカーフに決めた。そしてピンクの口紅を薄く塗って、頬紅を少しのせた。鏡のなかの自分をじっと見つめて、最後にもう一度カールした黒髪をふわっとふくらませると、神と両親から与えられた素材で、最善は尽くしたと結論を下した。

レストランに着くと、ラスはすでにきていた。わたしが店に入っていくのを見て、ラスは顔を輝かせた。そして立ちあがって、わたしが席に着くのを待った。

「きれいだ」ラスは近づいてきて、コートをぬぐのを手伝って、女主人に渡した。

わたしはほめ言葉にもごもごとお礼を言った。ラスはとても大柄なので、お店がせまく感じられた。とても近くにいるせいで、アフターシェイブ・ローションと、男性ホルモンのにおいがした。ラスはぴったりとした黄褐色のズボンをはき、青の細いストライプが入ったぱりっとしたオープンシャツを着て、黒のジャケットをはおっていた。伸縮性のあるジャケットが肩と上腕の筋肉を包んでいる。ラスは薄茶色の目でわたしを見てほほ笑んだ。心臓が走りはじめた。

「マダム？」横で立っていたウエイターが声をかけてきた。

引かれた椅子に腰をおろした。ラスは小さいテーブルの反対側にまわって、自分の席に着いた。鼓動がいつもに近い速さに落ち着いて、やっと息ができるようになった。

わたしはウエイターがメニューを置けるように身体を起こした。レストランのテーブルは半分ほどしか埋まっていなかった。照明は控えめで、テーブルに置かれたガラスのボウルで、キャンドルが灯されている。テーブルは糊《のり》のきいた白のクロスが敷かれ、ナプキンも白で、食器は銀だった。ワインと水のグラスが穏やかでやわらかな光に照らされて輝いている。

「ワインを頼む？」ラスが訊いた。「今夜はどちらも運転しないから」

「いいわね」ラスがうちで寝ることを考えている場合に備えて、こう訊いた。「ところで、あなたはどのあたりに住んでいるの？」

「イースト通りだ。湖からそれほど遠くない」ダウンタウンから歩ける距離だ。

わたしはナプキンを広げた。

それからふたりでルドルフでの生活やニューヨーク・シティで暮らしていたことについて、気楽に話した。ラスは小さな街の新聞社にいたが、新聞社が多国籍企業に買収されると、お決まりの人員整理がはじまった。ラスは解雇されなかったものの、書くことに限界を感じて、可能性を探りはじめた。

「新聞は至るところで死にかけている。廃刊にならない新聞は買収されるか、効率化されるかだ。効率化というのがどんなことを意味するにしてもね。ぼくは《ルドルフ・ガゼット》の編集発行人のポストが空くという話を耳にした。《ルドルフ・ガゼット》は彼の父の昔からの友人が経営していて、創刊して以来四十年近く新聞を発行してきたんだ。その発行人は心臓発作を起こしても仕事量は減らしたくないと言っていたんだが、二度目の発作を起こして、医師の指示に従わざるを得なくなった。彼は新聞社自体は家族で経営することを望んだが、日々の新聞の発行はひとにまかせることにした。長年つとめた社員はよそ者が入ってくることを喜ばなかったらしいが、彼はいい考えだと思った。新聞の世界は急速に変化しているから、《ルドルフ・ガゼット》には新しい考えを持ち、新鮮な方法を実行できる人間が必要だからね。『ずっと、このやり方でやってきたんだから』なんて言わない人間が」

ラスがワイングラスの縁のうえから、にっこり笑いかけてきた。注文したのはオレゴンのすばらしいピノノワールだ。「新聞記者として小さな町へ移ったり、地方紙で働いたりすることを望む者は多くないけど、ぼくにとってはちょうどいい時期だったし、住み慣れた土地を離れることを心配する妻子もいないから。ぼくの家族はルイジアナ出身で……」

「そうだろうと思っていたわ」

ラスはほほ笑んだ。「……両親はニューヨーク州もニューヨーク・シティも同じだと思っている。外国みたいなものだよ。フランスと変わらない」

わたしは笑った。

「とんでもない学習曲線だったよ。ニューオーリンズからニューヨーク・シティへ行って、そこからルドルフへきたんだから。でも、ここへ移ってきてよかった。この町には何かが……」

「わかるわ。戻ってこなかったら、どれだけこの町が恋しかったか気づかなかったと思う」

ウエイターが最初の料理を運んできた。わたしはサラダで、ラスはジャガイモとニラネギのスープだ。もちろん十二月のルドルフであり、メニューの目玉は〝あらゆる付けあわせ〟

と組みあわせた七面鳥のローストと、プライムリブだ。デザートにはキャンディ・ケインのチーズケーキ、伝統的なプラム・プディングのブランデーソースがけ、さまざまな種類の自家製パイなどがある。

「今度の町長選挙について、何か感じてない？」わたしは訊いた。

「やぶから棒の質問だな」

「きょう起きたことで、思いついたことがあるの」

「ファーガスは再選を狙っているが、強力な対抗馬が現れた。おそらく、スー＝アン・モロー」

「スー＝アンが勝つ見込みはある？」

ラスはスープのスプーンを置いた。「先週なら、接戦だと言ったかもしれない。ファーガスはもう力量がわかっているし、手堅くて、信頼できる。ひどく鈍いが、有権者はそういう町長を好む。物事が順調に運んでいるときは、計画を覆すような人物は望まないから。それがファーガスだ。その一方で、いままでとちがって、これからは物事がそう順調に進まないのではないかと心配する人々もいる。観光客がいまのようにきてくれなくなったら、改革をして、変化をもたらすことが必要だと。それがスー＝アンだ」

「先週ならと言ったわよね？」

「今回のナイジェル・ピアスの件で、状況が変わった。観光客がこなくなるかもしれないと、ほんの少しほのめかされただけで、町民は動揺した」ラスは片手をふって、まわりのテーブルを指した。「木曜日の夜にしては悪くないのかもしれないが、満席になってもいいはずだ。今週、きみの店はどうだった？」

「暇だったと認めざるを得ないわね」

「ここにくるまえにいくつか電話をかけたんだけど、どうやらツイッター作戦とレニーが撮った《ニューヨーク・タイムズ》のウェブ版の写真が功を奏したらしい。バス会社が〈ユーレタイド・イン〉を再予約したし、〈キャロラーズ・モーテル〉も新しい予約が二件入ったと言っていた」

「よかったわ」

「ああ。でも、ファーガスはもっと早い時期に、すばやく行動すべきだったと言う人々もいる。一部だけどね」

「文句を言うひとは、いつだっているわ。ファーガスがやったことをきちんと評価すべきよ」

ラスがワイングラスを掲げた。「それじゃあ、作戦の成功に乾杯だ」キャンドルの灯りで、薄茶色の目に緑色の斑点が浮かびあがった。レストランにくるまえにひげを剃らなかったらしく、あごのひげが伸びて影ができている。

わたしはワインをすばやく飲み、頭を引き戻した。「つまり、スー＝アン・モローはルドルフのクリスマス・シーズンが台なしになったおかげで、立候補するのね」

「メリー、いったい何を考えているんだ？」

「わからない。さっき、スー＝アンがうちのお店にきたの。町長選に出ることを発表するらしいわ。スー＝アンはファーガスの対応を――彼女の言葉をそのまま借りれば――あまりにもたりないし、あまりにも遅すぎたと公然と非難している。頼りになる町長だったら、もっとちがう対応をしただろうって」

ラスはワイングラスを置いた。「スー＝アンがナイジェル・ピアスにドラッグを飲ませたと思っているのかい？」

わたしたちのまわりでは会話が弾み、人々が笑い、フォークとナイフが食器にあたり、グラスと盛り皿が音をたてていた。

「誰かがやったのよ」わたしは思い出させるように言った。「あなたは新聞記者でしょう。警察はどう考えているの？」

「ふたつの仮説のうち、ひとつはこうだ。ピアスとともに、あるいはピアスを追って、ルドルフへやってきた人物。パーティーの状況を利用して、クッキーにドラッグを加えて、町を去った」

「もうひとつは？」

「ドラッグを飲ませたのは行きずりの犯行で、特定の人物を狙ったわけではなく、ピアスが死んだのはたまたまだった」

「観光地にとっては、決していいニュースではないわね」

「そのとおり。ピアスが敵を連れてきたほうがずっといい。そうすれば、当然ながら、敵はもうとっくにルドルフを去っているからね」

「簡単にできたと思うわよ。わたしはパーティーに出席していた。あなたも。会場は町民以外のひとが大勢いた。それこそがパレード後のパーティーの目的だったのだから。あれは町民のためのパーティーではなく、観光客のクリスマス気分を盛りあげるためのパーティーだから。お金を使ってもらうために、とも言うけど」

「警察はあの夜にぼくが撮った写真をすべて確認していた。誰かを探しているみたいだった。〝怪しい行動〟をしている人物を」

「匿名の電話について考えたの」わたしは言った。「解剖の結果をあなたに教えた電話」

「それで？」

「おかしいと思った？」

「とくに思わなかったよ。ぼくみたいな仕事をしていると、匿名の電話は珍しくないんだ。たんに騒ぎを起こしたがっているひとの場合もある。近所のひとの秘密をもらしたり、父親が娘のボーイフレンドを厄介事に巻きこんだり、女性がほかの女性の夫の浮気を告げ口したり。でも、道理にかなった話の場合もある。話すべきことがあるのに、さまざまな理由で表立って話すことができない場合とか。今回の電話は間違いなく後者だ。信頼できる情報だった」

「声の主はわからなかったのよね？」

「ああ。布か何かでごまかされていたからね」

「女性だった可能性はある？」

「話せる馬だった可能性だってあるさ。メリー、どうしてそんなことを訊くんだ？」

「パスタはどちらでしょう？」

背中から声がして、わたしは飛びあがった。ウエイターがメインの料理を運んできたのだ。ウエイターはシーフードとハーブがたっぷり入った、いいにおいがするパスタをわたしのまえに置いた。ラスはステーキとフライドポテトだ。

「ラス」わたしは料理を食べながら言った。「パレードのときのことを覚えている？　わたしのフロートのことを」

「きみが渋滞を引き起こして、キャンディ・キャンベルがいまにも重罪を科そうとしていたことなら覚えているよ」ラスはにやりとした。

わたしはトラクターについて話そうと口を開いた。誰かがワイヤーの接続を逆にしたことに、ジョージが気づいたことだ。

「メリー、とてもきれいよ」声をかけられたほうをふりむくと、母がいた。母は身をかがめて、わたしの頰に軽くキスをした。「それに、ラッセルも。すてきだわ」ラスはあわてて立ちあがって、手袋をした母の手を取った。

「こんばんは、ママ。パパも」

父はわたしにうなずいた。今夜はサンタクロースの衣装ではなく、ぞっとするほど悪趣味な赤と緑のクリスマス模様のセーターとジーンズだった。母はきらきらと輝く金色のチュニックにゆったりとした金色のパンツをはき、ダイヤモンドのイヤリングをして、首には太い金色のチェーンを巻いている。

「ご一緒したいところなんですが」ラスは言った。「このとおりで……」ふたり用の席であることを示した。

「じゃまをしようなんて夢にも思っていないわ」母が言った。「どうぞ、ディナーを楽しんで」

レストランの女主人はふたりを席に案内するために、まだそばで待っていた。母は女主人のあとをついていきながら、まるでメトロポリタン歌劇場で六回目のアンコールに応えているかのように、知った顔を見つけては笑顔で手をふっている。

「今夜は、どうしてここにきたの？」わたしは父に訊いた。両親はめったに一緒に外食をしない。この点でも、ほかの多くのことと同様に、ふたりの好みは正反対だった。父は家で食事をするのが好き。母はレストランで食事をするのが大好きで、気取った店であれば、さらによかった。そんなわけで、ほかの場合と同じように、ふたりは互いに歩みより、母は週に一、二回ずつ友人たちと食事に出かけ、父はおもしろい本を読みながら、温め直した食事をトレーにのせて食べるのだ。

「わたしたちはルドルフでも目立つ市民なのだから、地元の店を応援しているところを見てもらったほうがいいと、アリーンに言われてね。いつものようにママは正しいから、こうしてきたのさ」

「パパにとってもよかったわね」わたしは言った。

「《ニューヨーク・タイムズ》のウェブ版に載った、きょうの午後の写真は見ましたか?」ラスが尋ねた。

「ああ」父がにっこり笑った。「うまくいったんじゃないか」レストランを見まわした。「あと二週間、さらなる悲劇や災難に見舞われないことを祈ろう」父は母のところへ歩いていった。

「きみのお父さんはすばらしいひとだ」ラスは言った。「ノエルというのは本名なのかい? 衣装を着ていてもいなくても、本当にサンタクロースそのものだ」

「父はクリスマス当日に生まれたから、それでノエルという名前を付けられたの」

「そして、お母さん。アリーン・スタイナーだろう。すごいな」

「母を知っているの?」

「メリー、ぼくだって、まったく教養がないわけじゃない」ラスは怒ったふりをしたが、目は笑っていた。「両親がクラシック音楽好きでね。ぼく自身もお母さんのCDを持っている」

「いつか、母にサインをねだってあげて。大喜びするから。歌手を引退したときにオペラの世界からも身を退《ひ》いたんだけど、ときどき恋しくなるみたいで」

「そうするよ。でも、いまはこのキャンディ・ケインのチーズケーキをいただくことにする。きみは?」

「コーヒーだけにするわ。ありがとう」わたしたちはほかのことについて話しつづけ、トラクターについて話すつもりだったことを思い出したのは、晴れているけれど寒い夜のなかに出るまえに、コートを着ているときだった。だが、ラスは冬について、ルイジアナ出身らしく、冬が大好きなことに気づいて驚いたという話をはじめていた。

「あなたはルドルフにきっとあうわ」わたしはラスの腕を取りながら言った。「そして、故郷でくつろげるように、わたしたちは七月二十五日もクリスマスを祝うの」

わたしたちはルドルフの暗く静かな通りを歩いた。ふたりとも何も話さなかったが、ラスはわたしの隣で歩調をあわせて歩いていた。デートの相手を家まで送るのは、男にとってごくあたりまえのことだと、わたしは自分に言い聞かせた。頭上では空気が冷たい夜にしか見えないほど、星がたくさん輝いていた。数人がウインドーショッピングをしており、〈ミセス・サンタクロースの宝物〉のまえを通りかかったとき、女性が連れにこう言うのが聞こえた。「あの兵隊のくるみ割り人形、すごくかわいくない?」

ラスは大げさにウインクをしてみせた。

外の照明をつけたままにしておいたので、ショーウインドーはうっすらと青みがかった白色のやわらかで趣味のいい光に包まれていた。隣の〈ルドルフズ・ギフトヌック〉では赤と緑の電球が輝き、原子力発電所にエネルギーを供給している。

家に着くと、わたしは足を止めて、ラスの腕からそっと手をはずした。

「まだ早い時間だ」ラスが言った。「一杯ごちそうしてくれるかい?」

わたしは大きく息を吸いこんだ。「そうね、まだ早い時間だわ。でも、明日は忙しいから」

「それじゃあ、また今度」

「ええ、また今度」わたしは背を向けて、玄関までの道を歩いた。正面のカーテンが揺れた。かわいそうに。ミセス・ダンジェロはがっかりしただろう。

なかに入ると、マティーが吠えて挨拶をした。

14

わたしは一歩さがり、自分の仕事に惚れ惚れした。店はまさに輝いており、ぬいぐるみのサンタクロースの顔もきのうはこんなに笑っていなかったはずだ。隅にあるモミの木のクリスマスツリーの飾りも、まるで内側から輝いているかのようだし、陶磁器の大皿とガラスのオーナメントもわずかな埃もかぶっていない。十二月の朝の暗さに文句を言いながら店に着いたとき、棚や陳列用キャビネットに隙間が空いているのを見て、とてもうれしかった。クリスタルとジャッキーは昨夜とても忙しかったにちがいない。わたしは喜んで棚の隙間を埋めながら、品切れになり、再発注が必要なものをｉＰａｄに書きとめた。

店にくるまえに〈ヴィクトリアの焼き菓子店〉に寄ってラテとブルーベリースコーンを買ったが、ヴィクトリアには挨拶できなかった。ガラス越しにカウンターの向こうをのぞくことはできたが、ヴィクトリアと手伝いのひとたちが動いている姿はぼんやりとしか見えなかった。今夜はミッドナイト・マッドネスであり、ルドルフの店とレストランにとっては、一年で最も忙しい週末のはじまりとなってくれることを祈る夜だ。

店主たちは前年より売上げが落ちていることを心配していた。ナイジェル・ピアスが死亡したニュースが報道されたあとにキャンセルされた予約もまだ戻っていない。それでも、ルドルフの住民は楽天的で――これこそクリスマスの精神だから――すべて、いつもどおりに戻ったふりをすることに決めていた。

わたしは母が歌うクリスマスソングのCDをかけて仕事をしているうちに、いつの間にか自分も歌っていたことに気がついた。わたしは母が友人に、娘の声を聞いて夕暮れの池で鳴いているカエルの声を思い出したと話しているのを耳にしたことから立ち直れていない。歌うのが大好きだけれど、その日から決して誰にも聞かせないように注意してきたのだ。わたしの音楽の才能はすべて父から受け継いでいる。つまり、まったく才能なしということだ。子どもに同じ道を歩ませることを強く望んでいた母にとって幸いだったことに、妹のキャロルは美しい声とともに成功に必要な意欲にも恵まれていた。キャロルは『カルメン』で合唱する一員としてヨーロッパをまわっているため、今年のクリスマスは家に帰ってこない。

九時十分まえには、開店準備ができていた。ラテをもう一杯買いにいく時間があるだろうか、今回はクリームチーズのベーグルも買ってこようかと迷っていると、ドアがノックされた。わたしは腕時計を軽く叩いて、まだ開店まえだと伝えようとしたところで、窓からのぞいている顔に気づいてやめた。

シモンズ刑事だった。とても買い物にきた顔には見えなかった。同行しているのはキャンディス・キャンベル巡査だ。キャンディはひどく険悪な顔をしている。

わたしはドアを開けた。「おはようございます、刑事さん。何かご用ですか?」

「メリー、少しいいかしら?」

だめだと言ったらシモンズ刑事がどう反応するか見たくて、言ってみようかと考えた。けれども、死の願望はなかったので、一歩さがった。「どうぞ。あと数分で開店しますけど、十一時まではそれほど忙しくないので」

シモンズ刑事は店内を歩きながら、商品をひとつずつじっくり見た。キャンディは戸口で脚を広げて立ち、片手を尻の銃にあてている。逃げだすつもりはないから、落ち着いてと言いかけた。それから死にたくなければ黙っていたほうがいいと思い出し、口を閉じた。

「きれいなお店ね」やっと、シモンズが口を開いた。ターコイズとシルバーのチェーンにぶら下がった滑らかな青い石を指でなでている。

「ありがとうございます。それ、わたしも気に入っています」

「かわいいものばかり」シモンズはアラン・アンダーソンの木の兵隊を手に取った。

「うちの商品の多くが地元でつくられたものです」

「それを聞いてよかったわ」

キャンディが足の重心を右から左へ移した。

シモンズは兵隊をおろした。「ナイジェル・ピアスについて教えてください」

「もう知っていることはすべてお話ししました。たいした話ではないけど。土曜日の午後にこの店にきて初めて会ったんですから。彼は自己紹介をして、写真を何枚か撮って、帰っていきました」

「でも、そのあとも会ったでしょう？」

「それも話しました。公民館のパーティーでって。百人かそこらのひとがいた場所ですよ」

「そこが問題なの」シモンズは言った。「百人が会場で彼を見て、彼が誰なのか知っていた。その多くが彼と話し、写真を撮られた。芝居がかって聞こえたら不本意なのだけれど、怪しい行動をしているひとに気づきませんでしたか？」

わたしは肩をすくめた。「怪しいというのは、どういう行動ですか？　ナイジェルは有名な雑誌のカメラマンだったんです。みんな、彼に会いたがったわ。写真を撮ってもらいたがっていました。わざと避けようとしていたひとがいたら、怪しいと思ったでしょうけど。でも、そんなひとはいませんでした」

「ピアスのカメラで撮った写真をすべて見ました。とても凝った服を着た女性の写真がたくさんありました。あなたのお母さまだそうですね」

「母はオペラ歌手だったんです。現役のときは歌姫と呼ばれていました」本人はいまも歌姫だと思っているとは言わずにおいた。「母はカメラのまえでのふるまい方を知っています。それに衣装を着た母と生徒たちはとても見栄えがしましたから。写真を撮るには打ってつけなんでしょう。ここにいるキャンディに訊いてください。その、キャンディス巡査に」

うしろで、キャンディがまたブーツをはいた脚を動かした。

「訊きました」シモンズは言った。「それに、お母さまにも話を聞きました。あの日のまえにミスター・ピアスに会ったことは一度もないと」

「母がそう話したのなら、本当です。母は何はなくても正直なひとですから」これは本当だ。わたしの歌声についての感想であれ、婚約者同然だった（いまは元・婚約者同然だ）マックス・フォルジャーについての印象であれ、母が言うことはいつでも間違いなく残酷なほど正直で、たいていは正しい。

「カメラにはジャッキー・オライリーという女性の写真もたくさん入っていました。ミスター・ピアスが記事に使えそうなクリスマスらしいところはミズ・オライリーには見あたりませんでしたが」

「ジャッキーは美人ですから」わたしは言った。「男のひとはきれいな若い女性の写真を撮るのが好きでしょう」

うしろで、キャンディが鼻を鳴らした。

「ええ、確かに。ミズ・オライリーはこちらのお店で働いていますね？」

「はい」

「結婚していますか？　恋人は？」シモンズは冷静なグリーンの目でわたしを見据えた。

知らないはずがないのに。シモンズ刑事は答えを知らない質問をしたことがあるのだろうか。

「ジャッキーは結婚していません。付きあっている男性はいると思います」

「そのひとの名前は？」

「カイル・ランバートです」

「そのカイルという男性は嫉妬深いタイプですか？」

「さあ、わかりません」どうして嘘をついたのかはわからない。この質問の行き着く先が気に入らないからかもしれない。誰も厄介事に巻きこみたくないのだ。それに、カイルについてはもう考えてみた。たとえジャッキーに関心を示していたナイジェルに対して腹を立てたとしても、カイルはクッキーにドラッグを入れたりしない。ナイジェルを殴りつけていただろう。それとも、ナイジェルの直接的な死因がドラッグではないという可能性もあるのだろうか？　ナイジェルが口にしたものの大半を公園の雪のうえに吐いたあと、あとをつけていたカイルが死にかけていたナイジェルにとどめを刺したとか？　解剖のことは何も知らないけれど、詳しい結果が出るまでには時間がかかるのではないだろうか？　解剖結果について、また何か耳にしていないか、あとで父に尋ねてみよう。

「もう質問がないなら」わたしは作り笑いをして訊いた。「そろそろ店を開けたいのですが」

シモンズはゆっくりドアのほうへ歩いていった。そして外をのぞき、注意深く左右を見た。じれったそうにドアのまえで並んでいるひとはいない。夢中になって買い物をしたくてうずうずしているお客はひとりもいなかった。

「おっしゃりたいことはわかりました」わたしは言った。「でも、準備しなければならないことがあるんです」

「クッキーについて教えてください」シモンズは言った。

「もう話しました」

「もう一度」

わたしはナイジェル・ピアスのために特別に用意されたチャールズ・ディケンズのクッキーと、そのほかのジンジャーブレッド・クッキーがのった特別な大皿について知っていることを残らず話した。「ヴィクトリア・ケイシーはナイジェル・ピアスを殺していません」

「わかっています」シモンズは言った。

「ヴィクトリアは……何ですって？」

「ミズ・ケイシーはとても賢い女性ですし、自分の仕事にとても誇りを持っています。クッキーに薬物を入れるような冷血な人間が、真っ先に自分が疑われるようなばかな真似をするはずがありません」

わたしは矛盾がふたつも三つもあり、故意に誤解させるところがいくつもあるミステリ小説を思い出した。でも、指摘はしなかった。

「それに」シモンズは言った。「わたしはクロワッサンが大好きなのだけれど、あれほどおいしいクロワッサンを食べたのは久しぶりだったから。女子刑務所の厨房であのクロワッサンが焼かれるところは見たくないわ」

「はい？」

「冗談ですよ、ミズ・ウィルキンソン」

「ああ、冗談。そうですよね」わたしは笑い、キャンディも笑った。

「お時間をいただき、ありがとうございました。もう開店していいですよ。あなたもミッドナイト・マッドネスに参加するのですか？」

「ええ。今夜はずっと店にいます」

「あとで寄るかもしれません。かわいいものがいっぱいあるから」

ほめ言葉に気をよくして、わたしは大胆になった。「町のひとたちは、犯人はナイジェルと一緒にルドルフへきたにちがいないと言っています。ナイジェルと一緒だったのか、彼を追ってここへきたのかはわかりませんけど。そっちも捜査していますか？」

「もちろん、してるわよ」キャンディが鋭い口調で言った。「警察はまぬけじゃないんだから」

「なかなか、いい質問ですよ」シモンズは言った。

「ふん」キャンディが鼻を鳴らした。

「調べたかぎりでは、ルドルフに着いたとき、ミスター・ピアスはひとりでした。ひとりでホテルにチェックインしていますし、掃除係もひとりの人間しか使っていない部屋に見えたと話しています。あとを追ってきた人間がいたかどうかは、難しいですね。ここは観光地で、土曜日には大勢のひとが訪れますから。取材する予定になっていた地元のひと以外で、特定の誰かと接触していたところは目撃されていません」

「何らかの問題に巻きこまれていたということはないんですか？　たとえば、イギリスでとか。もしかしたら、ナイジェルを追ってきたひとは、人目につきたくなかったのかも。彼を殺すつもりだったなら、そうでしょう」

「ミスター・ピアスは行く先々で、必ずしも好かれてはいなかったという指摘はあります」シモンズは言った。「旅行誌の記者兼カメラマンという立場を利用して、何というか、若い女性たちと親しくなっていたようですから」

「若いって、どのくらい？」

「法律に触れるほど若くはないですよ。わたしたちが知るかぎりでは。でも、旅行先で友人がふえるようなタイプではなかった」

ジャッキー。どんな形にせよ、《ワールド・ジャーニー》に載せてもらうために、ジャッキーならどこまで許したのだろう？　もしも必要だと思うことをしたのに、一枚の写真も現像していなかったと知ったら、どんな反応をしただろうか。

ジャッキーが激怒する様はさぞかし見ものだったにちがいない。ジャッキーにとって幸いだったことに、そんなはめには陥らなかった。そして、それは嫉妬深いカイルにとっても幸運だった。

名前を売りたがっていたモデルや、怒りに燃えていたボーイフレンドがナイジェルを追ってルドルフへやってきたのだろうか？　そう考えたところで、ふと思いついた。

「あの夜、ナイジェルはどうして公園にいたんですか？　ひとりきりで。暗くなってから。変ですよね？　あの手の男性が夕食を食べにいって、少しお酒を飲んだとします。誰かと会っていたんじゃないですか？」

「ミスター・ピアスはアルコール依存症の治療中だったと聞いています。何年もお酒を断っていましたが、多くの依存症患者と同じく、彼もいつもとちがう場所でがまんするのは難しかった。どうやら、お酒を飲みたいという衝動を紛らわすために、夕食のまえに長い散歩をするのが習慣になっていたようです」

「まあ」

「メリー、お時間を割いていただき、どうもありがとうございました」シモンズが言った。

「それから……」

「はい？」

「あのターコイズのネックレス。取っておいてもらえるかしら」

「喜んで」

「ありがとう。あとで、またきます」

警官たちはをドアまで送り、札をひっくり返して〝営業中〟にした。

わたしは必要以上に長く、静かな通りを眺めていたのかもしれない。シモンズとキャンディが隣の〈ルドルフズ・ギフトヌック〉に入っていくのに気づいた。

三時になり、警察がジングルベル通りを通行止めにした。そのあと真夜中まで、ルドルフでいちばん大きな商店街であるジングルベル通りは歩行者天国になる。小売店や飲食店が歩道や車道にはみ出して、カートやテーブルを並べるのだ。精肉店はホットドッグの屋台を出していた。ヴィクトリアは正面のドアのまえにテーブルを出して、ジンジャーブレッドやそのほかのクリスマス用のクッキーを売っていた。〈クランベリー・コーヒーバー〉は温かい飲み物だ。次第に人々が集まりはじめ、陽が暮れはじめる頃には商売も活況を呈《てい》してきた。そして、五時にはすっかり暗くなった。

父はサンタクロースの正装をして「ホー、ホー、ホー」と言いながら通りを練り歩き、そのうしろをおもちゃ工房の職人の格好をしたアラン・アンダーソンがついてまわった。目を丸くし、口をぽかんと開けた子どもたちはふたりをじっと見つめている。わたしはとりわけ年長の子どもたちを見ると、わくわくした。サンタクロースの存在に疑問を抱きはじめる年齢の子どもたちだ。父とアランはたいてい、そんな子どもたちを少なくともあと一年は子どものままいさせることに成功する。

そして、母もまた通りを歩いていた。エメラルド色のシルクで縁取りされ、エメラルド色の刺繡《ししゅう》が施された黒くて長いケープを着て、フェイクファーの帽子をかぶっている。遠吠えをする飢えた狼たちに追われて、三頭の黒い馬が引くロシアのトロイカに乗って、雪深い森を疾走していたとしても違和感はなかったろう。母はヴィクトリア様式のドレスとケープと帽子を身に着けた、四人の大人の生徒を引きつれていた。店やレストランに入っては、クリスマス・キャロルを歌って、客たちを喜ばせているのだ。

夜気は身が引き締まるような冷たさだった。雪は降っていないが、雲が厚くかかり、月と星をさえぎっている。町はクリスマスの照明で煌々《こうこう》と照らされており、宇宙からでも見えそうなほどだった。

ジングルベル通りの突きあたりにある公民館の正面には、小さな舞台が設《しつら》えてあった。子どもたちのバンドが音楽を演奏し、ピエロが人々のあいだを歩いて手品を披露し、風船をひねって凝った動物をつくるのだ。こうした催しの目的はすべて人々を店に誘い入れることであり、その点については、この日の首尾は上々だった。

午後七時、ジャッキーがレジスターを担当し、クリスタルは男性が奥さんに贈り物を選ぶのを手伝っていた。お客は減っていたが、一時的なものだ。親たちは幼い子どもを家に連れて帰って食事をさせてベッドに入れているし、大人どうしはレストランを探している。そうした人々がまもなく戻ってきて、また買い物をはじめるのだ。そのとき、母と生徒たちが店に入ってきた。母が基準となる音を出すと、生徒たちが『神が歓びをくださるように』を歌いはじめた。店内の全員が手を止め、満面に笑みを浮かべて聴きいっている。わたしはそっと歩き、クリスマスをテーマにしたオルゴールを並べてある棚の横に立った。

歌が終わると、熱心な拍手が沸き起こった。コーラス隊はお辞儀をして、また夜のなかへ出ていった。

「すてきねえ」女性客が話しかけてきた。「わたしはトロントに住んでいて、毎年クリスマスの買い物をしにルドルフへくるの」橇に乗ったサンタクロースが描かれたオルゴールを手に取った。そして、ふたを開けると、店内に『ジングルベル』のメロディーが流れはじめた。「でも、白状してしまうとね」女性は笑いながら言った。「プレゼントより、自分のものを買うほうが多いの。贈り物がひとつだとしたら、自分用は五つ。このオルゴール、気にいったわ。これをください」

「カウンターでお預かりしておきましょうか？」わたしは言った。「そうすれば、ほかの品物もご覧になっていただけますから」

「この町がこれほどにぎわっているとは、うれしいかぎりだ」耳もとで男の声がした。ふり返ると、町長のファーガス・カートライトが立っていた。

「ええ、本当に」わたしは答えた。

「先週の不幸な出来事の影響は、もうあまりないようだ」

「そうですね」

「ツイッター作戦は娘に教えてもらったんだよ」ファーガスが言った。「賢い子でね。ときどき、貴重な提案をしてくれる」

「すばらしいですね」わたしは少しずつ町長から離れた。ほかに相手をしなければならないお客がいるのだ。

「ラッセルに《ニューヨーク・タイムズ》の友人に連絡してくれるよう頼むことを思いついてよかったよ」

「ええ、そうですね」あれはパパの提案だったのでは？　どうでもいいことだけど。

「仕事のじゃまをしてはいかんな」

ファーガスは地味な黒のスーツに、白いシャツ、黒のネクタイという格好だった。上着には金色のピンを留めている。〝ルドルフ町長ファーガス・カートライト〟と刻まれ、片側には星条旗、その逆にはルドルフのロゴが記されている。真新しい白いシャツには鮮やかな黄色の染みがついていた。ファーガスに教えて店の奥で落としてくるよう勧めようとしたところへ、ほかならぬスー＝アンがやってきた。

町長と町長候補は互いをにらみつけた。だが、次の瞬間には、どちらもにっこり笑った。そして店の真ん中で、熱心に握手をした。

「今夜は成功のようね、ファーガス」スー＝アンが言った。

「ああ、そのようだ」ファーガスがにっこり笑った。

「〈ユーレタイド・イン〉のお客がマドルハーバーで食事をすると言っていたらしいわ」スー＝アンが声をひそめて言った。「あっちで食事をしたら、買い物もあっちですませるわよね」

「今夜はマドルハーバーも遅くまで店が開いているんですか？」ふたりに尋ねた。「いつもはちがうでしょう」

「そうらしいのよ」スー＝アンが答えた。「このあたりにきて――あのひとたちの言葉をそのまま使えば――〝代わり〟を探しているひとたちを残らずマドルハーバーへ誘いこめるように、あそこの町長が提案したんですって」

ここの町長がうなった。

「ファーガス、ツイッター作戦だけではたりないのよ」スー＝アンが言った。「よければ、あなたとノエルと三人で膝を突きあわせて考えるわよ……独創的な方策を」

「ノエルは」ファーガスがうなるように言った。「ノエル・ウィルキンソンはもうルドルフ町長ではない。みんな、そのことを忘れている」ファーガスは店を出ていった。

「ファーガスには無理なのかしらね？」スー＝アンがわたしに言った。「そろそろ戻らなくちゃ。気持ちを落ち着かせてくれる存在が必要でしょうから。ねえ、アリーン？」

「アリーンは母です。わたしはメリー」

「あら、失礼」スー＝アンは手をふって出ていった。

わたしは肩をまわして、膝の屈伸をした。「休憩したほうがいいみたい」ジャッキーに言った。「店がまた混んでくるまえに、何か食べるものを買ってくるわ」今夜はミセス・サンタクロースの衣装ではなく、楽なパンツに、無地のシャツを着て上質なウールのジャケットをはおり、実用的な靴をはいていた。

「お店はふたりで平気よ」ジャッキーが答えた。

わたしは通りに出た。舞台は子どもたちの出番が終わり、大人の演《だ》し物の準備をしているところで、静まりかえっていた。町が一九五〇年代のダンス音楽を演奏するバンドを雇ったのだ。その選択に反対したのは、たったひとり。母だ。母はコーラス隊がクリスマス・キャロルを歌うのをじゃまされたくなかったのだ。

今年の売上げが前年に比べてどうだったのかはほかの店主たちに訊くまでわからないが、感触としては悪くなかった。わたしは昨年のミッドナイト・マッドネスのときもルドルフにいた。通りは去年より静かだろうか？　人々は去年より活気がないだろうか？

マドルハーバーの人々は幸運にほくそ笑んでいるのだろうか？

まるで呪文で呼びだしたかのように、マドルハーバー町長のランディ・バウンガートナーが道の向こうでホットドッグを食べていた。すると〈ア・タッチ・オブ・ホリー〉から六人のグループが笑いあい、コートのボタンを留め、手袋をはめながら出てきた。ランディはその六人に呑みこまれた。わたしはあたりを見まわしたけれど、彼の姿はもうなかった。あれが本当にランディだったのかどうかも自信がない。

道の向かい側をキャンディ・キャンベルが歩いていた。今夜は警察官が町に出て巡回し、あらゆることに目を光らせているのだ。シモンズ刑事はすでに店にきて、目をつけていたネックレスを買っていった。そしておもちゃの兵隊もふたつ買っていき、それでわたしはアランからもっと兵隊を仕入れなければならないことを思い出したのだ。

わたしは精肉店のまえに出ているカートの列に並んだ。ソーセージとホットドッグが焼ける音がして、よだれが出そうなにおいと煙が焼けている肉から夜のなかへ立ちのぼっていく。列は長かったが、速く動いており、みんな辛抱強く、なごやかに待っていた。順番がくると、わたしはブラートヴルスト（豚肉のソーセージ）を頼み、大きなソーセージが焼き網にのせられて焼かれているあいだ、わきに寄っていた。

「忙しそうね」わたしは精肉店の店主であるダン・エヴァンズに話しかけた。

「まえほどじゃないけどね」ダンがうなるように言った。

「そうなの？　これまでのミッドナイト・マッドネスと比べて？」

「ああ」ダンは声をひそめた。「ほかの店も同じことを言ってるよ」

いた。


「残念ね」

「ああ。白パン？　小麦パン？」

「白パンにして」今夜は正しい食生活を守ってなんかいられない。

ダンは焼き網のはしにパンをのせて、軽く焼いた。そしてわたしがホットドッグを受け取っていると、カイル・ランバートがまだ焼いていないホットドッグがのったトレーを持って店から出てきた。そういえば、カイルは今週末は精肉店で働くのだと、ジャッキーが話していた。

「替わってくれるか？」ダンが言った。「休憩しないと」

「わかりました」ダンがトングを渡すと、カイルはバーベキュー台のうしろに立った。「トッピングは何にする？」

ソーセージにはいろいろなものをたっぷりのせるのが好きだ。わたしはマスタード、レリッシュ、ピクルス、ザワークラウト、トウガラシ、玉ネギをたっぷりのせ、そのうえにダンが言うところの〝特製ソース〟をかけた。

するとサンタクロースのおもちゃ職人がわたしに気づいて近づいてきた。「うまそうだ」アランが言った。

わたしは大喜びでかじりついた。「本当においしいの。パパは？」

「スー＝アン・モローと何か話している」アランは言った。「それで、食べ物を探しにきたんだ。気をつけて。マスタードがそこらじゅうに付きそうだから」膝丈ズボンのポケットからティッシュペーパーを出して、下唇をていねいに拭ってくれた。その手つきはやさしく、そのあいだ表情豊かな目がわたしをずっと見つめていた。唇が震えている。わたしは口に入っていたものを飲みこんだ。まわりで、人々がおしゃべりをして笑っている。母たちが図書館の外の雪に覆われた芝生に立って『きよしこの夜』を歌うと、清らかな声が空へ昇っていった。通りの反対側からは、ダンス音楽を演奏するバンドが会場を盛りあげている音が聞こえてくる。子どもがホットドッグをねだり、父親は夕食まで待つよう諭している。アランの指はまだ唇に触れている。

そして、世界が爆発した。

アランはうしろに飛びのいた。わたしはかん高い声をあげて、ソーセージを落とした。女性が悲鳴をあげ、人々が叫んだ。うしろをふり向くと、ホットドッグを焼いているバーベキュー台が燃えていた。焼き網から火の手があがり、黄色と緑の炎が夜空をつかもうと手を伸ばしている。

カイル・ランバートの怯えた声が響きわたった。カイルはうしろに倒れ、建物の横にぶつかった。精肉店の白いエプロンは炎に包まれていた。

15

最初に動いたのはアラン・アンダーソンだった。アランは腕を伸ばして、わたしをわきに押しやった。大勢の人々が押しあいへしあいしていなければ、わたしは倒れていたかもしれない。驚きのあまり立ち尽くしているひともいれば、逃げていくひともいる。いったい何が起きているのか、理解する間もなかった。わたしはアランに気をつけてと叫んだような気がする。いや、たんに悲鳴をあげただけかもしれない。

アランが燃えているバーベキュー台のわきを通って、カイルのもとに着いた。腕をつかんで、呆然としているカイルを地面に突き刺した。カイルは顔から地面に倒れた。アランはカイルの横に膝をついた。「転がれ！　転がるんだ！」

カイルは言われたとおりに腹ばいのまま左右に転がった。ダン・エヴァンズの奥さんが店から出てきた。携帯電話を持って、怒鳴っている。

「みんな、さがって！」アランは怒鳴った。バーベキュー台からはまだ炎があがっている。

「爆発するかもしれない」

怯えた人々がバーベキュー台からあわてて離れて、どっと逃げだした。泣いている子どもの手を引いているひともいる。ヴィクトリアが人波に逆らって、道路を渡ってくるのが見えた。消火器を持っている。

「さがって、さがって！」ダン・エヴァンズも消火器を持って現れた。ダンとヴィクトリアは赤い消火器をバーベキュー台に向けて、同時に泡を噴射した。遠くからサイレンが聞こえると、次第に近づいてきた。キャンディと制服を着たほかの警察官たちが緊急車両を通すために、道路から人々をどかしはじめた。

わたしは何かできることがあるかもしれないと思い、カイルのもとへ駆けつけた。カイルはミセス・エヴァンズに付き添われて、あおむけに寝ていた。長いエプロンは黒くなり、まばらなヤギひげも焦げていたが、顔の皮膚はきれいで、見たところ服も無事なようだった。

「じっとしていなさい」ミセス・エヴァンズが言った。「救急車がくるから」

カイルはうめいて、起きあがろうとした。「平気です。びっくりしただけだから」

ヴィクトリアとダンが持ってきた大型消火器の威力に勝てるはずもなく、火はすでに消えていた。人々は何があったのか知りたがって、またバーベキュー台のまわりに戻りつつあった。そのとき、人混みのなかからジャッキーが飛びだしてきた。恐怖に目を見開いている。カイルの姿を見ると、ジャッキーは悲鳴をあげて、わきに膝をついた。そしてカイルに手を伸ばしたが、ミセス・エヴァンズが片手で制した。「まず救急隊員に見てもらったほうがいいわ」

「だいじょうぶだ」カイルは立ちあがろうとした。だが、脚に力が入らず、ぼやきながら腰をおろした。

「どいて、どいてください」救急隊員が野次馬を押しのけて近づいてきた。もうひとりの隊員はストレッチャーを引いている。

「だいじょうぶだから」カイルはもう一度言った。

「それは、わたしたちが判断します」

わたしはアランを探した。彼はもういなかった。そこで人混みをかき分けてうしろへ行くと、空になった消火器を抱えたヴィクトリアと並んで立っているのが見えた。ふたりとも青い顔をして、目を見開いている。たぶん、同じものを見ているのだろう。

「道路から離れて」ひとりの警官がわたしたちに怒鳴った。走って指示に従うと、消防車がのろのろと近づいてきた。消防服を着た男が飛びおりて、ホースを伸ばしはじめた。

「だいじょうぶ？」わたしはアランに訊いた。

アランはうなずいた。

「とても……勇敢だったわ」

「何も考えていなかった」アランは言った。「一瞬でも考えていたら、きっと逆方向に逃げていただろうな。カイルの具合はどう？」

「運がよかったみたい」

そのとき、ストレッチャーが人混みをかき分けて救急車のほうへ押されていった。カイルは寝ていたものの、近づいてくるひと全員とハイタッチをしていた。ジャッキーはカイルの空いているほうの手を握り、泣きじゃくりながら隣を歩いていた。救急隊員がストレッチャーを救急車の後部に乗せると、残りの隊員も飛び乗った。そして手を伸ばして、ジャッキーを引きあげた。ドアが閉まり救急車は走りだした。野次馬のなかには拍手をしているひともいた。

「カイルは何をしたのかしら」わたしは言った。

「どういう意味？」アランが訊いた。

「あんなふうに、火があがるなんて」

ヴィクトリアとアランは顔を見あわせた。「ダンが特別な催しをするときは、たいていカイルが手伝っている」アランは言った。「簡単なバーベキュー台の使い方は知っているはずだ」

「ガスがもれていたのかも」ヴィクトリアが言った。「それとも、バーベキュー台が故障していたとか？」

騒ぎが収まると、人々は帰りはじめた。シモンズ刑事がダン・エヴァンズと話していた。ふたりとも険しい顔をしている。シモンズがもはや使えなくなったバーベキュー台を指さした。エヴァンズは首をふった。

消防士たちは消防車に乗りこんで帰っていった。子どもたちは消防車も催しのひとつだと思って歓声をあげている。

騒ぎが起こったときと同様に、あっという間にすべてがもと通りになった。母とコーラス隊は『羊を飼《こ》うもの夜牧場にて』を歌いはじめている。

父がわたしたちのところへ走ってきた。帽子が落ちかけている。鼻と頬が赤いのは、サンタクロースの衣装を着るときに使う母の頬紅のせいでもあるが、珍しく走ったせいでもあるだろう。「何があったんだ？　誰かが爆発があったと話していたんだ。サイレンの音も聞こえたぞ」

「事故です」ヴィクトリアが説明した。「ホットドッグを焼いていたバーベキュー台が燃えたの。カイルが少し火傷をしたかもしれないけど、ここにいるアランのおかげで、軽くてすんだみたい」

わたしはアランに目をやった。彼の手は震えていた。「ねえ、すわったほうがいいわ」

「だいじょうぶだ」アランは言った。

「メリーの言うとおりよ」ヴィクトリアも言った。「うちの店にきて。コーヒーとマフィンがあるから」

「平気さ」

「ヴィクトリアと行きなさい」父が言った。「サンタクロースの命令だ」

アランはわたしをちらりと見た。それからうなずいて、ヴィクトリアに連れられていった。

「英雄だな」父が言った。

「そのとおりよ。わたしたち全員がばかみたいに突っ立っていたとき、アランだけが動いたの」

「サンタさんだ！」全身ピンクのスノースーツと猫の顔になっている帽子をかぶった、かわいい女の子がかん高い声で言った。父はすばらしいほほ笑みを浮かべ、わたしがいまでもサンタクロースそのものだと思っている顔をした。

母親が女の子の足が浮きあがるほど、腕を引っぱった。「もう帰るのよ、アンバー」

「サンタさんと話すの」

「もう帰るって言ったでしょ」母親は赤く塗った長い爪で父を指さして言った。「この町のことをどんなふうに思っているのか知りませんけど、ここはとんでもなく危険な町よ。クリスマス・タウンですって？　とんでもない！　呪われた町だわ」母親は泣き叫ぶ子どもを引きずるようにして去っていった。

「そんな、ひどいわ……」

父の顔が一瞬で変わり、不安そうな表情になった。「事故は起こるものだが、ピアスの事件のあとでは印象が悪い。もう戻ったほうがいいかもしれない。ママに電話して、陽気でにぎやかな曲を歌ってくれと伝えるんだ」父はお腹を揺らす歩き方で離れていった。「ホー、ホー、ホー……いい子にしていたかね？」

「すごくいい子にしていたぜ、サンタさん」だぶだぶの服を着た十代の少年が得意気に言った。友人たちは笑い、冗談を返した少年の背中を叩いた。

わたしはアランのそばに行って、彼が本当にだいじょうぶなのか確かめたかった。もしかしたら、アランがわたしの目をじっと見つめ、片手でわたしの唇をなでていた瞬間をやり直したいのかもしれない。でも、しばらくはヴィクトリアが焼きたての菓子を勧めて、様子を見ていてくれるだろう。わたしには様子を確かめなければならない店があり、〈ミセス・サンタクロースの宝物〉へ向かった。すると、肩にカメラをぶら下げたラス・ダラムが隣に立った。少しまえに救急車のサイレンを見送ったあと、シモンズ刑事に話しかけているところを見かけていた。「危なかった」

「本当に」

「現場にいたの？」

「ええ」

「何があったのか、話したい？」

「いいえ」

「何人か、帰っていくひとたちを見かけた。この町で起こっていることが怖くなったんだろう」

「仕方ないわよね」わたしは言った。「でも、ナイジェル・ピアスの件とは何も関係ないのよ。ただの事故なんだから」

「シモンズはそれほど確信がないみたいだ」

足が止まった。「どういう意味？」

「シモンズはバーベキュー台を押収するよう命じていた。鑑識に送って、細工されていないかどうか調べるつもりだ」

「細工？」

「シモンズはそう話していた。最近のガスを使うバーベキュー台はとても安全なんだ。ダンもカイルも使い方をよくわかっていた」

「事故は起こるものよ。いい加減に使うこともあるし、間違えることもある」

「シモンズだって、わかっているさ。ただ、確かめたいんだろう。ぼくが言いたいのは、事故ではない可能性があることが警察から漏れなければいいということだけだ」

わたしは悪態をついた。ラスがにやりとした。「メリー、きみが汚い言葉を使えるなんて知らなかった」

わたしはもう一度悪態をついた。「煙突がつまったとき、父が何と言うか、聞いてみるといいわ」

ラスは顔をのけぞらせて笑った。「それこそ、クリスマスの精神だ」

〈ミセス・サンタクロースの宝物〉に着いた。わたしは窓から店をのぞいた。ふたりが商品を眺めている。全員が逃げだしたわけじゃない。呪われた町なんて、とんでもない！

冷ややかな手で心臓をつかまれた気がした。いまやらなければならないのは、あの女性に二度とあんな言葉を言わせないことだ。町に悪いあだ名が付けば、野火のように広がっていく。

〝あの爆発は本当に事故だったの？〟その考えばかりが、頭のなかを駆けめぐっている。わたしのフロート、ドラッグ入りのジンジャーブレッド、そして今度はバーベキュー台の爆発だ。それに、妹のイヴが交通事故にあったという話も入れるなら、父を町から引き離そうとした下手な企みもだ。

わが町の最大の競争相手であるマドルハーバーの町長ランディ・バウンガートナーはパレード後のパーティーにも出席していたし、ホットドッグの屋台が燃える二分ほどまえにも姿を見ている。ランディはパレードの集合場所にもいたのだろうか？　そして〝クイボノ〟は？

マドルハーバーだ。

そして、スー＝アンも利益を得る立場にある。クリスマスのわずか数週間まえに商売がうまくいかなければ、有権者は現職の町長を非難するだろう。そして選挙になれば、そのことを思い出す。スー＝アンがぜったいに思い出させるだろうから。

それから、カイル。カイルはナイジェル・ピアスに腹を立てていた。バーベキュー台から炎があがったとき、使っていたのはカイルだ。わたしはそもそもカイルのことをあまり賢い男だと思っていなかった。でも、自分に火がつくようなことをするほど愚かだろうか？

いや、もしかしたら、決して愚かではないのかもしれない。まったくの無傷ですみ、いまは泣きじゃくるほどの愛情をジャッキーに注がれているのだから。もしも、かなり可能性が低い〝もしも〟だけれど、カイルがわざと爆発を起こしたのだとしたら、かなりの危険を伴う。けれども、女性の愛情を求めている若い男は危険を顧みないことも多い。

「何を考えているんだい？」ラスが訊いた。

って言った。

「そろそろ仕事に戻るべきだと考えていたの。楽しそうな表情を貼りつけてね」にっこり笑

ラスは頭をふった。「そんなにうれしそうにしなくていいよ。まるで、刑務所から逃げてきた囚人みたいだ」

「ウイ・ウィッシュ・ユア・メリークリスマス、ウイ・ウィッシュ・ユア・メリークリスマス……」

コーラス隊が歌いながら練り歩いている。母にはまだ電話をしていなかったけれど、必要なさそうだ。母は気分を盛りあげるのにどれだけ歌が大切かよくわかっている。人々は足を止めて聴きいり、多くのひとがほほ笑んでいた。そして歌が終わると、最後の音を響かせるクリスタルのような母の声が夜空に舞いあがり、人々が熱心に拍手をした。

母がこちらを見たので、わたしはウインクをした。ラス・ダラムはコーラス隊の写真を撮っている。

「できればその写真を一面に載せてほしいわ」わたしは言った。「燃えたホットドッグの屋台の残骸の写真じゃなくて」

「メリー、言っておくけど、ぼくだってこの町の誇り高き応援者のつもりだ」

わたしは仕事に戻った。約一時間後、ジャッキーが電話をかけてきて、カイルは少し動揺しているが、けがはないので退院できると緊急救命室の医師から告げられたと言った。とはいえ、運転できるような状態ではなく、自分が家に送っていって休ませたいと言う。

わかったとしか言えるはずがない。

〝クイボノ〟？　事故かどうかはともかく、カイルに利益があったのは間違いない。

16

午前一時、わたしはよろよろと家に帰った。ジャッキーは店に戻らず、クリスタルとわたしはずっと動きっぱなしだった。

そして明日は（もう、きょうだ！）また同じことをする。

どうして、自分の店を持つことがいい考えだなんて思ったんだっけ？

ホットドッグの屋台の火事はとても恐ろしかったけれど、町のほとんどのひとは知らずにいた。とても興奮していた子どもたちも含め、少なからぬ人々が消防車と救急車もイベントのひとつだと考えたようだった。そして何があったのかと尋ねるひとたちに対し、父たちはホットドッグの屋台で炎が〝高くあがった〟のだという話を広めていた。

わたしは爆発のことを頭から追い払おうとしたけれど、忙しかった夜のあいだも、ひとつの考えが頭のなかをめぐっていた。

〝誰かがルドルフのクリスマスをわざと壊そうとしているの？〟

仮にそうだとしたら、ミッドナイト・マッドネス二日目の今夜は何を計画しているのだろう？

家まで帰る途中、明かりがついている家は多くなかった。わたしはいつもの公園を横切る近道を使わず、いつの間にか早足になっていることに気がついた。野外音楽堂の隣の大きなクリスマスツリーは明るく照らされ、温かく迎えてくれる色鮮やかな三角が暗い空に浮かびあがっている。わたしは公園の隅から視線をそらした。ナイジェルを見つけた場所だ。

もっと楽しいことを考えなさい。わたしは自らに命じた。

アラン。彼は多くを語らなかったけれど、語らなくてもわかった。ときおり、アランの表情豊かな目はすべてを語っているように思えることがある。わたしは唇のうえの指先の感触と、唇から垂れていたマスタードをやさしく拭う様子をじっくり思い出した。そして彼の青い目は、わたしの目を認めているうちに暗く、真剣なものに変わったのだ。

〝あのホットドッグの屋台が爆発する直前、アランは何か言うつもりだったのだろうか？〟

いいえ。あれは働きすぎのわたしの妄想。

ああ、まえの晩はラス・ダラムとすてきな夕食の時間を過ごしていたというのに。

もう自分が何を考えているのかわからない。

わたしはマティーが家で待っていることが、寒くて寂しい家に帰らずにすむことがうれしかった。本当はホットドッグを食べたら、マティーを散歩に連れていくつもりだったのに、あまりにも興奮したせいで忘れていたし、クリスタルひとりにお店をまかせるわけにもいかなかった。

それで仕方なくミセス・ダンジェロに電話をして、マティーの世話を頼んだのだ。

でも、それほど引けめを感じる必要はなかったようだ。わたしの許可を得てアパートメントに入り、存分に詮索《せんさく》できる興奮が、電話の向こうからはっきりと伝わってきたから。

わたしは下着を寝室の床からひろっておいたかどうか思い出そうとした。たぶん、ひろわなかった。

家の正面の明かりはすべて消えていた。いくらミセス・ダンジェロでも、一日じゅうは見張っていられない。裏にあるアパートメントの玄関へ歩いているとき、茂みからカサカサという音が聞こえた。猫？　わたしはうえを見あげた。スティーヴとウェンディのアパートメントのひとつだけ明かりがついた窓からかすかな光がもれ、舞い散る雪をやわらかに照らしている。赤ちゃんの様子を見るためにつけてある常夜灯だ。すべて、静まりかえっている。

わたしはスマートフォンの懐中電灯アプリで照らして、鍵を探した。そして鍵をまわすと、マティーが吠えはじめた。夜にマティーが吠えると、いつも隣の赤ちゃん、ティナのことを考えてびくびくしている。ただし、ティナはまったく気にしていないと、ウェンディが言ってくれたけれど。それでも急いで部屋に入り、マティーに静かにするよう小声で言った。

いつものように、わたしの命令はまったく効果がなかったけれど、ケージを開けると、マティーが飛びだしてきた。一分間だけキスをさせてから、マティーを外に出した。マティーはすばやく裏の角に向かい、においを嗅ぎはじめた。うろついていた猫のにおいを嗅ぎつけたにちがいない。

わたしは数分間好きにさせてから、なかに呼び戻して、一緒に階段をのぼった。というか、マティーは跳びはねていた。犬のごはんと水を用意して、遅い夕食を食べさせているあいだ、わたしは寝る準備をした。

準備にかかった時間は約十秒。わたしはベッドに倒れこみ、何とか力をふり絞って、上掛けをかけた。

マティーが乗ってきて、ベッドのスプリングが抗議した。

「あと二週間の辛抱よ」マティーに言った。「そうしたら、また普段の生活に戻れるから」

マティーが返事をしたとしても聞こえなかった。もう、眠っていたから。

あと二週間。あと二週間。目覚まし時計が鳴ると、わたしは呪文のようにくり返した。マティーの楽しそうな笑顔がのぞきこんだ。うれしそうな吠え声で、目がぱっちり開いた。頬のよだれを拭い、少なくともわたしたちのうち一頭は新しい一日のはじまりにわくわくしているらしいと考えた。

よろよろとベッドを出て一階におりて、マティーを裏庭に出した。そしてドアを開けたままにして、またよろよろと階段をのぼった。コーヒーをセットして、シャワーを浴びる。

完全にすっきり爽やかになったわけではないけれど、少しは人間らしくなってシャワーから出ると、戸口に寝そべって待っていた犬のかたまりにつまずきそうになった。

わたしは身をかがめて、心をこめてマティーをなでた。「今朝はゆっくり遠くまで散歩に行ってもいいわよね。行き先は決めてあるの」スマートフォンを取りだして〈グーグル・マップ〉で調べた。ルドルフでは奇妙なことがつづけて起きているのに、警察はまだ犯人を見つけていないようだ。ほんの少し自分で調べたって悪くない。もしかしたら、揺さぶりをかけられるかもしれない。

わたしは暖かい格好をして、携帯用マグにコーヒーを入れて、マティーと出かけた。もう午前八時近く、東の空にグレーの光が広がっている。夜のあいだに気温が下がり、裏のデッキの温度計によれば、マイナス十七度だ。わたしはお気に入りの新しいコートにすっぽりと収まり、冷たく澄んだ空気を思いきり吸いこんだ。よく眠れたし、夢を見た覚えもないけれど、目覚めたときに頭に浮かんだのはホットドッグの屋台での爆発と、動かなくなったトラクターと、死んだ雑誌記者のことだった。夜のあいだに三センチほどの雪が積もっていたが、私道と歩道は雪かきがされていた。

わたしたちは道を右に曲がり、町から離れた。

スー＝アンが住んでいるのはウィロー通りだとジャッキーから聞いていたし、グーグル・マップによれば、ウィロー通りはうちからほんの数ブロックだ。スー＝アンはまだ起きてさえいないだろうし、何を期待しているのか自分でもわからなかったけれど、とにかく彼女の家を見ておきたかった。

わたしたちはウィロー通りに入った。広い敷地に古い邸宅が建っている高級住宅街だ。あった！　名前の入った自慢げなナンバープレート〝SUEANNE1〟が付いた黒のシボレー・サバーバンを見つけ、わたしは歩をゆるめた。男が車の窓の雪を払い、コッカー・スパニエルがにおいを嗅ぎながら庭を走りまわっている。コッカー・スパニエルはマティーのにおいを嗅ぎつけたらしく、舌を出し、ふさふさとした尻尾をふりながら駆けよってきた。

「エディ、戻ってこい」男が長い柄の付いたブラシを放って、犬を追いかけてきた。マティーも尻尾をふり、二匹はお互いの尻のにおいを嗅いで、犬の挨拶をしている。

「いい子だ」男が話しかけてきた。「ほかの犬が好きなんですね」

「マティーはまだ仔犬なので」わたしは答えた。「友だちのつくり方がわからないんです」

「でも、うちのとはうまくやっているみたいだ」男はにっこり笑って言った。五十代くらいで、痩せていて身なりがきちんとしていて、髪はまったくなし。焦げ茶色の目がふらふらと動いている。おあいにくさま。わたしが着ているのは分厚いコートに、毛玉だらけの古いぶかぶかのスウェットパンツだ。彼は視線を戻して、手を差しだした。「ジムです」

わたしはミトンをした手で、革の手袋を握った。「メリー・ウィルキンソンです」

「ノエルの娘さん？」

「はい」

「あの不細工なノエルから、どうやったらこんなきれいなお嬢さんが生まれるのかな」

わたしはぎこちなくほほ笑んだ。そして車に目をやった。「この車を見た覚えがあります。スー＝アン・モローのでしょう？」

「家内だ」ジムはウインクをした。「それで嫌われなければいいけど」

うぐっ。

「スー＝アンは町長選に出ると聞きましたけど」

ジムは肩をすくめた。「じゃまをするつもりはないよ」

諸手《もろて》を挙げて賛成でもないのね。

「スー＝アンは立派につとめを果たせると思いますか？」わたしは訊いた。

「スー＝アンなら、やろうと決心したことは何でもできると思うよ。意志の強い女性だから。もちろん、いい意味でね」

「あなたはこの辺の出身ではないんですね」マティーの新しい友だちはまた新しいにおいを探しに出かけていった。わたしはマティーが追いかけていかないよう、しっかりリードを持った。「小さい町は外からきたひとをなかなか受け入れてくれない場合があるでしょう」

ジムが笑い、力強い白い歯と魅力的なえくぼが見えた。見てくれがいい男なのだ。おもねるような態度を気にしなければ。きっと気にならない女性もいるだろう。「そうだね。きみだって、ひいおじいさんたちがここの墓に入っていなければ、ここの生まれではなかっただろう」

父方の曾祖父のことだ。

「スー＝アンとわたしは、そのことが障害になるとは思っていない。長年ニューヨーク・シティで暮らしていたけど、もとは田舎の人間だからね。事業が高く売れて引退できて運がよかったと思っている。といっても、完全に引退したわけではないけどね」ジムは笑った。「それほど年寄りではないから。いまはやりたいことだけをやっているのさ。わたしが事業で身につけた知恵は、こういう場所でもいずれは使えるようになるだろう。スー＝アンはなかなか田舎に帰ってこられなかった。彼女はずっと生まれ故郷に戻りたがっていてね。でも、スー＝アンが育ったような痩せた土地に移らずにすんでよかったよ」

わたしはリードをもう少し長くした。マティーは歩道に出て地面のにおいを嗅いでいる。そして、くるくるとまわりはじめた。

「そうだね。おしゃべりができて楽しかった。散歩を続けようと催促されているみたい」

ああ、いいことを思いついた。仕事のあと、一杯飲みにいかないかい？　きみの店について、喜んで進言するよ。ほら、わたしはニューヨーク・シティで成功しているから」

「そうおっしゃいましたね」

「近頃はコンサルティング料としてそれなりのお金をもらっているんだけど、きみなら無料でやってあげるよ。食事もごちそうしよう」腕に着けたどっしりとした〈ロレックス〉がよく見えるように、ジャケットの袖を引っぱった。「きれいな女性の手助けをするのは、いつだって楽しいからね」

マティーが理想的な場所を見つけて、しゃがみこんだ。

わたしは気づいていないふりをした。

「もう行かなきゃ」わたしはミスター・モローのうしろの家に目をやった。スー＝アンが出てきて、ポーチに立ってわたしたちを見ていた。わたしは手をふった。スー＝アンは笑わなかった。

17

呪われた町。

とんでもない悪夢が甦り、その言葉が町に広がりはじめた。初めて耳にしたのは開店まえにラテとクロワッサンを持って〈ヴィクトリアの焼き菓子店〉から出たときだ。もう少しで父とぶつかりそうになった。きょうばかりは父をサンタクロースと間違うひとはいないだろう。顔には激しい怒りが浮かんでいた。

ラス・ダラムも一緒だった。彼も決して楽しそうではない。

「どうしたの？」わたしは訊いた。

「おそらく、ゆうべ女の子にわたしと話をさせなかった母親だろうが、〈キャロラーズ・モーテル〉をチェックアウトしたひとがいた。呪われた町でもうひと晩過ごすのは無理だと言って。子どもが心配でたまらないと言うんだ。しかも折悪しく、ちょうど四人家族がチェックインするときで、女性に何があったのかと尋ねた。すると、彼女は大通りで爆発があったと答えた。四人はすぐに恐れをなして帰ったよ」

わたしはうなった。

「キャンセル料を払ってまでだ」父は続けた。「しかも傷口に塩を塗るようだが、父親はロビーで近くのホテルを探して、〈マドルハーバー・イン〉に電話したんだ」

「たまたま、空いている部屋があったというわけね」

「今朝、うちの広告担当の事務員が留守番電話を確認したら、メッセージがいっぱい入っていた」ラスが答えた。

わたしはもう一度うなった。

「予想がついただろう。〈マドルハーバー・イン〉に、カフェに、ほかの店も、すべてが《ルドルフ・ガゼット》に広告を載せたがっている。〝平和で、家族に安心な、クリスマスの目的地〟みたいな文言で」

「よかったのかもしれないわよ」楽天家のわたしは言った。「不安を広めずに、ホテルをチェックアウトして町を出ていってくれて」

「話はまだ終わっていない」父が言った。

「電話があったんだ」ラスは言った。「例の匿名の友人から。警察はダンのバーベキュー台を火災調査官に渡して、迅速に調べるよう頼んだと教えられた。バーベキュー台には細工がされていた」

「細工って、どんな？」

「匿名の友人は言わなかった。だから、シモンズに電話したんだ。彼女は肯定も否定もしなかった。シモンズはうまく抑えていたけど、ひどく怒っているのは伝わってきた。消防によるバーベキュー台の調査については、誰も詳細を知らされていないと言っていた」

「つまり、電話をかけてきた人物が細工について知っていたのは、警察か消防のなかで高い地位にあるか……」

「あるいは、自分で細工をしたかだ」父が言った。

「いったい、誰がそんなことを？」わたしは訊いた。

「みんながいる場所で、わざとバーベキュー台を爆発させたこと？　それとも、新聞社に匿名の電話をかけてきたこと？」ラスが言った。

「同一人物だろう」父が答えた。「ナイジェル・ピアスの件はルドルフには関係ないことだからと自分たちを納得させられたかもしれない。でも、今回の一件はどうだ？」

「落ち着いて」わたしは言った。「あのとき、ホットドッグを焼いて売っていたのはダン・エヴァンズだった。そこにカイルが出てきて、ダンが交代してほしいと頼んだの。爆発が起きたのはそれから一、二分後よ。もしかしたら、犯人はダンに復讐か何かの狙いがあって、カイルは巻きこまれただけなのかも。ナイジェル・ピアスの騒ぎに乗じて、誰かがダンを狙ったとは考えられない？」

「理屈は通るよ、メリー」父が言った。「新聞社への匿名の通報以外はな」

「声に聞き覚えはなかったのよね？」わたしはラスに尋ねた。

ラスは首をふった。「月曜日にかけてきた人物と同じかもしれないが、声を偽装していたから」

「ルドルフで問題を起こしたがっているひとがいるのよ」わたしは言った。

「そして、その犯人はそのことを秘密にするつもりがない」ラスが付け加えた。

それが特徴なのかもしれない。

ヴィクトリアが階段をおりてきた。「店のなかから見えたの。何の相談？」小麦粉のついた手をエプロンでふいた。縄編みのセーターを肩にかけている。父がヴィクトリアに説明した。

「ファーガスに連絡して、町議会を緊急招集した」父が言った。「今夜のイベントの中止について話しあわなければならないからな」

「そんな！」ヴィクトリアとわたしの声が重なった。

「このまま被害が広がっていく危険を冒せると思うか？」父が言った。「ゆうべ、誰もけがをしなかったのは幸運だったんだ」

携帯電話が鳴り、ラスが画面を見た。「出ないといけない電話なので」わたしたちから少し離れた。

「土曜日のミッドナイト・マッドネスを中止にしたら、みんなが動揺します」ヴィクトリアが言った。「観光客だけじゃなくて。テロリストに屈したりできない」

「テロリズムなんて言葉で飾りたてたらだめだ」父が厳しく言った。「これはルドルフという町に対して悪意を抱いている、心の狭い人間の仕業だ」

ラスが携帯電話をポケットに入れながら戻ってきた。「レニーだった。きのう起きたことを知らせるメールが届いたそうだ。それからツイッターで〝呪いの町〟という言葉にハッシュタグが付いたらしい」

「ゆうべの女性よ」わたしは父に言った。「最初に言ったひとだわ……あの言葉を。彼女が犯人のまわし者という可能性はない？　もしかしたら、あの女性がバーベキュー台に細工をしたのかも」

「それはどうかな」父が言った。「彼女は本気で怯えているように見えた」

「覚えやすい言葉になるだけで、概念は広がる」ラスが言った。「とくに、いわゆる煽《あお》る人間がいる場合は」

「マドルハーバーには煽りたいと思っているひとが大勢いるわ」わたしは言った。「ランディ・バウンガートナーはゆうべもルドルフにきていた。見たの。ランディだったと思う。ちょうどあのとき、ホットドッグを食べていたから」

「町議会が開かれるのは何時ですか？」ヴィクトリアが訊いた。

「これから集まるところだ」父が答えた。「今夜のミッドナイト・マッドネスを中止にするなら、いろいろ準備があるから」

ヴィクトリアが顔をしかめた。「ごめんなさい、いまはちょっと忙しすぎて。メリー、あなたが行って。わたしはイベントを中止せずに観光客を迎えるべきだと思うと、あなたから議員に伝えて」

「ええ、今朝は開店時刻を遅らせても問題ないと思うから。どんな話になるのか知りたいし」

父とラスが歩きはじめると、わたしも朝食を持ったまま、あとに続いた。町庁舎は図書館の裏にあり、〈ヴィクトリアの焼き菓子店〉から数軒しか離れていなかった。そのうえ警察署も同じ建物にあるので、ヴィクトリアの店はオフシーズンでもお客が減ることがないのだ。

町議会には議員たちが続々と集まっていた。父はすぐに議員たちと握手をし、挨拶をしてまわった。ラスとわたしは短い階段をのぼって傍聴席に着いた。図書館の裏手に位置するおかげで、議場からは町立公園とオンタリオ湖が望めた。冬も夏もすばらしい眺めだった。遠くでは藍色の湖面で陽光がきらめいているが、岸に近づくにつれて波が氷に覆われ、海岸線はいかれた彫刻家の作業場のようだった。そして公園には、さまざまな出来の雪だるまが点々と立っていた。

議場ではひとりの男が傍聴席の最前列で手すりに身を乗りだし、議員たちが挨拶を交わして着席する様子をじっと見つめていた。わたしはラスに突かれて、男のほうに顔を向けた。

「《マドルハーバー・クロニクル》の記者だ」ラスがささやいた。

わたしたちの近くには、見知った顔の商店主たちがすわっていた。それほど多くはない。たいていの店主はきょうの準備をしているのだ。

議会はそれほど長く続かなかった。父が口火を切り、バーベキュー台に細工がされていたという話はまだ噂にすぎず、ナイジェル・ピアスの事件も未解決のままであり、ルドルフとはおそらく無関係だろうという点を強調した。

そして父が息つぎをした瞬間に、スー＝アン・モローが立ちあがった。そして自分たちには住民と観光客に確実な安心を約束する義務があると発言した。しかしながら、今夜のミッドナイト・マッドネスを中止するか否かについては態度を明らかにしなかった。議員のなかには、スー＝アンの意見にうなずく者もいた。

今朝、自宅のポーチの階段に立って、夫がわたしに誘いをかけようとしていた様子を見つめていたスー＝アンの姿がふっと浮かんできた。夫はスー＝アンの政治家としての野心を冷ややかに見下していた。あんなふうに軽くあしらわれたら、ひとはもっと関心を持ってもらえるように必死になるにちがいない。見てろよ！ という具合に。そのことをラスに伝えようとしたとき、ファーガスがゆっくり立ちあがり、ラスが身を乗りだした。

ファーガスは胸を大きくふくらませた。幅広の衿とゆったりとしたズボンの三つ揃いのスーツを着たファーガスはいかにも町長らしく見えた。ベストは十二年まえにはもう紳士服の流行からはずれているし、最近のデザイナーズ・スーツはぴったりとした細身のシルエットになっている。けれども、ファーガスが昔のままの服を着ているのは悪くない。ぴったりとした細身のスーツは丸々と太った町長には似あわない。ファーガスが眼鏡の縁の上から、七分袖で膝丈のまっすぐなスカートという最新の流行の勝負スーツを着たスー＝アンを見つめた。

「誰もが訴えられることを恐れ、弁護士の指示を仰ぐニューヨーク・シティなら、そうかもしれません。でも、ここルドルフでは、町にとって何が最善かは町民自身が決めます」

「わたしは別に……」スー＝アンは反論しかけたが、ファーガスは小槌で机を打って、発言をさえぎった。あのスーツはわざと昔風に見えるものを選んだのだろうか。政治的な直感となると、わが町長は決して愚かではない。

「そろそろ、評決に移ろう」ファーガスはそう言うと、町に対する愛情や、伝統に対する敬意、アメリカの小さな町の重要性、そして何よりもルドルフの町が具現化したクリスマスの精神について、十分間話しつづけた。そのあいだずっとスー＝アンはうなりつづけていた。二度ほど演説を遮ろうとしかけたように見えたが、考え直したようだった。ファーガスが話しはじめると、人々がうなずきはじめたからだ。

ついに、演説が終わった。ファーガスは書記官に合図した。

「当初の計画どおり、今夜のミッドナイト・マッドネスを続行することに賛成の方は、賛成と言って手を挙げてください」書記官が言った。

満場一致だった。スー＝アンは議場を見まわしてから手を挙げた。

下を見ると、父と目があった。父はうなずいた。笑顔ではなく、厳しい表情だった。父が最初に発言し、町の大きな行事を土壇場で中止したら、ルドルフは悪評から立ち直れないだろうと主張したのだ。

その後、予算を管理するラルフ・ディカーソンの反対はあったものの、町長が警察署長に相談して巡回の制服警官を増員するよう依頼することが決まった。そして、議会は解散した。《マドルハーバー・クロニクル》の記者は出口に駆けだしていった。そして階段のいちばん上でつまずいた。ベティ・サッチャーに腕をつかまれなかったら、下まで転がり落ちて、深刻なけがを負っていたはずだ。

「ちゃんと足もとを見て歩きなさい」ベティがいつもの友好的な態度で、うなるように言った。すると記者もうなり返したものの、今度はゆっくり階段をおりていった。

ラスは笑いをこらえていた。幸いなことに、きょうの《マドルハーバー・クロニクル》はすでに印刷も配達もすんでいる。町を守るためには警察官の増員が必要というニュース（ルドルフに赤信号が灯り、国土安全保障省に協力が要請されたと読者に思わせるために、そんなふうに書くのは間違いない）が知られるのは、月曜日まで猶予された。

「ふん、ばかみたい！」ベティは言った。「いままでファーガスのことなんて、一度もいいと思ったことなんてなかった。おろおろするだけの愚か者だからね。でも、やっと性根がすわったみたい。ここには一日じゅうすわっていられる人間がいるみたいだけど、わたしは店があるから。クラークに店番をまかせて出てきたからね」

ベティは階段の下へ消えていった。そして、わたしが急に立ち止まったせいで、ラスが背中にぶつかった。

クラークの名前が出たことで、ベティが息子をクビにされて以来ヴィクトリアを恨んでいることを思い出したのだ。ヴィクトリアが薬物入りのクッキーを売ったように見せかけたら、これ以上ない仕返しになるのでは？　ベティもパレード後のパーティーに出ていた。

ベティはわたしのことも嫌っている。ただし、個人的な理由だと思ったことはない。商売敵だと思われているのだ。わたしは思っていないけれど。

ベティはパレードの集合場所にもいた。フロートの最後の点検にいったときに見かけたのだ。パレードがはじまるまえに、すべて準備が整っているか確かめるために、大勢のひとがいたから、少しも気にしていなかった。でも、ベティーはフロートを出していない。ベティはルドルフで生まれ育っている。このあたりで育った五十歳なら、農場で暮らしていた可能性が高く、つまりはトラクターについても知識があることになる。

そう、ベティがわたしに惨めな思いをさせたいと思った可能性はあるし、ヴィクトリアにも仕返しをしたいと思ったかもしれないけれど、ホットドッグの屋台を爆発させる理由がない。

ラスとわたしは町庁舎から明るい陽ざしのなかに出た。「さあ、気合を入れて」

「なあに？」

「さっきから、心ここにあらずだ。そろそろ開店だろう」

「戻ったほうがいいわね。ベティとちがって、ここにいたら、店番をしてくれるひとがいないから」

「きょうはまた殺人的な忙しさだろうけど、明日になったら落ち着く？」

「ええ、ありがたいことに。明日は六時に閉店するわ」

「そのあとは何か予定が入っている？」

「寝るわ。ぐっすりと」

ラスはにやりとした。「ぜひ、付きあいたいな」わたしは顔が熱くなった。「でも、栄養も必要だろう。食事でもどう？」

「ありがとう。でも、やめておくわ。きっとくたびれ果てていると思うから。店を閉めても、それで一日の仕事は終わりじゃないのよ。いつだって次の週の準備があるから」

「それじゃあ、また今度？」

「ええ」

ラスは敬礼をして歩いていった。心臓がやっと落ち着いてきた。仕事よ。わたしは自分に言い聞かせた。あと二週間はお店のことだけを考えなくちゃ。

18

店に入って真っ先に気づいたのは、モミの木が空っぽで寂しそうだということだった。コードでつながった電球以外、モミの木に飾られているのはすべて売り物で、きのうですべて売れてしまったのだ。わたしは店の奥へ行き、地元のガラス作家がつくったオーナメントをもうひと箱見つけた。そしてお客が入ってくるかもしれないドアのほうに目を向けながら、包装を解いて美しいガラス玉をひとつずつツリーに飾った。何度このツリーを飾りつけても、いつも楽しい。てのひらでガラス玉を転がすと、その奥から放たれた緑や赤の光が店のあちらこちらを染めている。ガラス玉にはミニチュアのような親指の大きさのものもあれば、野球のボールより大きいものもあった。すべてが見事だった。ガラス玉が終わると、木の掛け釘や、赤いフェルトや、クランベリーのような赤いビーズでつくった風変わりなトナカイを飾った。わたしはいちばん好きなCDの一枚であるボニー・Mの『クリスマス・アルバム』をかけて、陽気な音楽にあわせて身体を動かした。

ドアの鐘が鳴ってふり返ると、父が入ってきた。

「陽気な人間もいるらしい」父が言った。

「クリスマスはいつだって気分を陽気にしてくれるわ」

父はわたしの頭のてっぺんにキスをした。「だから、わたしたちはおまえにメリーという名前をつけたんだ」

わたしは笑って、父を抱きしめた。母は崇拝している伝説的なソプラノ歌手であり、友人でもあるグンドゥラ・ヤノヴィッツの名前をもらって、わたしにグンドゥラと名付けたかったらしい。父の言い分が通って幸運だった。

「今夜のことが心配？」わたしは訊いた。

「充分に警戒するし、おまえもそうしなさい。だが、いまは家へ帰る。この年寄サンタは昔みたいに若くないから、昼寝が必要なんだ」

父が出ていくと、商品の飾りつけに戻った。木のおもちゃの在庫が少ない。わたしはアランにショートメールを送った。

わたし：来週、列車がもっと必要なの。いくつか、もらえる？

アラン：いま作業中。今夜はサンタを手伝うから。

わたし：もらいにいってもいい？

アラン：絵の具を乾かさないと。明日の六時以降なら。夕食もどう？

わたしはためらった。そして気づくと、指が動いていた。

わたし：マティーを連れていってもかまわなければ。

アラン：もちろん。

「メリー、おはよう」ジャッキーの声がした。「もう忙しそうね」

「忙しいのはいいことよ」きょうのジャッキーは午前十時から午後七時までの昼番だ。そして午後三時にクリスタルがきて、午後十一時まで手伝ってくれる。そして最後はわたしひとり。

ドアの鐘がまた鳴って、女性たちが笑いながら入ってくると、わたしは笑顔で応対した。

日中は何事もなく過ぎた。大いにほっとしたことに、ツイッターの〝#呪いの町〟は新しい本か映画だと思ったホラーファンに発見されてルドルフとは関係なく使われ、次第に町の話題からは離れていった。

母とコーラス隊は喉を温め、父とアランは通りを歩き、警察はジングルベル通りを通行止めにし、舞台では夕方の子どもたちの演し物のための準備が行われ、わたしはいったん家に戻ってマティーの世話をして、クリスタルとジャッキーが店にいるあいだに食べられるものを買ってこようと決めた。店は一日じゅうにぎわっていた。最後の一台だった木の列車が売れ、お客が包みをたくさん抱えて幸せそうに帰っていくと、クリスタルがそっと近づいてきた。

「列車はもっと入ってくる？」クリスタルが訊いた。「今年はすごい人気ね」

「アランがいまつくっているから、来週の分をもらうわ」

「サンタクロースと一緒に、おもちゃ工房の職人に扮するなんて、いいひとよね」クリスタルが言った。

「そうね」

「だから、この町が大好きなの。ここはいろいろな面で、まさしくクリスマス・タウンなのよ。大学に行ってこの町を離れたら、きっと恋しくなるわ」

「わたしたちはあなたが恋しくなるわ。もちろん、あなたのアクセサリーも。この二、三日でかなり売れたのよ」

クリスタルは控えめにほほ笑んだ。そして店内を見まわした。誰も聞いていないのに、そばに寄ってきて声をひそめた。「ママがね、誰かがわざとルドルフを汚そうとしていると言うの」

「事故は起こるものよ」最近はこればかり言っている気がする。

「ミスター・ピアスに起きたことは事故ではなかったんでしょう？」

「ええ。でも、警察はナイジェルの敵が町の外からやってきたのかもしれないって考えているのよ」

「それでも、何の助けにもならないわ。うちのママがB&Bをやっているのは知っているでしょう？　先週、予約をキャンセルされて、きのうもまたキャンセルされたの。いちばんの稼ぎ時に空室があったらやっていけないわ。ママはマドルハーバーのひとたちがすべての黒幕じゃないかと考えているの」

「その可能性はありそうね」

「わたしがきょう町にアルバイトをしにくるのを、ママはいやがったの。マディットたちが次に何をしでかすかわからないって。だから、ばかなことを言わないでって言ったのよ」

「母親だもの」ぜったいにあってはならないのは、地元の人々が動揺して、町は安全ではないと考えることだ。「母親って、心配性なのよ」

「そうよね。ニューヨーク・シティへ行かないでほしいって、本気で言ってたんだから。いまだって、そう思っているはずよ。でも、わたしが夢を追わずにはいられないのをわかっているから」

「あなた自身もわかっているのよね。夢を追いかけながら、ここに戻ってくればいいのよ。あなたの居場所に。ママもきっとそう思っているわ」

「そういえば、カイルが無事でほっとしたわ」

「わたしもよ」レジスターのほうを見ると、ジャッキーはそろいのカクテル用ナプキンと紙皿の会計をしていた。ジャッキーによれば、カイルはもうだいじょうぶだけれど、あごひげが焦げたことに腹を立てているらしい。それに、仕事を失ったことにも落胆していた。ダンはまだ動揺していて、しばらくホットドッグの屋台は出さないことに決めたのだ。

「すぐに戻ってくるから」ジャッキーとクリスタルに声をかけた。

寒さを防げるよう暖かい格好をして、わたしは外へ出た。さっきは楽観的なことを言ったけれど、本心はちがった。いまではもう誰かがクリスマス・タウンのクリスマスを故意に台なしにしようと画策しているのだと確信していた。マドルハーバーの人々かもしれないし、ほかに犯人がいるのかもしれない。犯人も、その動機もわからなかったが、そんなことは問題ではない。わたしが望んでいるのは、その人物がもう充分に〝楽しんだ〟ことだけだ。

通りの向こうで、父が図書館のまえのベンチにすわっていた。ひとりの子どもが膝にすわり、並んで順番を待っている子どもたちは興奮のあまりそわそわしている。アランは隣に立ち、長い巻紙にメモを書きつけている。

「これこそ、クリスマス・タウンの精神だ」ファーガス・カートライトが轟《とどろ》くような声で言った。

ファーガスのそばにはスー＝アンとほかのふたりの町議会議員の姿もあり、あらかじめ統一戦線を組んでいるようだった。警察の警備は昨夜より厳重になっていた。けれども、それほどあからさまではなく、これなら観光客も怯えないかもしれない。わたしたちが〈ルドルフズ・ギフトヌック〉のまえに立っていると、ベティが飛びだしてきた。クリスマス・タウンの精神を感じたからではなく、ショーウインドーのまえに立っていたらじゃまだと文句を言いにきたのだ。

わたしはクリスタルが町民全員で協力しあっていると話していたことを思い出した。

「おもちゃ職人を演じるために時間を割いてくれるなんて、アランは何ていいひとなのかしら。うちの店に置いていた木の列車は売り切れてしまうし、おもちゃ屋さんの在庫も少なくなっているらしいのに、仕事を休んでサンタクロースを手伝ってくれるなんて」

ベティがぷりぷり怒った。「うちのおもちゃはまだたくさん残っているわよ」

「プラスチックと化学薬品が好きなひと向けでしょ」わたしもクリスマス精神に欠けているらしい。

「このあいだ、お店でその列車を見かけたわ」通りがかったシモンズが話しかけてきた。「すばらしいですね。兄の子どもたちにも買いたいわ。まさか、全部売り切れたなんてことはないですよね？」

「地元の商品を売ることの長所のひとつは」わたしは誰にともなく言った。「すぐに追加できることなんです。列車はアランが週末につくってくれる予定です。だから、うちには月曜日に入ってきます」

「アランの作品は大好きよ」スー＝アンが言った。

「アランの作品を買うためだけに、毎年ルドルフへくるひとが大勢いるんですよ」わたしは言った。「サンタクロースのおもちゃ職人に会えるって、子どもたちがとても喜ぶらしくて」

「昔ながらの子ども時代のクリスマスを思い出すとき、手で色づけした木のおもちゃほどいいものはないでしょうね」シモンズが言った。

わたしたちはしばらく何も話さずにいた。サンタクロースとおもちゃ職人がうれしそうな子どもたちと挨拶するのを見ながら、全員が過去のクリスマスを思い出していたのだ。

いや、全員ではないけれど。

「さっさとどいてもらえる？」ベティが鋭い口調で言った。「うちのウインドーが見えないじゃないの」

母と父がそろそろ役割を終えようとして店へ入ってきたのは、午後十時頃だった。少なくとも、父はもうお役ご免だった。サンタクロースに会いたがっていた子どもたちはとっくにベッドに入れられ、ポンポンが躍る夢を見ている頃だろうから。そして、母は〝耳ざわりな音〟と競うのはいやだと言って、今夜はもう終わりだと宣言していた。

どういうわけか、普段は賢明なこの町が今夜のストリートダンスのために、ロックバンドAC／DCのコピーバンドを雇ったのだ。わたしも母の意見に賛成だけれど、母には言わずにおいた。わたしはAC／DCでもよい曲は好きだけれど、本物で充分だ。

七十代後半くらいの女性客ふたりが、父の姿を見て歓声をあげた。ふたりは父の膝にすわりたがった。だが、わたしの店の売り場には椅子がなく、ふたりはひげは本物かと尋ね、スーツの形をほめることで満足するしかなかった。そのあと、ふたりは母のケープをほめ、母が『ジングルベル』のさわりを歌うと、とても喜んだ。そのとき、わたしはたまたま玄関に飾る、鐘のリースを並べていた。すると、女性たちはそのリースに目を留めて、「走れ橇よ、風のように」まで歌い終わったか終わらないかのうちに、そのリースを持って帰っていた。

「おやすみ、メリー」母が言った。

「アリーン、わたしもすぐに追いつくから」父が言った。

「いいえ、けっこうよ」母は父にというより、わたしに言った。「誰かとすれちがうたびに話をするものだから、家へ帰るのに何時間もかかってしまうのよ」

母はわたしにキスをして、クリスタルと少し言葉を交わして出ていった。

「なあ、あそこには少し花を置いたほうがいい」父が言った。

「花は売っていないの。リースならたくさん残っているけど」わたしの店のリースは緑の葉は使っていない。枯れるものは何ひとつなく、ガラス玉や巧みにひねったブドウの蔓にリボンなどを飾っている。作り物（でも、趣味がいい！）のシダやモミの枝を使ったものもある。

「いや、花だ」父が言った。

「でも、ないのよ」

「あのガラスの花瓶にシダの枝を入れて、あの蝶結びにした赤いリボンを飾ればいいんじゃないかしら」クリスタルが提案した。

「ぞっとするような出来ばえになるわよ」わたしは言った。

父はリボンの箱を開け、作り物の葉を集めはじめた。わたしは肩をすくめて、勝手にやらせておいた。

午前零時まであと数分となり、あくびをかみ殺したあと、心のなかで閉店を宣言したとたん、またドアが開いた。店内にはまだ数人の客がいて、閉店時刻に急かされて、熱心に最後の買い物をしている。明日になればまた開店するのだが、お客はきっと店の商品のほとんどが一夜のうちに消えてしまうと思っているのだろう。といっても、閉店ぎりぎりまで大慌てで買い物をしてくれても、別にかまわないのだけれど。

キャンディ・キャンベル巡査が銃に手を置いたまま、えらそうに入ってきた。制服姿で、まるでわたしが奥の部屋で覚せい剤を調合し、暖かい格好で歩きやすい靴をはいた白髪の客たちのなかに麻薬常用者がいるかのように、店内を見まわしている。

「すべて順調？」キャンディが尋ねた。

「順調よ、ありがとう」わたしは答えた。

「何か、あったんですか？」女性客が尋ねた。

「いいえ」わたしが答えた。「おまわりさん、ご苦労さまでした」わたしがにらみつけると、キャンディもにらみ返してきた。警察は目立たないようにと命じられていたはずだ。それなのに、キャンディは目立たずにいられない。

キャンディの視線がわたしから離れた。しばらく、わたしは自分の思いこみだろうと考えていた。だって、キャンディがうれしそうな顔をしたのだ――そんなこと、あり得るだろうか？

「あれ、とてもすてきだわ」キャンディは三歩ですばやく店の反対側まで歩いた。そして作り物の葉と赤いリボンが飾られた、わたしの目にはぞっとする出来ばえに見えるガラスの花瓶のまえに立った。「この花瓶、祖母の贈り物にぴったりだわ！　いまは老人ホームで暮らしていいるんだけど、家族が花を持っていくと喜ぶの。クリスマスには、こうして飾ればいいわよね！　メリー、これ、取っておいてくれる？　明日、仕事のまえにくるから」

「え……ええ、もちろんよ、キャン……キャンディス」

キャンディがほほ笑んだ。驚きはまだまだ続いている。キャンディがほほ笑み方を知っていたなんて。「ありがとう。よかったわ。祖母へのプレゼントは選ぶのが難しいんだけど、これならきっと喜んでくれるはず」

キャンディは手をふり、うれしそうに出ていった。

「何て、かわいい娘さんなのかしら」客のひとりが話しかけてきた。「この町の連帯意識が大好きよ。警察官まで陽気で親しみやすいのね」

「……はい」わたしは言葉につまった。

「あの花瓶を見ているうちに、わたしもひとつ欲しくなったわ。あの花瓶にぴったりの友人がいるの」

ついに最後の売上げがあり、最後のお客がうれしそうに出ていった。わたしは鍵を閉めて、ドアに寄りかかった。

そしてカウンターのうしろとショーウインドーのうえの薄明かり以外の照明を消してから店を出て、ドアの鍵をかけた。午前零時十分だというのに、通りはまだにぎやかだった。レストランは最後の客に料理を出し、靴店は戸締まりをして家路につき、観光客は散歩をして夜の雰囲気を楽しんでいた。そして通りの突きあたりにある舞台からは、今夜はもう二十回近く聴いているAC／DCの『悪事と地獄』が鳴り響いていた。

とてもいい一日だった。何事もなく、夜が終わった。ルドルフではクリスマスまえにあともう一回特別な行事が計画されている。次の土曜日の午後に開かれる子どものための野外パーティーだ。湖の一角で滑るスケート、雪だるまコンテスト、さまざまなゲーム、豊富な食べ物。父と手伝いのひとたちはとても忙しくなるだろうし、母の声楽教室の子どもたちも歌を歌うことになっている。

卑劣なグリンチがどんな人間で、どんなことが望みだったにせよ、もうすべてやり遂げたことをあえて祈った。

アパートメントに着くと、いやなにおいがした。くんくんとにおいを嗅いでいくとキッチンの流し台の下のごみ箱に行き着き、ごみを最後に捨てたのがいつだったか覚えていないことに気がついた。数日まえに魚を食べたとき、余らせてしまったのだ。そして、その余りは、余った魚がたどる結末となっている。くたびれ果てており、ごみ箱を朝まで放っておくことも考えたけれど、虫がわくのも怖い。ごみ箱から悪臭を放つビニール袋を取りだして口を縛り、一階へ持っていこうとすると、マティーが隙を突いてビニール袋に鼻を突っこもうとして、足もとで飛びはねている。わたしは朝までに凍っていることを期待して、裏口の外のごみ箱に放り投げた。

わたしはすっかり疲れ果てており、翌日の贅沢《ぜいたく》な朝寝坊を楽しみにしていた。日曜日は正午に開店し、午後六時に閉めるのだ。

ああ、天国。

そして、そのあとはアランに食事に誘われている。自宅で食事というのは〝メリー、どうせここまでくるなら、うちで食事をしないかい?〟という意味なのだろうか? それとも〝メリー、きみと一緒にいたいから、うちで食事をしないかい?〟という意味なのだろうか?

どちらか決めかねているうちに、いつの間にか寝入っていた。

そして、マティーの吠え声で目が覚めた。部屋が真っ暗なのは、寝るときはそのほうが好きだから。わたしはマティーに静かにするよう命じて、寝返りを打った。

マティーは静かにしなかった。吠え声はますます大きく、激しくなっていく。

「マティー! 静かにしなさい。赤ちゃんが起きちゃうでしょ。こっちにおいで」わたしは上掛けを叩いた。そして、ゆっくりと目がまわりの光に慣れていった。寝室のドアは閉まっており、マティーが外に出ようとして引っかいている。

わたしはうめいた。マティーを無視して朝になってから荒らされた部屋を掃除するか、いま起きてマティーを外に出して、またベッドに戻るか。結局、ベッドから出た。あまり時間を割けないことを考えれば、マティーのトイレ訓練はかなりうまくいっている。外に出たいと頼めるようになっただけでも、喜ぶべきなのかもしれない。

それが朝なら、もちろん喜ぶのだけれど。

寝室のドアを開けてやると、マティーは階段を駆けおりていったが、まだ吠えている。わたしはよろけたり、文句を言ったりしながら、マティーのあとを追った。

そして階段のいちばん下までおりたところで、凍りついた。マティーはもう吠えておらず、鼻を鳴らしていた。頭を下げ、ドアの下のにおいを嗅いでいる。煙のにおいだ。パチパチという音も聞こえる。ドアの小窓から見えるのは、動いている赤とオレンジ色の光だった。

火事よ！

わたしは叫んだ。そして愚かにもドアを開けてしまった。マティーはかん高い声で鳴くと、怯えて階段を駆けのぼった。

火はごみ箱からあがっていた。ふたは五十センチほど横に落ちている。ごみ袋を入れたあと、ふたは間違いなくきちんと閉めた。近くには大きな古木が何本もある。ということはリスがたくさんいるし、アライグマもときどき見かける。つまり、手先が器用で、賢くて、人間のごみが大好きな小動物ということだ。

わたしはふたを閉めれば火を消せるのではないかと思い、ふたをひろおうとしたが、そのまえに隣に住むスティーヴが小さなキッチン用の消火器を持って現れた。

「メリー、どいて！」スティーヴが怒鳴り、わたしが飛びのくと、消火器が発射された。

火は一瞬のうちに消えた。暗い庭と真っ黒な空を背景に浮かびあがり、怯えた目に見えた炎は、実はずっと小さかったのだ。スティーヴとわたしは恐る恐るごみ箱に近づいて、なかをのぞいた。いちばんうえのビニール袋はまだくすぶっていた。燃えたビニールのいやなにおいがして、わたしは息を止めた。

サイレンの音が近づいてくる。

「ウェンディが九一一にかけたんだ」スティーヴが説明した。

「すばやかったわね」

「子どもがいるから。速くなるものだよ。マティーの吠え方でおかしいと気づいたんだ。いつもの吠え方とちがうから。それで窓からのぞいたら、火が見えた。いったい、どうしたんだい？」

「わからない」

「ところで、マティーは？」

「隠れているわ」そのとき、マティーが家から飛びだしてきて、まず鼻をひくつかせて、安全かどうかを確かめた。

サイレンが家のまえで止まった。

「ぼくはここにいるよ」スティーヴが言った。「また、燃えだしたら困るから。消防のひとを迎えにいって、ここに連れてきて」

二階の窓が開いた。「どうしたの？」ウェンディだ。

「火は消えた」スティーヴが答えた。「ベッドに戻っててていいよ」

わたしが家の正面へ走りだすと、マティーがついてきた。わたしたちの家のなかだけでなく、近所の家の明かりもつきはじめた。

「こっちよ」わたしは叫んだ。「裏です」

消防士がわたしの横を走り抜けた。「もう消えました」わたしは付け加えた。

裏に戻ると、消防士たちはくすぶっているごみ箱のまわりに集まっていた。

「完全に消したほうがいい」消防士のひとりがそう言い、ごみ箱へホースを向けて水をかけた。

「いったい、何事なの？」ミセス・ダンジェロが出てきた。ネグリジェのうえにコートをはおっていたが、ボタンは留めていなかった。ミセス・ダンジェロがレースとリボンで丹念に飾られた、すらりとしたピーチ色のセクシーなネグリジェで寝ていたことに驚く余裕があるほど、わたしは冷静だった。急いではおったさまざまなコートとパジャマ姿の人々もうしろにいる。

「これはどなたのごみですか？」消防士が尋ねた。

「わたしです」

消防士はわたしをにらみつけた。「ごみを捨てるときは注意してください。煙草か何かを消し忘れたんじゃないですか？」

「煙草は吸いません」

ミセス・ダンジェロが金切り声で叫んだ。「うちを燃やすところだったのよ！」

「わたしは何も……」

「今夜は風がなくて幸運でした」消防士が言った。「ごみ箱が家に近すぎます。火花が散って、ごく小さな火がついたら、あっという間に燃え広がりますからね」

「ポンッ」隣人のひとりが効果音をつけた。

「わたしは煙草は吸いません」もう一度言ったが、誰も耳を貸してくれなかった。ミセス・ダンジェロは隣のミセス・パターソンに〝肝をつぶした〟と話し、消防士はスティーヴがきちんと機能する消化器を備え、使い方を知っていたことをほめた。そしてマティーはパジャマの裾とブーツのにおいを嗅いでいる。

「次に何か事を起こしたら」ミセス・ダンジェロが言った。「賃貸契約の期間を考え直しますからね。家を失うところだったんだから。今回の件はお父さんに報告しますから」

「わたしは煙草は吸いません」もう一度言った。

「ああ、何だか気を失いそうよ」ミセス・ダンジェロは消防士に言った。たまたま若くて、とてもハンサムな消防士に。「家まで送ってくれないかしら」

「わたしが送っていくわよ、メイブル」ミセス・パターソンがミセス・ダンジェロの腕をつかんだ。「神経が鎮まるようにおいしいお茶を淹れてあげる」

近所の人々は危ないところだったと叫び、消防士たちは吸殻を捨てるときはもっと気をつけるようわたしに警告すると、やっと全員が帰っていった。

「煙草は吸わないのよ」ごみ箱の残骸の近くにスティーヴとふたりで残されると、わたしは言った。

「吸わないことは知っているよ。何が起きたんだと思う、メリー？」

わたしたちはびしょ濡れの残骸を見た。「わたしは一日じゅうお店にいたのよ。二度家に帰ってきてマティーにごはんを食べさせて、外に出した。コンロは使わなかったし、キャンドルにも、そういう類いのものにも火をつけなかった。一週間放りっぱなしだった魚を捨ててから、ベッドに入った。生ごみは自然発火する?」

「いや」

「わたしもそう思う」裏庭を見まわした。雪はすべてマティーの足跡で荒らされたあと、さらに消防士と近所の人々の足跡もついている。みんながやってくるまでは、雪に足跡がついているかどうかなんて確かめようとも思わなかった。どちらにしても、たいして意味はなかっただろう。庭はフェンスで囲まれているけれど、歩道はこのまえ雪が降ったあと、除雪されたのだから。

「メリー、このあたりではおかしなことが起こっている」スティーヴが言った。

「もちろん、知っているわ」

「町庁舎のみんなはぴりぴりしているとウェンディは言っている。また何かが起きるのを、みんなが待っているって。ぼくは今回の件もそうじゃないかと思っている。消防士を呼び戻そうか? ちゃんとごみ箱を調べたほうがいい」

「調べるって、何を?」

「燃焼促進剤、かな。ごみのなかには燃えるようなものがいっさい入っていなかったと話していただろう? ぼくはきみの話を信じる」

「放っておきましょう」わたしは言った。「わたしはベッドに戻りたい。今回の件はすべて終わってほしいの」

「メリー、気をつけてくれよ」

「ええ。あなたもね」

「だいじょうぶだ」スティーヴは小さな家族とベッドのもとへ戻っていった。

わたしはマティーを呼び戻し、一緒にベッドへ入った。そして一分もたたないうちに眠りに落ちた。

19

冬の早朝の弱いグレーの光のなかで、ごみ箱は終末後を描く映画のように見えた。わたしはパジャマ姿で裏の戸口の段に立ち、コーヒーの入ったマグカップを持って残骸を見つめていた。マティーは濡れた黒い残骸のにおいを長いこと嗅いだあと、庭を駆けまわり、昨夜のうちについたすばらしいにおいを嗅いでまわった。

炎があがったのは恐ろしかったけれど、一夜明けると、それほど危険ではなかったのだと気がついた。もし、本当に燃焼剤が使われていたのだとしても、それほど多くなかったのだろう。いちばんうえのごみが燃えただけだ。仮にごみ箱全体が燃えたとしても、それほど燃え広がらなかっただろう。庭は雪で覆われているし、家はヴィクトリア様式の硬い煉瓦造りなのだから。まわりには燃えるものは何もなく、木々は雪に覆われ、木の塀は遠いし、深い吹きだまりに守られている。

ただの退屈した愚かな子どもたちの悪ふざけだった可能性もある。

ほかの出来事はちがうだろうけれど。

もしルドルフのクリスマスを台なしにすることが放火犯の目的なら、うちのごみ箱を燃やすことがどういう位置づけになるのかはわからないけれど。もしかしたら、犯人はたんに人々を怖がらせたいだけなのだろうか？

それなら効果はあった。とても怖かったから。そして、いまは腹が立っている。火は弄《もてあそ》んでいいものではない。しかも、上階では赤ちゃんが寝ていたのだ。

もう、眠る気にはならなかった。わたしは家に入って、すぐに電話をかけた。それからコーヒーを流しに捨てて、ジーンズとセーターを着て、町へ向かった。

〈ヴィクトリアの焼き菓子店〉に着くと、シモンズ刑事がテーブルについていた。ミッドナイト・マッドネスが終わった日曜の朝の午前八時であり、ほかに客はいなかった。今朝は町じゅうが眠っているのだろう。

シモンズ刑事は眠ったのだろうか。赤い革のジャケットに、黒いパンツと赤茶色のアンクルブーツをはき、完璧にまとめた服装をしている。何も塗っていない爪はきちんと整い、先がカールした髪を耳にかけ、薄い頬紅と淡いピンク色の口紅が顔を色づけている。

一方でわたしと言えば、カールした髪はぼさぼさで、目の下には隈ができ、爪はかんでぼろぼろで、しかもシャツのまえに油染みがついていることに、いま気がついた。

ヴィクトリアは何も訊かずに、コーヒーとブルーベリースコーンを運んできた。シモンズはコーヒーを飲んでいる。ブラックだ。

「ゆうべのうちに電話をかけてくれればよかったのに」ボヤのことを話すと、シモンズが言った。

「疲れていたし、忘れたかったんです。被害はなかったし。新しいごみ箱を買わなきゃいけないくらいで。それに、大家さんがわたしを追い出す方法を探しているみたい」

「メリー、冗談はやめて」ヴィクトリアが言った。「大きな火事になっていたかもしれないのよ」

「そこなのよ」わたしは言った。「手に負えない状況になる可能性はなかった。犯人もそれをわかっていたんだわ」両手を上げて続けた。「ええ、そうよね。ゆうべ、わたしがキャンドルを灯していたかどうかは、誰もわからない」

「誰かをやって、そのごみ箱を回収させます」シモンズが言った。「自分の目で見てみたいから。あなたは仕事から帰宅したあと、夜遅くにキャンドルを灯してごみ箱に捨てる習慣がありますか？」

「いいえ」

「それなら、昨夜キャンドルを灯した可能性は低い」

「何だか、どんどん気味が悪くなっていくわ」ヴィクトリアが言った。

「ええ」シモンズが言った。「とても興味深いのは、一連の出来事の一つひとつがとても小さな事件に見えることです。といっても、ひとりの人間が亡くなっていることを忘れてはいけませんが」

「ええ、わたしのクッキーを食べたあとでね」ヴィクトリアは言った。「刑事さん、何か食べない？」

シモンズはにっこり笑った。「応援する気持ちを示すために、スコーンをひとつ。とてもおいしそうだし」

ヴィクトリアが指を鳴らし、わたしの口のなかへ消えた残りのスコーンを指さした。わたしはずっと、指を鳴らせば食べ物が目のまえに現れればいいのにと願っていたのだ。今回は店員が皿にのったペストリーを運んできたのだけれど。ニューヨーク・シティでウエイターに向けて指を鳴らせば、何が起こったのかわからないうちに、あっという間に外に放りだされてしまう。けれども、ヴィクトリアの店で働いているひとは全員がヴィクトリアの親戚か何かで、それがヴィクトリアのやり方だと知っており、気分を害さない。それに、ヴィクトリアがいちばん厳しくあたるのは、彼女自身だから。

「殺人事件の捜査では、何か進展がありましたか？」わたしはおいしいペストリーがシモンズの心を溶かしてくれたことを期待して、思いきって訊いてみた。

シモンズは答えてくれた。「ほとんどありません。テレビとちがって、友人や身内がからまず、犯人が自分のやったことについて吹聴《ふいちょう》せず、手がかりも残していない場合、犯人を見つけるのは驚くほど難しいんです。ピアスが住んでいたイギリスの警察に連絡し、いろいろと確認してもらっていますが、いまのところ成果は何も。まだ、名前が挙がっていない人物かもしれない。誰かがここにピアスを追ってきて、気づかれずに帰ったのは確かだと思うのですが」

「わたしもそう考えたと思います。ほかの奇妙な出来事がなければ。わたしのフロートの件をはじめとして」

シモンズが眉を吊りあげた。「あなたのフロートの件とは？」

「サンタクロース・パレードでわたしのフロートを引っぱったトラクターが、動かないように故意に細工をされたんです。きっと、誰かの悪いいたずらだろうと思っていたんですけど」わたしはヴィクトリアの視線を避けた。「もう冗談で済ませなくなってしまったから」

「そうですね」シモンズはスコーンを食べ終わり、立ちあがった。そしてポケットから財布を出した。

「お代はけっこうです」ヴィクトリアが言った。

「いいえ。買収されたなんて言われたくありませんから」シモンズは紙幣を二枚置いた。そして白い名刺とペンを取りだした。そして名刺を裏返してペンで書きこみ、わたしにくれた。「持っていてください。裏に個人的な電話番号が書いてあります。気になることがあったら、昼でも夜でも、いつでも電話してください。ごみ箱で何か見つかったら知らせます。くれぐれも気をつけて」

近頃は、いろんなひとにそう言われている。「気をつけます」

わたしはコートのポケットに名刺を入れて、シモンズが出ていくのを見送った。シモンズがドアを開けたままでいると、ジョージが彼女に会釈しながら入ってきた。ジョージはわたしたちにも会釈をすると、カウンターまでのんびり歩いて、白パンとロールパン六個を頼んだ。いつもの農場用のオーバーオールと重そうな作業用の長靴をはいていた。

ジョージはいつもの彼だった。農夫だ。

頭の奥で何かが引っかかった。ほかにも誰か、農場で育ったひとがいた。最近になって知ったはずだ。でも、誰だか思い出せない。

「ゆうべのこと、お父さんに話すつもり？」ヴィクトリアが訊いた。

「心配させたくないわ」

「わたしたちがどんなに年をとっても、心配するのが親のつとめなのよ」

「確かにね。でも、今回はやめておく」

「きょうの午後、またマドルハーバーへ行ってこようと思うの」ヴィクトリアが言った。

「どうして？」

「今回の件の黒幕はマディットたちよ。ルドルフの観光業をつぶしたら、観光客があっちに行くから」

「ルドルフの観光業をつぶしても、観光客は家にこもっているか、ニューヨーク・シティへ行くだけよ。観光客がここにきているのは、クリスマス・タウンだから。マドルハーバーには何も魅力がないもの」

「あなたはマディットたちを分別のある人間だと思っているでしょう」ヴィクトリアが言った。「それが間違いよ。もう、力を見せつけてもいい頃だわ。あのひとたちが何をやってるのか、わたしたちが知っていることを知らせてやるのよ。店を閉めたら、迎えにいくから。甥っ子たちも連れていくわ」

「だめ。店の商品を仕入れるために、町の外に出かけるのよ」

「あとにしてよ」

「いや」

ヴィクトリアはため息をついた。「あなたの言うとおりかもね。カフェと名乗っている店で、またあの料理を目にするなんて耐えられそうもないし」

商品を仕入れにいく場所について細かく訊かれなくてよかった。高校の頃ヴィクトリアは、アランとわたしは〝ソウルメイト〟であり、〝互いのために生まれた〟と言っていた。だから卒業後に別々の道を歩むことになったとき、わたし以上にうろたえたのだ。ルドルフに戻ってきたとき、アランの名前が出るたびに、ヴィクトリアに意味ありげな目でじっと見られるだろうことは覚悟していた。でも、きょうは意味ありげな目でじっと見つめられたくないし、わたし自身の頭もほかの方向に向けたくない。

「また、あの料理を目にするって？　何も食べていないくせに」わたしは言った。

「あの脂ぎった料理のそばにいるだけで、うんざりなのよ」

「ヴィクトリア！」カウンターから声がして、わたしたちは顔をあげた。「電話よ」

ヴィクトリアが立ちあがった。「コーヒーのおかわりは？」

「もらうわ。それから、スコーンももうひとつ。今度はホワイトチョコレートとペカンナッツのやつ」あの夜のあとだから、一日二個のスコーンがいる。

ヴィクトリアが電話に出ているあいだに、店員が熱いコーヒーとスコーンを持ってきた。

コーヒーはとてもよい香りで、ふっくらとしたスコーンにはペカンナッツがたっぷり入り、ホワイトチョコレートがかかっている。

わたしはマグカップを両手で持って、温もりを楽しんだ。

〝考えるのよ、メリー。よく考えて〟

これまで起きたこと――わたしのフロート、薬物入りクッキー、ホットドッグの屋台の爆発――はどれもクリスマスの行事の妨害が目的だったように見える。でも、ごみ箱への放火は（これだけ考えると、まぬけな気がするけれど）個人的なものだ。これで怖い思いをしたのは、わたしだけ。近所のひとはみな、わたしを不注意な喫煙者だと思っている。

したがって、わたしが考えなければならない疑問はこれ。

〝どうして、わたしなの？〟

あのボヤが若者のいたずらでないとしたら、どうしてわたしを狙ったの？　わたしの何が特別なの？

何もない。

ルドルフを出て、何年かニューヨーク・シティで暮らして、また戻ってきたこと？　それはまともでいようとすれば、このあたりではよくあることだ。ジングルベル通りに店をかまえていること？　それなら、どうしてわたしなの？　ジングルベル通りにはたくさんの店が並んでいる。

店はベティ・サッチャーの〈ルドルフズ・ギフトヌック〉の隣だ。ベティはわたしのことも、うちの店が売っている商品も気にくわない。でも〈ミセス・サンタクロースの宝物〉が閉店に追いこまれて、わたしが尻尾を丸めて逃げだしたとしても、目抜き通りに板で囲まれた店があることが何よりも商売に悪影響を及ぼすのは、ベティでさえわかっている。

計画の途中で自分の店の経営を危険にさらすことになっても、ベティはわたしを排除したいのだろうか？

わたしはベティが燃焼剤とマッチを持って、裏庭へ忍びこんでくる姿を想像しようとした。たいして難しくない。これからはベティの行動を見張ろう。

その一方で、ここルドルフで、自分が特別に変わっている点は見つからなかった。わたしは父親がサンタクロース役をつとめるクリスマス・タウンですっかり定着した存在なのだ。

急に胸をつかまれた。父親がサンタクロース。

サンタクロース以上にクリスマスを象徴する人物がいるだろうか？　父を苦しめる以上に、ルドルフのクリスマスを貶《おとし》めるのに効果的な方法があるだろうか？　最初からわたしが狙いで、フロートも妨害されたのだろうか？　それとも、昨夜の放火で初めて狙われたのだろうか？　放火については両親に話さないつもりだとヴィクトリアに言った。ふたりを心配させたくないから。

伝えるべきだろうか？

次は父が狙われるかもしれないと警告すべきだろうか？

これまでは、ロサンゼルスにいるイヴを装ったショートメールについて、あまり深く考えずにいた。あのメールを送ったのはイヴではなかった。イヴは携帯電話で連絡がつかない場所に数日滞在する予定だった。誰がそのことを知っていたのだろう？　それとも、ただの幸運な（犯人にとっては）偶然だったのだろうか？　あのメールは父を町から連れだすのが目的だったにちがいない。ルドルフからロサンゼルスへ急いで飛び、あちらこちらの病院を探させようとしたのだ。そうなれば、数日は帰ってこなかっただろう。ミッドナイト・マッドネスにさえ出られなかったかも。

サンタクロースのいないミッドナイト・マッドネス？

あり得ない！

もし母も同行していたら、コーラス隊もなかった。ルドルフが誇るミッドナイト・マッドネスが、ほかの小さな町の買い物ナイトと変わらなくなっていたのだ。

わたしたちはみな、チャールズ・ディケンズのクッキーがナイジェル・ピアスのために焼かれたことを犯人は知っていたのだろうと思っていた。でも、もしも知らなかったら？　犯人がチャールズ・ディケンズと『クリスマス・キャロル』の関わりを知らなかったら？　とてもきれいで、見るからに特別なクッキーはサンタクロースのためだろうと思いこんでいたのだとしたら？

そしてサンタクロースを殺す、あるいは病気にすることに失敗したせいで怖気《おじけ》づき、もっと弱く、簡単そうな相手に狙いを変えたのだとしたら？

サンタクロースはまだ犯人の標的なのだろうか？

わたしは腕時計を見た。八時三十分。母と父は家にいるだろう。サンタクロースはきょうは休みで、ふたりはロチェスターへ行き、友人たちと一緒に劇場で『くるみわり人形』のマチネを観たあと食事へ行く予定だ。

一日、町を出ているなら安全だ。もっとよく考えて、父には明日の朝電話をかけよう。父ならどうすべきかわかるだろうから。

正午になってお客が少なくなると、わたしはジャッキーにゆうべは何をしていたのかとさりげなく尋ねた。昨夜ジャッキーは七時に帰ったので、ごみ箱が燃えはじめたときに、カイルと一緒にいたのかどうか知りたかったのだ。

ジャッキーは険しい目でわたしを見た。「どうして、そんなことを訊くの？」

「ただのおしゃべりよ」

ジャッキーがまだ怪しんでいるようだったので、わたしは親切で思いやりのある経営者のふりをした。ジャッキーはクリスタルをちらりと見た。クリスタルは肩をすくめた。「母の家で食事をしたわ。わくわくする過ごし方よね？」

「カイルも一緒に？」

「いいえ。月に一度、土曜日にジェリーおじさんとベアトリスおばさんと憎たらしいいとこたちが夕食にくる日だったから。ジェリーおじさんとカイルはあまり仲よくないのよ」ジャッキーは鼻を鳴らした。「ジェリーおじさんは海兵隊で採用担当の曹長なの。カイルは定職に就くべきだと考えていて、できれば落ち着けるように〝常に忠実であれ〟の海兵隊に入ったほうがいいと思っているわけ。ジェリーおじさんにはカイルの芸術性がわからないのよね。仕事なんかしたら、芸術の才能がだめになっちゃうのに」

カイルが芸術家だったとは初耳だ。

「彼は何をしているの？」クリスタルが訊いた。「この町ではカイルの作品を見たことがないけど」

ジャッキーはクリスタルを見た。「いろいろな表現方法を試して、ぴったりくるものを探しているのよ」

クリスタルは鼻を鳴らした。わたしはこらえたけれど。

ジャッキーはクリスタルを無視して、わたしに向かって話した。「ジェリーおじさんはぐうたら息子のことだけ心配していればいいのよ。ジェラルドはいつかきっと悪いことをやらかして、新聞に載るわ。それにアマンダがここ二、三カ月で急に体重がふえたことにも気づかないといいけど。その体重は全部、お腹のまわりと、大きくなる必要がないところ――おっぱいに付いているっていうのに。でも、ひとのいいジェリーおじさんはみんなの欠点を探すのに忙しいから、足もとが見えていないわけ。そろそろ、家族の誰もおじさんの話を信じていないことに気づいてもいい頃なのに……」

「誰にでも、付きあいにくい家族がいるわよね」クリスタルが話をさえぎった。

ジャッキーはクリスタルをにらみつけた。「さすが、ミス・パーフェクトはちがうわ」

「わたしはバイオリンなんて習いたくなかったのよ」クリスタルが言い返した。「バイオリンなんて大嫌いだった。でも、音楽は幅広い教育を受けないとだめで、声楽だけではたりないってママが言うものだから」

「うちの母は……」

ジャッキーにゆうべは何をしていたのかと尋ねたときには理由があったのに、いまではそれが何だったのかすっかり忘れていた。

「最近の若者の問題についてジェリーおじさんに説教されたときは、本当にいらいらしたわ。そのあいだずっとジェラルドはいくらだったら父親に気づかれずに財布からお金を抜きとれるか考えているし、アマンダは口にロールパンをつめこんでいるっていうのに。あたしは食事がすんだあと、まっすぐ自分の部屋に帰ったわよ。事故のあと、カイルには考えなきゃいけないことが多すぎるから、愚痴なんて聞かせられないし」ジャッキーは洟をすすった。

「どっちみち、友だちふたりと出かけたみたいだったから」

「カイルはまだ治療中じゃないの?」クリスタルが訊いた。

「ひと晩くらい、友だちに会いにいったほうが身体にもいいのよ」ジャッキーはそう言ったものの、自分でも信じていないような口調だった。

ドアの鐘が鳴り、ふたりはおしゃべりをやめた。それでもかまわなかった。知りたかったことは訊いた。昨夜のカイルの居場所は不明。わたしはルドルフの住民のなかで、カイルがいちばん強くナイジェル・ピアスを排除したがっていたことを忘れたわけではなかった。ヴイクトリアはＧＨＢはストリート・ドラッグだと言っていた。ストリート・ドラッグはその気になれば誰だって、このわたしでさえ、手に入れられる。おそらくは、このルドルフでも。けれども、容疑者として考えはじめているひとたちのなかで、カイルがいちばんそうした世界に近いのだ。

もしかしたら、ホットドッグの屋台の爆発を起こしたのもカイル本人で、そのあと夜になってから、わたしの家のごみ箱に同じことをしたのかもしれない。カイルはこれまで放火を疑われたことはなかったか、こっそりシモンズ刑事に訊いてみる価値はあるだろう。これまで、カイルのことをとくに賢いと思ったことは一度もない。でも、もしかしたらカイルは自分が与えた問題を解こうとして警察が走りまわっているのを見るのが楽しくて、もう一度やってみたのかもしれない。カイルが父を町から追いだしたがる理由はまったく見当がつかないけれど。これは警察の問題ではない。こっちの問題にはまったく共通点がない。父を町から連れだそうとした問題とはまったく関係ないのかもしれない。わたしはそう思いはじめていた。

ルドルフは静かで平和な町だった。クリスマスに夢中になっていることを除けば、ニューヨーク州北部のごく普通の小さな町だ。だから、こんな非現実的なことが（殺人もほかのことも）とつぜん同時に起こるなんて、とてもあり得ない。

そろそろ、誰かがカイルに何か企んでいるのか訊いてみるべきだろう。

わたしはジャッキーとクリスタルに、お昼を買ってくると言って出かけた。ヴィクトリアのお店に行くけど、何か買ってきましょうか？　おごるから。

ジャッキーがまた怪しむような目で見た。

「ふたりとも一生懸命に働いてくれたからよ」わたしは言った。「感謝のしるし」

ジャッキーは〝それなら時給をあげて〟というようなことをつぶやいてから、スープとサラダがいいと言った。

「ありがとう。本当に親切ね」クリスタルは言った。「サンドイッチをお願い。お肉が入っていないのにして」

「どうせ、ヴィクトリアのお店に行くなら」わたしは言った。「カイルにも何か買っていきましょうか？　家まで持っていってあげるわよ」

「どうして、そんなことまでしてくれるの？」ジャッキーが訊いた。

「けがをしたからよ。今週の善行ね」ジャッキーにほほ笑みかけた。「ところで、カイルはどこに住んでいるの？」

ジャッキーはエルム街の住所を教えてくれた。「地下よ。一Bのブザーを押して」

〈ヴィクトリアの焼き菓子店〉は忙しく、ヴィクトリアとは話せなかった。これから何をするつもりか話したくなかったので、ちょうどよかった。話したら、ヴィクトリアもついてくると言いはり、すべてが大ごとになってしまうだろう。もちろん話す必要はないのだけれど、どういうわけか、話したいかどうかにかかわらず、ヴィクトリアにはすべてを打ち明けてしまうのだ。

カイルは男らしいものが好みだろうと考えて、ライ麦パンとローストビーフを選んだ。それからジンジャーブレッド・クッキーも買った。それが引き金になって、殺人事件が起きたパレード後のパーティーを思い出すかもしれないから。

エルム街は町のなかで決していい場所とは言えない。住宅の大部分は古く、その多くが荒れ果てている。しかしながら、こんな場所でさえもクリスマスの精神は強く息づき、木には電球が飾られ、多くのドアにはリースが下げられていた。カイルが住んでいる建物は入口にブザーが並んでいるところを見ると、アパートメントとして分割されているようだった。わたしは二Bのブザーを押して待った。

「何?」小さな声が聞こえた。

「こんにちは、カイル。メリー・ウィルキンソンよ。お昼を持ってきたの」

「どうして?」

「何か新鮮な食べ物が欲しいんじゃないかと思って」

「そこに置いておいて」

そんなことを言われるとは思ってもいなかった。「盗まれたらいやだから」もしかして、服を着ていないの? それともジャッキー以外の女性がきている? 急に、これが名案ではない気がしてきた。

解錠ブザーが鳴り、わたしは疑念を押しやって、ドアを開けた。

玄関ホールは古い油と、煙草の煙と、消毒薬のいやなにおいがした。入口のうえの電球が鈍く光っているだけで、唯一の窓からも光はほとんど入ってこない。階段を見つけて、慎重に暗がりへとおりていった。ドアがふたつあった。一Bと二B。ノックをするとカイルのうなり声が聞こえた。「開いてるよ」

不潔で汚い部屋を覚悟していたけれど、部屋は比較的きれいに整理されていた。家具は七〇年代に流行していたものだけれど、清潔に見える。カイルは〈レイジーボーイ〉のリクライニングチェアに脚をあげてすわり、サイドテーブルにはビール瓶と山盛りの灰皿がのっていた。幸いにも、服は着ていた。壁にかかっている大型フラットテレビの画面には、アイスホッケーの試合が映っている。わたしはすばやく部屋を見まわした。やはり、カイルは芸術家なのかもしれない。片側の壁際にはカンヴァスが積まれ、テーブルのうえには絵の具と筆が散らばり、高窓の近くにはイーゼルが置かれていた。わたしはそっとにおいを嗅いだが、絵の具と洗剤のにおいのちがいはわからなかった。

芸術家にはスランプがあるんじゃない？

カイルはテレビから視線を引きはがして脚をおろし、リクライニングチェアの背もたれを起こした。「ありがとう、メリー」

わたしはヴィクトリアのお店の袋をキッチンに持っていってテーブルに置いた。流しには皿が重なっていたけれど、せいぜい数日しかたっていないようだった。ビール瓶を除けば、ほかには何も置かれていない。

わたしは居間へ戻った。「具合はどう？」

「悪くない」カイルは答えた。

あごのひげは剃ってあり、眉は焦げている。それ以外、顔はきれいなままだった。

「逃げられて幸運だったわね」

カイルは身震いした。「ああ」

「何が起きたのか、わかる？」

カイルは首をふった。「警察がバーベキュー台を持っていったと、ダンが言っていた。よかったよ。もう、あんなものには二度と近づきたくない」煙草の箱に手を伸ばして、一本抜いた。そして使い捨てライターを持ちあげた。ひどく手が震えるせいで、火をつけるのに何度もライターをつけなければならなかった。そして火がつくと、身をかがめて煙草を近づけた。それから大きく煙を吸いこんだ。「メリー、おれは当分バーベキューを食べられないと思う」空いているほうの手であごをこすって、目を閉じた。

「すぐによくなるといいわね」

「もうだいじょうぶだ。ただ、考えつづけている。それだけだ」

「お昼、食べてね」わたしは部屋を出た。

ゆうべ、うちにきてごみ箱に火をつけたのがカイル・ランバートだったら、ヤギひげを伸ばしてもいい。

また、ふりだしに戻った。

クリスタルは五時に帰り、店は六時に閉めた。ジャッキーはカイルの看病をしにいった。わたしはアランの家で食事をするデートに備え、シャワーを浴びて着がえるために急いで家へ帰った。

これはデートなの？　まだ、わからない。

わたしはクローゼットを眺めた。アランが仕事の顧客を招待して食事をするつもりでいる場合に備えて、セクシーな服は問題外。でも、ニューヨーク州北部の土曜日の夜みたいに、いかにもビジネスライクな服もだめ。そうかといって、田舎くさいのもいやだ。

結局ジーンズに、飾り気のない青のTシャツとショート丈の黒い革のジャケットにした。そして首に青いスカーフを巻き、ぶら下がり型のシルバーのイヤリングをした。玄関で、三センチのヒールのふくらはぎまでのブーツをはいた。そして新しいダウンコートをはおって、ていねいにつくりあげた印象をぶち壊した。アランの家は郊外にあり、今夜はもっと雪が降りそうだ。町を出るときは、たとえ近くでも車が走らなくなることを想定する程度の分別はある。

「あなたもすごくすてきよ」わたしはマティーに言った。シャワーを浴びて、髪を洗い、服を着てから、念入りにマティーのブラッシングをしたのだ。でも、間違いなく先にブラッシングをするべきだった。服についた茶色の長い毛を取り、関心を向けたことに対する感謝をこめてマティーになめられたせいで、口紅と頬紅を塗り直すはめになったのだから。

マティーはあまり車に乗ったことがなかったが、二度乗せたときは楽しんでいる様子だった。今夜は車のドアを開けてやると、後部座席に飛び乗った。わたしの車はホンダ・シビックだ。マティーの成長がついに止まったら、もっと大きな車が必要になるかもしれない。もしも、本当に成長が止まったら。

これまでも商品を仕入れるために、アランの家を訪れたことはあった。アランはルドルフから車で約十五分の、オンタリオ湖から少し内陸へ入ったところに住んでいる。森の奥深くにある、とても美しくて静かで、人目につかない場所だ。家は十九世紀に建てられた農家だけれど、なかへ入ったことはない。仕事はすべて、私道として使っている長く曲がりくねった舗装していない道の行き止まりにある離れの作業場でやっているから。

家を出ると、雪が降りだした。明るいルドルフを出ると、初冬の暗闇に呑みこまれた。ヘッドライトのなかで、雪が舞っている。雪が積もって重くなった裸の枝が迫ってくる。数台の車としかすれちがっていないけれど、マティーはヘッドライトが近づいてくるたびに興奮した。わたしは走行距離計を見ながら、アランの家へ曲がる角までの距離を確認した。あまり目立たないので、暗いと見逃してしまいそうなのだ。

車の速度を落として、角を曲がった。道は雪かきをしたばかりのようだったが、何にも遮られない新たな雪がまた積もりはじめていた。道沿いには大きなオークの古木や、カエデや、背の高いマツの木が並び、どれも雪が重くのしかかっていた。その木々がなくなると、よく手入れされたアランの敷地に入った。温かな黄色い光が家じゅうにあふれ、ポーチの手すりとひさしにはコードでつながった赤と緑のクリスマス色の電球が飾られ、客を歓迎している。サンタクロースのおもちゃ工房随一の職人が住んで働くのに、何とふさわしい家なのだろう。

工房の明かりはすべて消えていた。車は工房の横に停めた。車に箱を積むとき、近いほうが都合がいい。エンジンを切って車から降り、マティーを降ろした。小動物を追いかけて夜の森へ走っていかないように、首輪にリードを着けた。家のドアが開いて、アランが立っているのが見えた。光のなかに細長い輪郭が浮かびあがっている。アランは片手をあげて挨拶すると、階段をおりてきた。

左側で、何かが目に留まった。あってはならないところに光が見える。わたしはじっと目をこらした。工房の窓の向こうで、赤い光が揺れている。その光はすぐに消え、目の錯覚だろうと思った。

けれども光がまた現れ、今度はもっと大きく、もっと明るかった。見ているうちに、光は消えなくなり、広がりはじめた。そして、赤に黄色が加わった。

アランの工房が燃えていた。

20

「火事よ！」わたしは叫んだ。「アラン！　工房！」

マティーが吠えた。

アランはすぐに横にきた。わたしは指をさした。いまでは炎がはっきり見え、窓枠を舐《な》めるように走っている。

アランが声をあげ、工房へ向かって駆けだした。

「入らないで！」ドアは炎が見えている窓と反対側にあるが、なかで何が起こっているのかはわからない。

「消火器！」アランがふり返って叫んだ。「キッチンにある！」

わたしは走った。アランの家は風化した石に色を塗り直したジンジャーブレッド装飾という外観だが、なかは広々としたオープンスペースでとても洗練されていて現代的だった。正面のドアを開けると、まっすぐ先に間仕切りの少ないオープン型のキッチンがあった。小さな消火器はガスコンロの隣にあり、すぐに見つけられた。わたしは消火器をはずして、外へ駆けだした。庭ではマティーが吠えながら走りまわっている。気づかないうちに、リードを放りだしていたのだ。いまはマティーが森へ入っていって、枝か何かに引っかからないことを祈るしかない。

わたしは工房に駆けこんだ。清々しい夜気のほうへ流れていく白い煙が顔にあたる。咳《せき》が出るし、目が痛い。暗闇と煙でほとんど何も見えなかったが、工房全体が燃えているわけではないのはわかった。いまのところは。室内は暖かいが、ひどく熱いわけではない。

アランは毛布で火を叩いていた。わたしは大声を出して、消火器を渡した。アランは毛布を放り、消火器を火に向けて噴射した。火は抗うことなく、すぐに消えた。何とかまにあったのだ。

窓の下には鉋《かんな》をかけられた黄金色の厚板がきちんと重ねられていた。五センチほどの厚さがあり、簡単に燃えるものではない。もっと小さいものに火がつき、たきつけのような役割を果たして、火がゆっくりと大きくなっていったのだろう。あと数分遅ければ、アランは工房も、原木も、制作途中や完成して出荷を待つだけの玩具や木工品も、すべてを失っていたかもしれない。アランは空になった消火器を放り、くすぶっている燃えかすに近づいた。目は赤く、片方の頬には黒い灰の筋がついている。そして、急に咳きこんだ。

「気をつけて」わたしは煙を吸いこまないように注意しながら言った。においを嗅いでみたが、嗅ぎなれた薪の煙のにおいしかわからない。ただし、陽気に燃えている暖炉よりもっと濃くて強烈なにおいだけれど。マティーもあとをついて工房に入ってきていた。思いきりにおいを嗅いで、哀れっぽく鳴いた。脚を突っついてきたので、軽く叩いて落ち着かせた。マティーより、わたしのほうが落ち着いたけれど。

アランが細長い木をひろい、灰と燃えた木くずをひっかいて、燃えさしを調べた。

「何だ、これは」焦げた燃えかすから赤い布が出てくると、アランが言った。棒で布を持ちあげて鼻に近づけてにおいを嗅いだ。そして、わたしを見た。

「ガソリンだ」

わたしは何も考えずににおいを吸いこんでむせた。そして咳きこみながら、何とか言った。

「放火ということ？」工房を見まわした。うしろの壁沿いに薪ストーブがあるが、真っ暗で火はついていない。電気ストーブはコンセントにさえつなげていない。

「ああ、そう思う」アランがガラスが割れた窓と、その下の床を指さした。石が、こぶしほどの普通の灰色の石が落ちていて、まわりにはガラスの破片が散らばっている。「誰かがわざとガラスを割った。十分くらいまえに音がしたんだけど、とくに気にしなかった。夜になると、森からはいろいろな音が聞こえてくるから。だが、そのあと火のついた布を投げこんだらしい」

「誰かがあなたの工房を燃やそうとしたと言うの？」

「いや、本気で燃やすつもりはなかったみたいだ。木くずに火がつかなかったら、布一枚では火が消えていたかもしれないから。本気で工房を燃やすつもりなら、壁にガソリンをまいたと思わないかい？　建物は古いし木造だから、すぐに燃えただろう」

「被害は大きそう？」わたしは窓にいちばん近いテーブルにのった、おもちゃの兵隊と列車を見つめた。塗料が溶けて木が黒くなっていたものの、燃えてはいないようだ。

「乾燥用のテーブルなんだ」アランが言った。「あとでよく見てみるけど、ほとんど処分することになりそうだ。ごめんよ、メリー。これがきみのためにつくっていたものなんだ。食事のあと、箱づめを手伝ってくれるかな。もう一度色を塗り直せば、いくつか救えるかもしれない。本当にごめん」アランはまたあやまった。

「あやまらないで」わたしは言った。「シモンズ刑事に電話したほうがいいわ。アラン、これと同じことが起こっているの。この町でおかしなことが続いているのよ。もしも火が燃え広がって、それを自分で消そうとしていたら、あなたは死んでいたかもしれない」

アランはわたしを見てほほ笑んだけれど、目は笑っていなかった。鼻の頭に灰がついて黒くなっている。「メリー、ぼくはきみに命を救われたらしい」

「わたしはちょうどいいときに着いた。それだけよ」

アランはドアの隣にあるレインコートや傘や変形した雪かき用シャベルなどがぶら下がっているフックから懐中電灯を取って、外へ出た。わたしはリードを持ち、マティーと一緒にアランのあとをついていき、工房の横を通って、出火元らしい場所に着いた。

窓の下の雪は荒らされていたものの、はっきり見えるブーツの足跡があった。マティーがにおいを嗅ごうとしてリードを引っぱった。「マティーを車に連れていくわ。ここが犯行現場みたいだから」

わたしはいやがるマティーを引きずっていった。そして車のうしろのドアを開けて、飛び乗るよう身ぶりで示した。マティーはしぶしぶ命令を聞いた。とんでもないことが起きたにもかかわらず、訓練が功を奏しはじめているのを感じて、一瞬だけうれしくなった。

「ここで待っていなさい」リードをはずした。「すぐに戻ってくるから」

リードをコートのポケットに入れて戻ると、アランはしゃがみこんで、窓の下の雪に残った足跡を見ていた。「何か、わかった?」わたしは訊いた。

アランは立ちあがり、二列の足跡を指さした。所々重なっているものの、そのうちのいくつかは近づいてきたとき、いくつかは帰っていくときに残ったのは明らかだった。

「ぼくはシャーロック・ホームズじゃない。でも、これは間違いなく手がかりだ。メリー、車で私道に入ってきたとき、車か何かを見たかい?」

「いいえ。タイヤの跡もなかったわ。雪はきれいだった」

「ということは、放火犯は歩いてきたことになる」

「どこから?」

「それが問題なんだ。そうだろう? 道のどこかに車を停めて歩いてきたのかもしれない。あるいは……」

声が小さくなり、アランは足跡から五十センチほど離れた左側を歩いて、庭を横切った。

「やめて、アラン」わたしは言った。「警察にまかせましょうよ」

アランがふり返った。かつては夏空のように明るく澄んでいると思っていた青い目が、いまは暗雲がかかっているように暗い。「メリー、犯人を逃がしたくない。きみはここで待っていて、警察にぼくが追いかけていった方向を伝えるんだ」手を伸ばして、わたしの頬に触れた。「家のなかに入って、ドアに鍵をかけるんだ。マティーも一緒に」

「マティーはあまり攻撃が得意じゃないの」

「ああ。でも、犬には変わりない。しかも賢い」アランはそう言うと、まえを向いて歩いていった。そして数歩進むと、夜の森に呑みこまれて見えなくなった。わたしは車をちらりと見た。マティーが耳をぴんと立てて、好奇心旺盛な顔でうしろの窓から見つめている。次にアランの家を見た。彼が迎えに出てきたときのまま、正面のドアが開いている。わたしたちが工房で火と格闘していたあいだに、放火犯が家に入った可能性もある。いま、なかにいるのだろうか？　わたしを待ちぶせて？

わたしはコートの深いポケットに手を突っこんで、警察に通報するために携帯電話を探した。そして四角い紙に指があたって取りだしてみると、今朝シモンズ刑事がくれた名刺だった。九一一にかけてシモンズ刑事に連絡してもらってもいいけれど、直接かけたほうがいいだろう。シモンズ刑事が非番だったら、伝言がいつになったら伝わるのかわからない。わたしはカードを裏返して、手書きの番号に電話した。

「ダイアン・シモンズです」冷静な声が応答した。

わたしはシモンズに居場所を伝え、何があったのかを説明した。意外なほど落ち着いた声が出た。

「すぐに行きます」シモンズが言った。「州警察にも連絡して、現場で落ちあうから。メリー、犯人を自分で見つけようなんて、ぜったいにしないで」

「わかりました」犯人を見つけようとしているのは、わたしじゃない。アランだ。けれど、そうは言わずに電話を切った。

わたしはアランの家と、温かい光を庭に放っている開いたままのドアを、もう一度見た。意識して決断したわけではないけれど、気づくと、アランを追って走りだしていた。人数が多いほうが安全だし、まあいろいろと。マティーのことも考えたけれど、車で待たせたほうがいい。何の役にも立たないだろうし、夜の森を歩きながら考えなければならないこともある。わたしは携帯電話で懐中電灯アプリを見つけて点灯した。それから密生した深くて雪の多い森のなかへ入っていった。携帯電話の光は小さいけれど、目のまえの地面を強烈に照らしている。小道に入った。幅一メートルはあり、きちんと森を切り拓いている。そして、わたしたちが追っている足跡がはっきり見えた。横にはそれより大きいアランの足跡がついている。この足跡は男だろうか、女だろうか？　何とも言えない。標準的な大きさのスノーブーツで、どっしりと力強く、しっかり跡がついている。平均より大きめの女性の足跡かもしれないし、小さめの男性の足跡かもしれない。

「待っていろと言ったはずだ」暗がりから声がした。

わたしは悲鳴をあげそうになってこらえた。「助けがいるかもしれないと思って」

「こっちだ」アランはそれしか言わなかった。

歩いていくにつれて道は次第に狭くなり、わたしたちは一列になって、足跡の近くを歩いた。

「この道の向こうには何があるの？」わたしは小声で訊いた。あたりは暗く、静まりかえっている。道路を走る車の音も、野性の動物の声も聞こえない。

「隣の家。ファーガス・カートライトの家だ」

「町長の？」

「まさに、そのひとだ。ファーガスのまえに住んでいた家族には子どもがいて、子どもたちはぼくの工房へくるのが好きだった。だから、その子たちの親が道を切り拓いたんだ」

ファーガスの家はそれほど遠くなく、まもなく木々のあいだから黄色い光がもれてきた。アランは雪に覆われた広い芝生のはしで止まるよう合図した。芝生の庭も、二台分の車庫のまえにある駐車スペースも明るく照らされている。

雪は激しくなり、クリスマスらしい大きな雪片ではなく、氷まじりの硬い礫のようだった。わたしはコートの衿を立てて、ポケットに手を入れた。途中のどこかで手袋を落としたらしい。玄関を出て客を迎えるだけのつもりだったアランは、厚いウールのセーターしか着ていなかった。

ファーガスの家は木とガラスでできた大きな現代的な建物で、家を取りかこむポーチと二台分の車庫がある。正面の屋根には石の煙突があった。一階にも二階にも明かりがつき、煙突からは煙が出ている。

車庫の扉は閉まっていて、ポーチから放たれた光の環のなかに車が一台停まっていた。黒のシボレー・サバーバン。わたしは息を吸いこんだ。

「どうした？」アランが訊いた。

「この車、見たことがあるの。ちょっと待ってて」わたしは木のあいだをすり抜け、車の後部がはっきり見える場所に行って、ナンバープレートを確かめた。SUEANNE1。

アランにささやいた。「スー＝アン・モローがきているわ。彼女の車よ」

携帯電話の光に照らされて、アランの目が暗がりで光った。「警察には電話した？」

「シモンズ刑事がくるわ。それから州警察にも応援を頼むって」

「彼女に電話して。つながったら、電話を貸して」

わたしは電話をかけて、アランに渡した。アランはすばやく住所を伝えて電話を切った。

また静まりかえった。道路を走る車の音さえ聞こえない。

「もう待てない」アランが言った。「なかへ入るよ。様子を見ていて。もしかしたら、ファーガスが危険かもしれない」

「一緒にいくわ」

「きみがメリーじゃなければいいのに。でも、止めたってくるんだろう？」

「ええ」

やっぱり、スー＝アンだった。スー＝アンがルドルフのクリスマスを貶めようとしたのだ。スー＝アンがチャールズ・ディケンズのクッキーにドラッグを入れ、アランの工房を燃やそうとし、わたしの家のごみ箱に火をつけ、トラクターに細工をし、父を町から追い払おうとした。

わたしは農場で育った人物を思い出し、額を叩きそうになった。スー＝アンの夫が話していたではないか。痩せた土地だと、彼は呼んでいた。それならジョージのトラクターを動かなくする方法も知っているはずだ。

「行こう」アランが言った。「ぼくのうしろにいて」

アランはこっそり忍びこむことも身を隠すこともせず、雪の積もった芝生を堂々と歩き、正面の階段をのぼった。わたしは胸をどきどきさせながら、アランのうしろを歩いた。

そしてポーチで足を止めた。家のなかから話し声が聞こえてくる。低く、怒っている声だ。

アランはノックをしなかった。ドアノブをまわして、日曜日恒例の訪問であるかのように「誰かいますか？」と呼びかけながらファーガス・カートライトの家へ入っていった。わたしは小走りでついていく。

おそらく、わたしが最初に気づいたのは、クリスマスの飾りつけがされていないことだ。美しく飾られたクリスマスツリーも、ていねいに保存されて何世代にもわたって受け継がれてきた家宝も、赤と白の花も、手作りの飾りもない。ポインセチアとクリスマスカクタスさえないのだ。

正面のドアにはリースが下がっていなかった。暖炉にもクリスマスカードを飾っていない。ルドルフにおいては、神聖な場所を冒瀆《ぼうとく》したにも等しい行為だ。子どもが成長して独立したあと、ファーガスの妻が家を出たことは知っていた。それでも、何かはできるでしょうに！

ファーガス・カートライトの家のリビングルームは《ジェニファーズ・ライフスタイル》の現代的な西部の家特集の見開きページから出てきたような部屋だった。赤土色の壁、革の家具、広い草原を疾走する馬の絵、その気になれば牛一頭をそのまま焼けそうなほど大きな暖炉。そして、昔の西部劇のように、スー＝アン・モローとファーガス・カートライトは部屋の真ん中で、脚を開き、しっかり踏んばってにらみあっていた。

ファーガスがこちらを向いた。わたしたちが部屋に入っていくと、顔に驚きが走った。まずアランを見て、わたしを見た。「こんなふうに勝手に家に入ってきて、いったい何をしているんだ」ファーガスが言った。「出ていけ」

スー＝アンがふり向いた。そして、わたしたちを見て顔をほころばせた。まるで、喜んでいるみたいだ。何て、図々しい。「入って。きてくれてよかった。いま、ファーガスにあなたが町長だった時代はもう終わりだと話していたの。このままお金がかかる長期の選挙戦まで引っぱっても、町を二分するだけだから、もうやめましょうと言ったのよ。そろそろファーガスには辞めてもらわないと」

「辞めるものか」ファーガスがうなるように言った。「ルドルフはわたしの町だ」

「ルドルフに住んでさえいないくせに」スー＝アンが言った。「この家を見てよ。明らかに、モンタナの牧場じゃない」

わたしはサイレンの音が聞こえないかと耳を澄ましたが、外は静まりかえったままだ。警察はいったい何をしているの？

「スー＝アン」アランが言った。「ぼくと一緒に帰りましょう。その件はまた今度話せばいい」

「また今度なんていやよ」スー＝アンが言った。「いま、ここにいるんだから。この老いぼれに理屈を説いてやっているのよ」

アランは大きく見事なナヴァホ・ラグのうえをゆっくりと歩いた。本物だったら、数万ドルはするだろう。目はファーガスに向けたままだが、手はスー＝アンに伸ばしてその腕をつかんだ。「一緒に帰りましょう。スー＝アン、お願いだから」低くて厳しい声で言った。

危険から遠ざけたほうがいいのは、ファーガスのほうよ！　わたしはアランに叫び、逃げて、隠れるよう言おうとした。スー＝アンがコートの下に何を隠しているかわからないのだから。わたしは口を開きかけたが、警告の言葉は出なかった。ふたつのことに気づいたからだ。

スー＝アンのおしゃれなブーツは二十四センチくらいの大きさで、爪先が尖っていて、ピンヒールだ。

そして、ファーガスの頭と肩は解けた雪で濡れている。

「そうだ」ファーガスが言った。「そろそろ片をつけたほうがいい。いま、ここで。ここはわたしの町だ。わたしのものだ。おまえみたいな人間はわかったほうがいい。ルドルフをさらに繁栄させられるのはわたしだけだ。町民にもときどき思い出させたほうがいい」

「そうだね」アランが言った。「ぼくはあなたに投票しますよ、ファーガス。メリー、きみもだろう？」アランはわたしをちらりと見て、うしろのドアをふり返った。

スー＝アンは文句がありそうだった。けれども顔を見ているうちに、少しずつ状況を呑みこんでいる様子が見てとれた。「ええっと、そうね。わかったわ」

「このあたりの人間は、わたしのことをノエル・ウィルキンソンのあやつり人形だと思っている」ファーガスは続けた。アランがファーガスに投票すると言ったのも聞こえていないのかもしれない。「何が、サンタクロースだ。あのいけ好かないノエルさえじゃまをしなければ、この町で力を握っているのはわたしだと、みんながわかるはずだ。ほかの誰でもない。町を壊せるのはわたしだ。そして、直せるのもわたしだ」

アランとスー＝アンはじりじりとうしろにさがっており、ファーガスにいちばん近いのはわたしになった。ファーガスの目が大きく見開かれ、焦点があって、わたしたちを見た。

ファーガスは暖炉に突進して鉄の火かき棒をつかんだ。アランが警告の言葉を叫んだ。スー＝アンが悲鳴をあげた。ファーガスが火かき棒をふりあげ、冷えた灰が舞いあがって、あたりが黒くなった。

「おまえ！」ファーガスがわたしのほうを見た。「おまえも父親と同じくらい最悪だ。自分の店のことだけ考えられないのか？　どうしてよけいなことに首を突っこんで、あれこれ訊いてまわるんだ」興奮し、狂気じみた目をしている。ファーガスが飛びかかってきた。

「メリー！」アランが叫んだ。

スー＝アンが悲鳴をあげた。

わたしは身をかわした。逃げようとしたけれど、ナヴァホ・ラグのはしに足がひっかかり尻もちをついた。ファーガスが火かき棒をふりあげて迫ってくる。ポケットに入れていた手が何かをつかんだ。それが何かはわからなかったけれど、とにかくつかんで、ふりあげた。シュッという音をたてて、空気を切り裂いた。マティーのリードの金具がファーガスの左頬に強くあたった。ファーガスは大声をあげて、あとずさった。そして火かき棒を落とし、とつぜんの痛みに驚き、手で傷を押さえた。

アランが飛びかかり、ファーガスが倒れた。

外からエンジンの音が聞こえ、リビングルームの窓から明るい光が入ってきた。

「メリー、誰がきたのか見てきて」アランが冷静な声で言った。「ここはだいじょうぶだから」

「いらっしゃい。ちょうどいいところよ」わたしは表のドアを開けた。

「何があったんです？」ダイアン・シモンズが訊いた。

「みんな、リビングルームにいるの。入ってください」

シモンズはわたしを長々と見つめてから、横を通りすぎた。

ファーガスは床にすわり、アランが火かき棒を武器にして、そばに立っていた。スー＝アンはソファで丸くなり、声をあげて泣いている。

「彼だったの？」シモンズが言った。「ファーガスが？」

「わたしたちはそう考えています。火事の現場に残っていたブーツの足跡を追ってきたら、ここに着いたんです。ファーガスに迫ったら、これまで起こった恐ろしい出来事はすべて自分の仕業だとほのめかしました」

「ナイジェル・ピアスの殺害も?」シモンズが訊いた。

わたしは首をふった。「その話は出ませんでした」

シモンズはベルトから手錠をはずした。アランがうしろにさがると、うめいている町長にすばやく、てきぱきと手錠をかけた。

21

ラス・ダラムはシモンズ刑事のすぐあとに到着した。そしてファーガスの家へ飛びこんだ瞬間に、シモンズが手錠をかけ、ファーガスを立たせて、伝えるべき警告を与えた。

「ここはわたしの町だ！　わたしのものだ！」ファーガスが怒鳴っていると、ニューヨーク州警察がドアから入ってきた。見せ場が終わってしばらくしてから、やっと登場したのだ。ハイウェイで事故があったのだと、州警察の警察官たちは暗い顔で薄い頭をふった。ひどい渋滞だったのだと。

「どうでもいいわ」ダイアン・シモンズはそう言っていた。

「何があったか、話したい？」ラス・ダラムが訊いた。

「どうして、ここにいるの？」シモンズがファーガスに手錠をかけたとたん、わたしは膝から力が抜けた。アランが腕をつかんで椅子にすわらせてくれなかったら、きっと床に崩れ落ちていただろう。

「腕利きの記者は担当地区で起きていることを何でも知っているものさ」ラスは声をひそめ、にやりとして、わたしだけに聞こえるようにゆっくり言った。「ニューヨーク市警の無線を聞いていたんだ。メリー、きみの名前が出てきた。それで反応せずにいられると思うかい?」

「反応? 特ダネを追うため? それとも、わたしを助けるため?」

「新聞記者の立場を忘れていたとは言えない。でも、きみのことは心配だった」

「ありがとう」わたしは言った。「そう言うべきよね」

わたしたちが見ていると、ファーガスが追い立てられてドアから出てきた。手錠をかけられ、警察官たちに付き添われ、うしろに厳しい顔をしたシモンズ刑事がついている。

「わたしが悪いんじゃない! あの男は心臓発作か何かを起こしたんだ。心臓が悪いなんて知るもんか!」

「誰のことを話しているのですか、ミスター・カートライト?」シモンズが尋ねた。

「もちろん、あのおかしなイギリス人のことさ。あんたは分別がありそうだから、わかってくれるよな。ここはわたしの町だ。みんな、それを忘れていた。だから、思い出させないといけないだろう?」

「どうして?」わたしは叫んだ。言わずにはいられなかった。「どうして? ナイジェル・ピアスはルドルフの記事を書こうとしていたのよ。ずっと、みんなが望んできたことでしょう。アメリカのクリスマス・タウンとして正式に認められるために。それなのに、殺してしまうなんて。あなたはクリスマスを殺しかけたのよ!」

ファーガスは目をしばたたいた。「メリー。きみならわかるだろう。ノエル・ウィルキンソンの陰で生きていくのがどんなものか、きみならわかるにちがいない」シモンズが足を止めた。ファーガスに話をさせる気なのだ。ラスがポケットからそっと録音機を取りだして、ボタンを押した。

「ルドルフで何か問題が起こると、みんながノエルのところに駆けこんでどうしたらいいか相談する」ファーガスは言った。「町長はノエルじゃなくて、わたしだということを忘れているんだ。でも、わからせてやったろう？　わたしが問題を与えて、わたしが解決した」

「ひとを殺したのよ」わたしは言った。

ファーガスは肩をすくめた。「あれは事故だ。少し具合が悪くなるだけの予定だった。あのえらそうな外国の雑誌に、ルドルフのことを書いてくれないかと提案したのはノエルなのさ」

「知らなかったわ」

ファーガスは鼻を鳴らした。「ノエルはルドルフにとっていい宣伝になると言ったが、結局は我らがサンタクロースが手柄をひとり占めするんだ。だから、ルドルフにはもうノエル・ウィルキンソンは必要ないと示してやらなきゃならなかった。ここを仕切っているのはわたしだ！　このわたしなんだ！」話しているうちに声が大きくなり、ついには叫びだした。左右にいる警察官たちはファーガスの腕をしっかりつかみ、シモンズがうなずくと、この町を仕切っているのは自分だと声をかぎりに叫んでいる男を連行していった。

スー＝アン・モローはまだ革のソファのうえで丸くなっていた。「もう行った？」ファーガスの声が聞こえなくなると、スー＝アンが訊いた。

「ええ」ラスが答えた。

スー＝アンは身体を起こした。無意識のうちに乱れた髪を直しはじめた。ラスが手を伸ばすと、スー＝アンはその手を取って立ちあがった。そして、無理に笑った。

「びっくりしたわ。異常よね？」

「これで、あなたの勝ちですね」わたしは言った。

「こんなときに選挙の見通しなんて考えられないわよ」スー＝アンは言った。「とんでもない悲劇よね。野心が度を越してしまったのね」頭をふった。「頭が混乱して、とても運転なんてできないわ。ラス、お願い」

「ミセス・モロー、お送りします」シモンズが言った。「車のなかで話を聞かせてください」それから、わたしを見た。右側にはアラン、左側にはラスが立っている。とても安心で、愉快な位置だ。「おふたりにはここにたどり着いた経緯を訊きたいけれど、明日でもいいでしょう。いまはファーガスをルドルフ警察署に連れていって、真実を告白する気分でいるうちに事情聴取をしたいから。朝いちばんに警察にきてもらえますか？」

「はい」アランとわたしは同時に答えた。

「メリー、町まで送りましょうか？」

「ぼくが送っていきます」ラスがすばやく言った。

全員が外に出た。パトカーの回転灯が、降りつづく雪のなかに赤と青の光線を投げだしている。

わたしは身震いしてポケットに両手を入れた。マティーのリードがない。証拠として警察に持っていかれたのだ。

「だいじょうぶかい、メリー?」ラスとアランが同時に言った。

「だいじょうぶよ。いま頃になってショックが出てきたみたい。まさか、よりによって、ファーガス・カートライトだなんて」

「行こう、メリー」ラスが言った。「車はあっちに置いてある。アンダーソン、また連絡する」

「あ、マティー! 車に犬を置いてきてしまったの。ちゃんと運転できるから」

わたしは急ぎ足で歩きだした。警察の車がサイレンを鳴らして道路を走り、ひとが叫んだり泣いたりしているあいだ、かわいそうなマティーは車に閉じこめられ、狂わんばかりに興奮していたにちがいない。暗い森がわたしを包みこむ。うしろから明かりが近づいてきて、道を照らしたが、わたしは懐中電灯アプリをつけることさえしなかった。ふたつの足音がうしろから近づいてくる。

とつぜん道が開けて、アランの家に着いた。すべてが穏やかで、平和だった。新しく積もった雪、家のなかからこぼれ、歓迎してくれる黄色い光の輪、薪の煙のにおい。頭上の雲が流れ、白く輝く月が顔を出した。

わたしはマティーが外に出ようとして必死に車のドアを引っかき、少しでも早くそばにこようとする姿を思い浮かべて、車に駆けよった。だが、車もほかのものと同様に平和だった。

うしろの窓からなかをのぞいた。セントバーナードの仔犬は茶色い毛に覆われた体を丸め、鼻を尻尾にうずめ、深く息をしながら、ぐっすり眠っていた。

「ああ」

ラスとアランがわたしの両側から窓をのぞきこんだ。

「ぼくが見たところ、だいじょうぶそうだな」ラスが言った。

「ああ、そうみたいだ」アランも言った。

「きみが本当に運転できるなら」ラスが言った。「町までうしろを走ってついていくよ」

わたしはアランを見た。わたしたち、食事をするんじゃなかった?

「きょうは徹夜になりそうだ」アランが言った。「メリー、きみの店に納める商品を点検するよ。いくつかは使えるかもしれない。使えなくなった分は、ほかの店に出す予定だったものを調整して穴埋めするから」

「でも……」

「それじゃあ、行こう」ラスはわたしの車の助手席にまわって、ドアに手をかけた。「メリーにぼくの車まで送ってもらうよ。それで町までうしろを走って、無事に家に着くところまで確認する。ショックは遅れて感じる場合があるから」

「おやすみ、メリー」アランはそう言うと、背を向けて庭を歩き、工房へ向かった。わたしは叫びたかった。おもちゃなんてどうでもいいと言いたかった。わたしと同じように、あなたもあとからショックを感じるかもしれないと言いたかった。今夜はあなただって、見守ってくれるひとが必要だと。

アランが工房のドアを開けて、なかへ消えた。明かりがついた。

「準備はいい？」ラスが訊いた。

「いいわ」わたしは答えた。

ドアを開けると、マティーが目を覚ました。そして、ラスをよだれだらけのキスで迎えた。

22

月曜日、店はお客に関していえば暇だったが、ファーガス・カートライトの劇的な逮捕についてすべてを聞きたがる地元のひとが次々とやってきて、とても暇とは言えなかった。時間がたつにつれて、次第に話に尾ひれがついていった。森が燃え、町長と特殊機動部隊が恐ろしいにらみあいを続け、スー＝アンが爆弾をベルトで胸に巻かれて人質にとられていた……など。

ジャッキーは休みの予定だったが、開店直後に店にきて、わたしの回復に時間が必要なら店を手伝うと言ってくれた。

そして次にやってきたのが両親で、何より貴重だったのが、母が正午まえに起きたことだった。「もう少しで殺されるところだったのよ！」母はかん高い声で言い、わたしを抱きしめた。

「でも、殺されなかった」わたしは気がきいた言葉を返した。

父はひげが揺れるほど、激しく首をふった。「ファーガスが。よりによって」父が言ったのは、それだけだった。

今朝、わたしは目を覚ますと両親に電話をかけて、起きたことを説明した。父はとても衝撃を受け、まったく言葉が出なかった。

昨夜、わたしがファーガスの家で降ろすと、ラスは自分の車に乗った。そして、わたしの車のうしろを走り、ホンダ・シビックを車庫に入れるあいだも車を道に停めて待ってくれていた。そして階段の下のドアまで送ってくれた。「上まで送っていくよ」ラスは言った。

わたしは断らなかった。ショック状態が起きはじめていた。車で町まで走ってくるあいだ、鉄の火かき棒を高くふりあげ、近づいてくるファーガスの姿が頭から離れなかった。ラスはダイニングテーブルにわたしをすわらせると、わたしがいつも寝そべって本を読むリビングルームの大きな椅子から膝かけを取ってきて肩を包み、ケトルに水を入れてセットした。それからマティーにごはんと水をやり、お湯がわくと、温かくて甘いお茶を淹れてくれた。

ラスは湯気の立っているマグを持たせてくれた。「飲むんだ」

ひと口飲むと、まもなく気分が少しよくなった。

ラスはソファにすわり、わたしがお茶を飲むのを見ていた。飲み終わるまで、どちらも何も言わなかった。

そして、わたしがお茶を飲み終えると、ラスは立ちあがった。「ベッドに入れてあげるよ」

わたしはラスに笑いかけた。「記事は書かなくていいの？」

「あとでいい」

「そうかしら。面倒を見てくれてありがとう。でも、もうだいじょうぶ」

ラスは長いあいだ、じっとわたしを見つめていた。そして、わたしの頬に触れた。「もし、きみが本当にそう言うなら」

「本当よ、ラス」

わたしは一階までラスを送っていった。そしてキッチンに戻ってくると、マティーが水入れを倒した。わたしはこぼれた水をふき、水を入れ直し、ベッドに倒れこんで、夢も見ずに長いあいだ眠ったのだ。

そして、もう平気だと両親に言い、警察署に行って聴取を受けなければならないので、ジャッキーにできるだけ店にいてもらいたいと話した。

スー＝アンは人々を訪ねてまわり、一時的に町長がいなくなっても町民は守られると請けあった。そしてファーガスと丸腰で生死を懸けた戦いをしたという話をされても、少女のようにくすくす笑って手をふりながら、たいして本気でもなく噂が広がるのを抑えようとした。そんなふうに謙遜したせいで、噂はますます大きくなって広がったのだ。

スー＝アンはわたしの店にやってきて、命の恩人だとうわべでは感謝した。

わたしはジャッキーに店をまかせて、警察署へ行った。

そして小さいけれど、居心地のいい部屋に案内された。照明は控えめで、家具も心地よく、壁には色鮮やかなヒマワリ畑の絵がかかっていて、あちらこちらにティッシュペーパーの箱が置いてある。想像していた取調室とはまったくちがう。

シモンズはわたしが部屋の様子に感心していることに気づいた。「容疑者とはほかの部屋で話します」

シモンズは椅子にすわって、テープレコーダーのスイッチを入れた。ニューヨーク州警察の制服を着た長身の男が、胸のまえで腕を組んで、壁に寄りかかっている。

陳述書の作成はあまり時間がかからなかった。昨夜起きたことを述べただけだ。アランの家に着き、火事を見つけて消し、足跡を追ったらファーガスの家に着いた。シモンズは時間を割いたことで礼を言ってくれた。それから警察署を出て、店へ戻った。陽が出てきて、空が明るく輝いていた。誰もが上機嫌で、笑い、手をふり、季節の挨拶をしあっている。ヴィクトリアの店をのぞいてみると、ほとんどのテーブルが埋まり、カウンターにはお客の列ができていた。人々は買い物袋を抱え、店を出たり入ったりしている。

コンビニエンスストアには、きょうの《ルドルフ・ガゼット》が目立つように飾られていた。〝逮捕!〟という太字の見出しの下には、うなだれ、両手をうしろにまわされ、厳めしい顔をした警察官ふたりによってパトカーに乗せられるファーガスの写真が載っていた。

わたしは〈ミセス・サンタクロースの宝物〉のまえを通りすぎて家に帰った。

マティーを連れて公園へ向かっていると、車が横で止まった。ダイアン・シモンズが降りてきた。

「一緒にいいかしら？」

「どうぞ」

シモンズはマティーと心のこもった挨拶を交わすと、わたしの隣を歩いた。マティーはふたりのあいだで、幸せそうに歩いている。公園では雪がきらきらと輝いていた。野外音楽堂の近くでは男が三人の子どもたちを手伝って雪だるまをつくり、手をつないだ男女が冷たく荒れた湖を眺めていた。

「クリスマス・タウンのクリスマスだわ」わたしは言った。「世界はすべてあるべき姿に戻っている」

「本当にクリスマスが好きなのね」シモンズが言った。

「ええ、たぶん。わたしは夢を追ってマンハッタンへ行ったんです。そして夢を叶えて、そこで暮らした。でも、すべての夢と同じように、それも長くは続かなかったけど、幸せなことに、また故郷に帰ってくることができた」

「あなたには、あわてて駆けつけてきた弁護士が口をつぐませるまえに、カートライトが話したことを知る権利があると思って」

「ナイジェルを殺したことについて詳しいことがわかったんですか？」

「あなたも聞いていたと思うけど、クッキーにドラッグを入れたことは自白したけど、殺すつもりはなかったと相変わらず言っているわ。カートライトはＧＨＢは一般的なストリート・ドラッグだと聞いていた。ただピアスの気分を悪くして、雑誌でルドルフについてよい印象を紹介しないようにしたかったそうよ。おそらく本当でしょう。ただ、ファーガスは知らなかったけど、ピアスはＧＨＢを摂取すると悪影響がある不眠症の薬を飲んでいて、しかもひとりで公園へ散歩に出かけた。ファーガスはあなたが予想していたとおり、トラクターに細工をしたことも認めたし、ダンの注意がほんの少しそれた隙に、ホットドッグの屋台のはしにライターの液体を少しふりかけたことも自白したわ」

わたしは、あの日、ファーガスのシャツに黄色い染みがついていたことを思い出した。マスタードだ。

「新聞社に匿名の電話をかけたのもファーガスだった。得意そうでしたよ。うまく声を変えられたと思っていたようで。それから、あなたの家のごみ箱への放火も認めました。誰も傷つけるつもりはなかったと、あなたに伝えてほしいと」

「どうして？　どうして、そんなことを？」わたしの声の調子を聞いて、マティーが哀しげに鳴いた。

「次の選挙で負けるのが怖かったそうよ。どうやら、ノエル・ウィルキンソンにもう一度立候補してもらいたいと考えているひとがいるらしくて。それで先手を打って、あなたのお父さんの評判を傷つけようとした。まず、あなたがパレードを台なしにしたように見せかけたあと、ノエルの招待でやってきた雑誌社の記者の訪問をめちゃくちゃにしようとした。すべてをぶち壊したあと、自分でその場に駆けつけて町を救うという、ばかげた考えを抱いたのね。残念なことに、ファーガスは物事を解決する方法より、物事を損なう方法のほうが得意で、またしてもあなたのお父さんに助けられていることに気がついた。それで、あなたの家のごみ箱を燃やして怖がらせて、お父さんの気をそらそうとしたんです。あなたのご両親を町から追い払おうとしたけど、成功しなかったと言っていました」

ファーガスの娘はロサンゼルスに住んでいる。その娘がイヴと知りあいで、娘からイヴが数日間山へ行くことを聞いたファーガスが、父をロサンゼルスに行かせて無駄骨を折らせることを思いついたというのは、決してあり得ない話ではないだろう。

「アランの工房は?」

「ルドルフのおもちゃ職人がとても観光客に人気があることを人づてに聞いたとか」シモンズはコートの衿を立てた。

「これから、どうなるんですか?」わたしは訊いた。

「ファーガスがナイジェル・ピアスを殺すつもりがあったかどうかなんて、まったく関係ありません。ピアスはファーガスの行動が直接的な原因で、死んだんですから。ファーガスは殺人罪で起訴されます」

わたしたちは公園に着いた。しばらく黙ったまま、幸せな家族が雪だるまをつくっているのを眺めていた。

「さあ、そろそろ戻らないと」シモンズが言った。「書かなければならない書類が山ほどあるから」

「話してくれて感謝します」わたしは言った。

シモンズは腰をかがめて、心をこめてマティーをなでた。「この大きな子の面倒をしっかり見てね」

マティーが同意して吠えた。

ジャッキーは閉店の数分まえに帰ったが、それまでずっとカイルと別れるつもりだということを話していた。自分に頼りすぎるようになったと、ジャッキーは言っていた。お昼を届けたり、仕事が終わったあと夕食をつくったりすることを期待されるようになったのだと。ジャッキーはカイルが仮病を使っているのではないかと疑いはじめたと言っていた。緊急救命室からたった一時間で帰されたのに、バーベキュー台の爆発からもう三日も様子が変わらないのだ。眉毛さえ伸びはじめているのに。

わたしは目をむきたくなるのをこらえた。

ジャッキーは帰るとき、ちょうど入ってきたアランのためにドアを開けた。アランは大きな段ボール箱を抱えていた。

「どこに置く？」アランが訊いた。「まだトラックにあるんだ」

「ひとつはカウンターに置いて。すぐに開けるから。残りは奥へ持っていって」

アランは木の列車とおもちゃの兵隊がぎっしり詰まった箱を全部で三つ持ってきてくれた。わたしたちは一緒に箱を開けて、おもちゃを棚に並べた。

「がんばったのね。徹夜をしたんでしょ」

「ああ。きみが欲しがっていたから」

わたしはアランの顔を見た。「ありがとう」

ほかにも言いたいことがあったが、ドアがノックされて、アランと一緒に跳びあがった。

ラス・ダラムがわたしたちを見て、にっこり笑った。

わたしは急いで鍵を開けた。

「おじゃまじゃなければいいんだけど」ラスはあのゆっくりとした、セクシーな南部訛りで言った。

「まさか！」わたしたちは同時に答えた。

「メリー、新聞にコメントをもらいたいんだ。残忍な殺人犯と相対してどう感じたか。そんなことを」

「怖かったわ」わたしは答えた。「でも、わたしの言葉は使わないで。ノーコメントよ」ずっと、この言葉を使ってみたかったのだ。

「頼むよ。何でもいいから、使える話を教えてくれないか。きょうはもう閉店だろう？　食事でもしながら話してくれないかな」

「でも……」

「いいね」アランが言った。「ぼくも残忍な殺人犯と相対する場面にいたから、一緒に行くよ。ぼくの言葉なら、どんどん使って。かまわないかい、ラス？」アランがほほ笑んだ。

「かまわないかだって？　もちろんさ」ラスもほほ笑みかえした。

わたしはふたりの男性を見比べた。どちらも、優劣をつけがたいほどハンサムだ。

どうして、マティーと引っぱりっこをしている気分なのだろう？　でも、ひとつちがうのは、いまはわたしが引っぱられているボールだということだ。

ルドルフのクリスマス。世界じゅうがまたあるべき姿に戻った。ひとりどころか、ふたりのすてきな崇拝者といったい何をしたらいいのか、じっくり悩むのもいいかもしれない。

訳者あとがき

メリー・クリスマス！

さあ、あなたがこの本を手にしているいまは何月でしょうか？　十二月？　それなら、けっこう。まだ、十一月？　それとも、もう一月？　それでも、けっこう。だって、赤鼻のトナカイの町、ルドルフでは一年じゅうクリスマスなのですから。

ヴィッキ・ディレイニーの〈赤鼻のトナカイの町〉シリーズ第一作『クリスマスも営業中？』（原題 ***Rest Ye Murdered Gentlemen***）をお届けします。

舞台はアメリカ・ニューヨーク州北部にある小さな町、ルドルフ。そう、あの有名な赤鼻のトナカイと同じ名前です。ルドルフはこの名前を活用し、アメリカのクリスマス・タウンとして町を懸命に売りだしています。

一年じゅうクリスマス気分を楽しめる町、ルドルフ。それでも、やはり十二月は格別。いちばん盛りあがって観光客が大勢やってくる時期ですし、何より稼ぎどきなのです。

十二月一日、ルドルフではサンタクロース・パレードが行われようとしていました。マーチングバンドがにぎやかに音楽を演奏し、クリスマスらしい趣向を凝らした山車《フロート》が町を練り歩くのです。ベツレヘムの厩《うまや》、七面鳥の飼育場、ごちそうが並んだテーブル、おもちゃ屋のショーウインドー……もちろん、サンタクロースのフロートも！

今年クリスマスグッズ店〈ミセス・サンタクロースの宝物〉を開いたメリー・ウィルキンソンも初めてフロートを出してパレードに参加することになっていました。フロートのテーマは〝サンタクロースの工房〟。メリーはミセス・サンタクロース、店員のジャッキーは妖精《エルフ》に扮《ふん》して。狙うはフロート・コンテストでの優勝で、最大のライバルは焼き菓子店を経営する親友、ヴィクトリア。前年の優勝者であり、今年も昔ながらのベーカリーを模したフロートで参戦しています。

意気込みたっぷり、自信満々で出発しようとしたメリーですが、なぜかフロートを引っぱるトラクターのエンジンがかからない。でも、それは事件のはじまりにすぎず、メリーはそのあと、愛犬マティーを散歩させている途中で、死体を発見します。

死んでいたのは、サンタクロース・パレードを取材するためにルドルフを訪れていた、有名旅行誌のイギリス人記者でした。ルドルフを世界じゅうに知ってもらうチャンスだったのに……。でも、不運はそれだけではなく、その記者が最後に口にしたのがヴィクトリアが焼いたジンジャーブレッド・クッキーだったと判明します。〈ヴィクトリアの焼き菓子店〉は営業停止になり、ルドルフのホテルやレストランではキャンセルが相次ぎます。

書き入れどきの十二月に閑古鳥が鳴いたら、ルドルフはもう終わり。

いったい、どうしたらいいの!?

ルドルフには何よりもクリスマスを愛する、個性的な人々が暮らしています。

まずは、われらがメリー・ウィルキンソン。大学卒業後に夢だった雑誌編集者となり、ニューヨーク・シティで忙しくも華やかな生活を送っていましたが、ワケあって故郷にUターン。両親の勧めで〈ミセス・サンタクロースの宝物〉を開店。

メリーの父、その名もノエル! 前ルドルフ町長で、サンタクロースにそっくり。いまも町のイベントでサンタクロース役をつとめています。そして母のアリーン。もとメトロポリタン・オペラの歌姫《ディーヴァ》。いまは声楽教室を開いていますが、気持ちと生活習慣はオペラ歌手のまま。昼すぎに起きて、ノエルが淹れてくれた紅茶をベッドで飲まないと一日がはじまりません。

メリーの赤ん坊の頃からの親友、ヴィクトリア。最高においしいジンジャーブレッドを提供する焼き菓子店を経営。髪は紫色で、愛車は赤のコンバーチブル。

木製おもちゃの職人であるアランはメリーのハイスクール時代のボーイフレンド。ていねいにつくられた彼の作品は〈ミセス・サンタクロースの宝物〉でも売れ行きバツグン。口数が少ない、朴訥《ぼくとつ》としたハンサムです。いっぽう、口数が多くてハンサムなのは、地元紙《ルドルフ・ガゼット》編集発行人のラス。両手に花（？）のメリーがうらやましい。

そして忘れてはならないのが、メリーの愛犬マティーこと、セントバーナードのマッターホルン！　まだ二カ月半の仔犬で、ただいまトイレ・トレーニング中。

最後に著者ヴィッキ・ディレイニーについて、簡単にご紹介しておきましょう。

ディレイニーはカナダのマニトバ州で生まれ、本書にも出てくるオンタリオ湖近くで育ちました。大学中退後に訪れた南アフリカで知りあった男性と結婚し、三人の娘をもうけますが、十一年後にカナダに帰国。シングルマザーとして、三人の娘を育てます。

ディレイニーは当初コンピュータ・プログラマーとして働き、日曜日の午後だけ小説を書いていましたが、娘たちが独立すると、執筆に専念。本書をはじめとする、すばらしい作品が生まれました。

〈赤鼻のトナカイの町〉シリーズはアメリカで第三作まで刊行されており、第二作 *We Wish You a Murderous Christmas* は原書房コージーブックスから二〇一八年四月に邦訳が刊行される予定です。こちらも、お楽しみに。

それでは、メリー・クリスマス！

二〇一七年十一月

コージーブックス

赤鼻《あかはな》のトナカイの町《まち》①
クリスマスも営業中《えいぎょうちゅう》？

著者　ヴィッキ・ディレイニー
訳者　寺尾《てらお》まち子《こ》

2017年11月20日　初版第1刷発行

発行人　成瀬雅人
発行所　株式会社　原書房
〒160-0022 東京都新宿区新宿1-25-13
電話・代表　03-3354-0685
振替・00150-6-151594
http://www.harashobo.co.jp
ブックデザイン　atmosphere ltd.
印刷所　中央精版印刷株式会社

落丁・乱丁本はお取り替えいたします。
定価は、カバーに表示してあります。
 ISBN978-4-562-06073-3 Printed in Japan